KB044474

드라마 퀸

드라마 퀸

고은주 장편소설

문학사상

차례

1.
한때는 젊었던 우리들의 동창회

35년 세월의 저편에서 드라마가 시작되다

세상에는 두 종류의 여자가 있다. 드라마의 주인공이 되고 싶어 하는 여자, 드라마를 그저 즐기기만 하는 여자.

남자라고 다를 바는 없다. 이 나이에 이르면 미처 인생의 주인공이 되지 못한 남자들은 타인의 삶을 드라마처럼 화제 삼기 시작한다. 초등학교 동창회라는 이 무대에서 드라마의 주인공은 아예 나타나지 않거나 잠시 들렀다 사라지지만, 남아 있는 사람들은 그들에 관해 끝도 없는 이야기를 풀어낸다.

"그러니까 대체 몇 번을 했단 말이고?"

"세 번. 아니, 네 번인가?"

"뭐? 뭐 말하는데?"

"결혼 말이다."

"결혼을 세 번, 네 번 했다고? 누가?"

살면서 가장 믿을 수 없는 건 지금의 내 나이. 거짓말처럼 흘러간 시간들은 모두 어디로 사라진 걸까? 35년 세월 저쪽에서 함께 놀던 친구들이 지금 내 앞에 있지만 흘러간 시간의 행방이 묘연하니 선뜻 다가서기가 어렵다. 마흔일곱 살. 만으로 따지자면 아직은 45세.

"미스코리아 됐다는 그아 말하는 거가, 지금?"

"그아 말고 아나운서 했던 서미주 얘기다. 나중에 무슨 정당 대변인도 했던……"

"아아, 서미주. 최영재가 엠브이피 될 때 뉴스 진행하고 그랬제? 그라고 보면 우리 동창들 중에 유명인사도 많네."

미스코리아가 되었다는 동창은 누구일까? 하얀 피부에 눈이 컸던 아이, 팔다리가 유난히 길쭉길쭉했던 아이, 큰 키에 나이가 의심스러울 만큼 성숙했던 아이, 그리고 몇몇 인상적으로 기억에 남아 있던 여자 아이들이 차례로 떠오른다. 누군가의 드라마틱한 삶은 언제나 호기심을 자극한다.

"그라믄 뭐하노. 엠브이피는 죽고 아나운서는 세 번씩 결혼하고 미스코리아도 인자 다 늙었을 낀데."

"늙긴 뭐가 늙었노. 아직은 사십 대다!"

엇갈리는 목소리 사이로 술잔들이 맞부딪치는 소리가 뒤섞인다.

"영재 그놈도 우짜든지 버티고 살아서 이래 건배를 했어야 하는 긴데……"

"그러게 말이다. 진짜 빠른 강속구였는데 그 속도만큼이나 빨리 떠났뻿제."

어쨌거나 이 모든 상황은 그냥 나의 호기심 속에만 남아 있어야 했다. 사슴의 눈망울을 닮은 소년이 능글맞은 아저씨가 되어 은근슬쩍 여자 동창의 몸매를 훑어보고, 하늘하늘했던 소녀가 눈치없는 아줌마가 되어 목청을 높여 대고, 감수성 넘치는 내성적인 아이는 졸부가 되어 거드름을 피우고 있는 현재의 이 상황은.

"결국 그 강속구가 독이 된 거 아이가. 강속구 때문에 너무 일찍 유명해지고 너무 많이 소모되고 너무 자주 부상당하고……"

"그래도 영재처럼 짧고 굵게 사는 게 더 낫지 않나?"

"니나 그리 마이 살아라. 나는 이래 술도 마시면서 가늘고 길게 살란다."

"우찌됐든 최영재는 속도의 희생양인 기라. 빠르게 던지고 빠르게 성공하면서 뭐든 빠른 거 좋아하는 사람들한테 대리만족을 주다가 죽는 것까지 그리 빠르게……"

우리가 지나온 세월 자체가 무시무시한 속도의 시절이었다.

60년대에 태어나 70년대에 유년시절, 80년대에 학창시절을 보내고 90년대에 사회로 나와 한 세기가 바뀌는 걸 목도했으니…… 세상이 정신없이 변해 가는 동안 어떤 식으로든 저마다의 삶도 희생되었을 텐데 오히려 최영재를 안타까워하는 소시민다운 자기 위안이라니. 최영재의 시속 155킬로미터 구속보다 더 무서운 속도로 다가와 버린 우리들의 나이는 또 어떻고.

요절한 비운의 야구 천재보다는 미스코리아가 누군지 궁금해서 과거의 기억을 헤집고 있는데 누군가 내게 묻는다.

"진짜 몇 번이나 했노?"

"뭐?"

"서미주 말이다."

또 시작이군. 다들 한마디씩 떠들어 댈 때와 달리 나를 지목해서 물어보니 뭐든 말하지 않을 수가 없다.

"나도 한동안 못 봐서 잘 모르겠다."

"그렇나? 결혼은 정유채가 많이 할 줄 알았는데……"

내 대답이 다소 쌀쌀맞긴 했겠지만 이건 또 무슨 얘기람. 내가 유채랑 친한 것도 다 알고 하는 얘기일 테니 더 이상은 말하고 싶지 않아 시선을 딴 곳으로 돌리는데 한 친구의 뒷모습이 눈에 들어온다.

혈흔이다. 엉덩이 아랫 쪽의 바지를 적시고 있는 제법 크고 붉은 얼룩.

반사적으로 자리에서 일어나며 재킷을 벗어 들었다. 화장실 쪽으로 향하는 그 친구에게 서둘러 다가가며 재킷을 슬쩍 허리에 둘러주자 설명하기 전에 그녀가 먼저 묻는다.

"마이 묻었나?"

"어, 좀 그렇네. 어디 아프나? 근종 같은 거 있으면 이런다던데……"

"아이다. 검사한 지 얼마 안 됐다. 폐경 다가와서 이럴 끼다. 세 번은 창피당해야 폐경 된다는 말도 있드만, 인자 두 번째네."

그래, 나도 최근엔 월경이 불규칙해졌다. 폐경 이행기를 통과하고 있는 친구들의 갖가지 고충을 들어 보기도 했다. 하지만 이렇게 대비할 틈도 없이 울컥 쏟아져 나오는 모습을 목격하고 보니 정말 울컥 서러워진다. 남의 일이 아니니까.

친구를 화장실에 들여보내 놓고 자리로 돌아오다가 박성규와 눈이 마주쳤다. 재킷을 벗을 때부터 그의 얼굴이 떠오르던 참이었다. 세월 저쪽에서 내게 셔츠를 내밀며 말하던 어린 성규의 목소리가 생생하게 귓가에 들려온다.

"뒤에 뭐 묻었다. 이걸로 우찌 해 봐라."

그걸로 어찌어찌 혈흔을 가리기는 했지만 성규에게 다시 돌려주는 건 어떻게 했는지 기억나지 않는다. 조금 두꺼운 재질의 회색 셔츠. 그걸 내게 벗어 주고 속옷 같은 반팔 티셔츠 차림으로 싱긋 웃던 얼굴. 거기까지만 기억이 난다.

아이들이 수근거렸던 것 같고, 누군가 내게 물었던 것도 같고, 성규도 나중에 내게 무슨 말인가 했던 것 같은데 모든 게 어렴풋하기만 하다. 어쩌면 나는 그 순간을 애써 지워 버렸는지도 모르겠다.

그때 나는 초경을 겪었다는 사실조차 지워 버리고 싶었던 것 같다. 언니의 도움으로 겨우 겨우 짧은 생리 주기를 넘겼지만 몇 달 뒤에 다시 월경이 시작되자 어찌할 바를 모르고 있던 터였다.

"인자는 니가 알아서 해라. 니도 다 컸다 아이가."

생리대를 사다 달라고 부탁하자 언니는 내게 야멸차게 말했다. 차가워진 언니의 태도에 당황한데다 약국이든 가게든 들어갈 엄두가 나지 않아 대책 없이 학교로 향할 수밖에 없었다. 지난번처럼 조금 나오다 말겠지 방심하면서.

월경이 시작되며 모든 게 불규칙하던 어린 시절이었다. 그리고 지금은, 그 월경이 없어지려고 모든 게 뒤엉키고 있는 시절.

❀

"이쪽으로 좀 앉아 봐. 엄마 얼굴 나오잖아."

"내 얼굴도 나오면 안 되거든?"

언니한테 야무지게 대드는 둘째의 나이가 딱 그 무렵이다. 그러고 보니 초경 시작한 지도 얼마 되지 않았다. 생리대는 잘 챙기고 다니는지.

"아무 데나 카메라 들이대는 거 좀 안 하면 안 돼? 방에 들어가서 니 얼굴만 찍든지."

"엄마야말로 왜 그렇게 사진을 안 찍으려고 해? 그래도 내가 최대한 얼굴 가려 주려고 하는데 저게 또 협조를 안 하고…… 정말 다들 왜 그러셔?"

왜 그런지 몰라도 둘째 역시 나처럼 사진 찍기를 싫어하기 시작했다. 첫째도 이 무렵엔 그랬던 것 같다. 나도 그랬었나?

"하긴 뭐, 내 친구 죽고나니까 걔랑 같이 찍은 사진들은 어찌할지 참 곤란하긴 하더라. 이젠 무조건 내 얼굴만 찍어야겠어."

"뭐야, 너? 아주 내가 죽으라고 빌지 그래? 귀찮은 니 동생도 없어졌으면 좋겠니?"

"그런 소리가 아니잖아. 아이구, 정말. 자꾸 그렇게 갱년기 티 좀 내지 마, 엄마."

누가 딸이고 누가 엄만지 모를 지경으로 첫째는 나를 보며 혀를 끌끌 찬다. 일찌감치 방문 쾅 닫고 들어가 버린 둘째와 나를 향해서 소리까지 지른다.

"그래, 착한 내가 참는다. 사춘기 동생에 갱년기 엄마에…… 비정상 속에 정상인 내가 참는다!"

중간고사 끝내고 교실을 나서면서 쓰러졌다는 첫째의 친구는 며칠 뒤 학교 근처 고층 건물에서 투신자살했다. 성적에 대한 중압감만으로는 이해되지 않는 죽음이었다. 하지만 첫째는 충분히 이해할 수 있다고 했다.

"우리 학교 분위기를 엄마가 몰라서 그래."

껌을 씹듯 툭 내던지는 첫째의 말투가 그때는 오히려 다행스럽게 여겨졌다. 고교생이 성적 때문에 자살하는 게 더 이상 대단한 화젯거리가 되지 않는 이 나라에서 그나마 내 딸이 성격이라도 낙천적인 건 분명 다행스런 일이다. 하지만 이젠 얄밉다. 도무지 거리낄 것 없는 저 젊음이. 머뭇거리지 않고 사진을 찍을 수 있는 저 매끄러운 얼굴이.

그러다가도 초경 시작한 둘째를 보면 여린 꽃잎처럼 걱정스럽고 안쓰러워 피어나는 젊음이 그저 서글프게만 여겨지니, 내가 갱년기가 맞긴 맞는 모양이다.

"학교 앞길에 단풍잎이 마구 떨어지길래 사진 좀 찍었는데 엄마한테 보내 줄까? 엄마 이런 사진 좋아하잖아."

"그러든지 말든지."

심지어 나를 달래려는 듯 풍경 사진을 내미는 첫째에게 괜히 눈을 흘기며 심통을 부려 본다. 네가 아무리 나를 이해한다 해도 아직은 멀었지. 넌 그저 예쁜 색깔에 눈멀어 단풍을 찍어 댔겠지만 난 거기에 담긴 시간의 슬픔까지도 알아볼 수 있거든. 고궁이나 성벽의 오래된 돌을 쓰다듬으며 거기 새겨진 세월에 감탄하는 내 마음을 짐작이나 하겠니? 뭐, 이런 얘기 해 봤자 너는 이 엄마를 대책 없는 낭만주의자라고나 할 테지만.

그래도 사진 속의 내 젊을 적 모습을 보면서 "아이구 죄송합니다, 어머니. 우리 때문에 지금 이리 되신 거군요." 하고 너스레를 떠는 첫째니 봐주기로 한다. 그러고 보니 그 사진이 보고 싶다. 첫째가 죄송해할 만큼 예뻤던 내 20대 시절의 사진. 아니, 30대였던가?

나의 앨범은 거의 그 무렵에 찍힌 사진들로 채워져 있다. 10대에는 기나긴 사춘기를 통과하느라 카메라를 피했고 40대가 되면서는 변해 가는 내 모습이 싫어서 카메라를 외면했다. 오로지 20대와 30대에만 자발적으로 카메라 앞에 섰던 것 같다.

하지만 그날 동창들은 달라 보였다. 다들 한껏 꾸미고 나온 까닭이었을까? 불쑥불쑥 나타나는 핸드폰의 카메라 렌즈를 두려워하지 않는 것 같았다. 물론 나처럼 몸을 뒤로 빼거나 옆으로 돌리는 친구도 있었고 찍은 사진을 보여 달라고 해서 맘에 안 들면 삭제를 요구하는 친구도 있었지만 오히려 그러면서 분위기가 달아오르기도 했다.

"괜찮다, 너거 다 예쁘다."

"맞다. 열두 살 때랑 똑같은데 와 그리 몸을 사리노?"

여자 동창들끼리야 오랜만에 만나도 서로 하나도 안 변했다고 진심으로 얘기하지만 남자들 눈에도 설마 그렇게 보일까? 집에 들어가서 어린 아내에게는 여자 동창들이 할머니라고 얘기

할지언정 그 순간만큼은 성실히 립서비스를 하니 모르는 척 웃음을 흘릴 수밖에.

그들은 우리의 열두 살을 기억하고, 열두 살에 우리는 분명 예뻤을 테고, 그래서 우리는 그들 앞에서 실실 웃으며 술을 마시고, 그들과 함께 무장해제가 되고……

"진짜 똑같다니까. 니는 그때 특히 성숙했었다 아이가. 그때 생리도 했었제?"

심지어 립서비스를 곁들인 기억 끝에 이렇게 서슴없이 묻는 남자 동창도 있었다. 열세 살에 같은 반이었다지만 제대로 기억나지 않는 남자한테 그런 말을 듣고서도 아무렇지 않게 대꾸하고 있는 나 자신은 또 얼마나 낯설던지.

"맞다. 그때 생리도 했었다. 근데 인자 폐경이 될라 하네. 봐라, 세월이 얼마나 빠르노……"

그 순간, 고개를 숙인 채 술잔을 들고 있던 박성규의 얼굴에 슬쩍 미소가 떠오르는 걸 나는 보았다. 착각이었을까?

"자연스럽게 폐경되는 건 고마운 일이제. 그 전에 자궁 들어내고 빈궁마마 되는 여자가 얼마나 많노."

"빈궁마마 되면 훨씬 더 편하다던데? 안 그런가?"

계속해서 이어지는 얘기들이 불편해서 잠시 밖으로 나왔을 때, 박성규가 나를 따라 나왔다고 생각한 것도 착각일지 모른다. 어쨌든 우리는 가을밤의 쌀쌀한 공기 속에 어색한 자세로 35년

만의 첫 대화를 나누었다.

"니는 진짜 그대로네."

"니는 그대로 아니네. 더 멋있어졌다."

"그건 나도 안다."

"결혼 잘 했나보다. 와이프가 잘 하면 남자들이 이래 더 멋있어지더라."

"두 번 하면 더 멋있어질라나? 잠시 한 번 했던 경험밖에 없어서……"

지금 생각해 봐도 이 마음을 도무지 모르겠다. 성규의 말에 놀라움과 반가움과 애틋함이 마구 뒤섞이던 이 마음의 정체를.

"엄마, 쟤 좀 봐. 이제 막 나가네? 우릴 아예 투명 인간 취급하는 거잖아."

보란 듯이 TV 앞에 앉아 있는 둘째를 보며 첫째가 소리를 지른다. 볼륨은 한껏 높여져 있고 화면 속에는 어김없이 드라마가 펼쳐지고 있다. 남편이 몇 차례의 경고 끝에 둘째에게 TV 금지령을 내린 게 어젯밤이었으니 이건 가족 모두를 무시하겠다는 얘기다.

"벌써 현실 감각을 다 잃어버린 거야. 지가 무슨 드라마의 주인공이라도 된 것처럼 반항하는 거라고."

작년까지만 해도 저런 모습으로 TV 앞에 있다가 혼나기 일쑤

였으면서 언제 그랬냐는 듯 첫째는 마냥 동생을 비난한다.

"그냥 놔둬. 저러다 말겠지. 너도 고등학교 들어가면서 드라마 끊었잖아."

"끊은 게 아니라 시시해서 안 보게 된 거지. 저게 다 시간 낭비라는 걸 알아야 될 텐데…… 저런 세계에 빠져서 폼 잡아봤자 다 소용없다는 것도."

"현실이 팍팍할 땐 드라마로 도피하는 법이야. 네가 사춘기 벗어났다고, 네 성격이 낙천적이라고, 그렇지 않은 사람을 너무 몰아세우지 마."

"하긴 뭐, 엄마도……"

슬쩍 눈치를 보며 첫째가 말끝을 흐린다. 이럴 땐 정면 돌파뿐이다.

"그래, 사춘기와 갱년기의 벗은 역시 드라마야. 그나마 저 세계에 빠진 덕분에 현실에서는 난동 부리지 않는 걸 다행으로 생각해."

그게 내 탓인가. 빠져들기 딱 좋은 내용으로 끊임없이 드라마를 만들어 내는 사람들 탓이지. 사춘기와 갱년기의 복잡한 마음을 위로하는 드라마는 특히나 끊이지 않고 나온다.

"생각해 봐라. 저 무렵에 얼마나 남과 나를 비교하게 되니? 외모부터 집안 형편까지, 아무리 노력해도 바꿀 수 없는 것들 앞에서 처음으로 좌절하는 시기가 저 때잖아. 비교, 질투, 콤플렉스…… 그런 걸 잠시 잊어버리려고 드라마에 빠져드는 거야."

"그건 그러네. 자기가 갖지 못한 걸 받아들이고 잘 견디는 사람을 자존심 강한 사람이라고 부르는 거 같아. 그런 의미에서 쟤는 자존심이 없는 거야. 저런 뜬구름 같은 재벌가 자식들 얘기에나 빠져 있으니……"

"뭐 그런 건 잘 모르겠고, 사춘기 지나고 한창 때는 그래도 뭔가 바꿀 수 있을 거라는 희망으로 너처럼 열심히 살겠지만 이 나이가 되면 다시 또 받아들이게 되거든. 타고난 게 얼마나 큰 부분인지. 태어날 때부터 그냥 정해져 버린 부분이 얼마나 많은지."

"어, 이거 엄마라는 포지션에서는 좀 위험한 발언인데? 이쯤에서 깔때기가 등장해야 하는데 엄마 오늘 왜 이래? 그러니까 공부해! 공부하면 다 바꿀 수 있어! 이런 말이 안 나오니까 너무 낯설잖아."

그랬다. 딸들의 얘기에 대꾸하다 보면 나도 모르게 깔때기라도 들이댄 듯 공부라는 결론으로 이야기를 마무리하곤 했다. 대학 가면 괜찮은 친구들이 널렸어, 그러니까 공부해. 저 가수도 명문대 출신이라 더 멋있어 보이는 거야, 그러니까 공부해. 좋은 데 취직해서 돈 많이 벌면 성형이고 몸매 관리고 다 할 수 있어, 그러니까 공부해.

"정말 공부만 잘 하면 잘 살 수 있을까? 잘 사는 건 뭘까? 꼭 뭔가를 이루며 살아야 할까? 아, 모르겠다. 동창회 다녀온 후유증인가?"

"꼭 뭔가를 이루며 살아야 할까? 이거 내가 맨날 하던 말인데 그때마다 혼내던 엄마 입에서 이 말이 나오다니…… 우와, 신기하다. 그 동창회는 아저씨 아줌마들 모여서 그냥 노는 모임이 아닌가 봐."

"아저씨 아줌마 무시하지 마. 다들 한때는 니네들처럼 젊었던 사람들이야. 그건 무섭도록 엄연한 사실이지. 니네들도 언젠간 아줌마가 된다는 사실만큼이나."

사뭇 진지하게 말하고 나니 머쓱해진다. 한때는, 이라는 말은 서글프다. 한때는, 이라는 말은 그래도 한편으로 설렌다. 그 공존이 착잡해서 나는 다시 선언하듯 첫째에게 말한다.

"그리고, 자꾸 갱년기라고 놀리지 마. 갱년기 뜻이나 알고 그래? 갱신, 갱생, 그런 말 알지? 바뀌고, 고치고, 다시 새로워지는 시기가 갱년기라고!"

❀

한때는 젊었던 우리들의 동창회에서 마지막 화제는 유채였다. 우리에겐 젊었던 한때의 기억들을 현재로 살고 있는 친구, 정유채.

나는 알고 있다. 바로 그 현재성 때문에 남자들은 유채에게 관심을 갖고 여자들은 유채를 질투한다는 사실을.

"너거들 친한 거는 진짜 미스테리다."

서미주에 이어서 정유채가 화제에 오르자 술기운을 빌린 한 친구가 내게 말했다.

"맞다. 도대체 너거는 우짜다가 그리 친해졌노? 전혀 성격이 다른 세 사람인데."

누군가 동조하고 또 누군가 나 대신 설명했다.

"초등학교 때부터 친했으니까 가능한 거제. 다 커서야 그리 친해질 수 있나? 셋이 완전 다른 스타일인데."

그런가? 잘 모르겠다. 완전히 다른 스타일인데 그렇게 오랫동안 어울려 다닐 수 있었을까? 하긴, 그래서 결국엔 지금처럼 소원해졌는지도 모르겠다.

"유채는 지금 혼자 사나? 호텔 사장이랑 재혼한다는 말도 들었는데……"

"지금도 화려한 싱글이지. 이 모임에도 자주 나온다. 게시판에 글 쓴 거 안 봤나?"

"그래, 글 재밌게 쓰대. 글만 봐서는 싱글 같아 보이던데 하도 소문을 많이 들어서……"

"유채야 뭐, 소문 빼면 시체지."

내가 별말이 없자 친구들은 제멋대로 떠들기 시작했다. 느닷없이 연락이 와서 모임에 꼭 나오라고 해 놓고 막상 자기는 모습을 나타내지 않는 유채가 야속할 따름이었다.

"나는 유채가 영화배우랑 사귄다고 들었는데? 한 삼년 전쯤이었나?"

"그 정도야 스쳐가는 인연이었겠지. 해변호텔에 와인빠 연다고 하다가, 그 호텔 사장이랑 결혼한다고 하다가, 결국엔 다 없던 일이 됐뻿다고 히히덕거린 게 작년이다."

"갸가 언제부터 그리 놀았노? 초등학교 때부턴 아닐 끼고……"

"중학교 때부터였지. 바다초등 여자애들은 거의 다 바다여중으로 갔으니까 대충 다 안다."

그리고 뭔가 더 말하고 싶은 듯 입을 오물거리며 내 눈치를 살피던 친구는 코 성형 부작용이 확연하게 나타나고 있는 중이었다. 그 친구에게는 완벽하게 성형된 유채의 코까지도 질투의 대상이겠지.

서로의 맨얼굴을 알고 있기에 숨길 것도 없고 과장할 것도 없는 우리들이라고 생각했었다. 여중 동창들끼리 만났을 때의 얘기다. 그다지 친하지 않았던 친구들도 섞여 있었지만 십 대 중반의 시간을 공유했다는 기억은 마법 같은 힘을 발휘해서 우리를 끈끈하게 엮어 주었다. 5년 전쯤이었나 보다.

"옛날에 우리는 와 그리 씰데없는 것들을 중요하게 여겼는지 모르겠다. 다른 사람들의 시선 같은 거, 나이 들수록 그런 거는 정말 아무것도 아니다 싶지 않더나?"

누군가의 말에 공감하며 고개를 끄덕일 때, 바다여중 동창들은 약속이나 한듯 유채를 바라보았다.

서울에서 모이던 몇몇 친구들이 마음먹고 고향을 찾아 내려갔던 때였다. 부산역까지 나와서 우리를 맞이해 준 유채는 그 모임에서도 주인공이었다. 하룻밤의 모임을 위해 친정에 아이를 맡기고 직장에 휴가를 내고 정신없이 달려온 우리와 달리 한껏 멋을 내고 나타난 유채는 더할 수 없이 여유로워 보였다. 서울 친구들에게 한턱내겠다며 우리를 데려간 노래방에서도 마이크만 잡으면 주인공이었다.

정말 중요한 게 뭔지 몰랐기에 너무 많은 것들을 중요하게 여기며 잔뜩 몸을 웅크리고 살았던 친구들은 그 시절 유채에게 왜 그렇게 손가락질을 했는지 모르겠다며 웃었다. 이제는 적어도 무엇이 중요하지 않은지는 아는 나이가 되었기 때문이었다. 유채의 죄라면 모두가 웅크릴 때 유일하게 웅크리지 않고 멋대로 살아갔다는 것밖에 없었다.

유채의 자유분방함, 그리고 유채를 둘러싼 소문. 그런 것들은 진실 여부를 떠나 적어도 우리 인생에서 그리 중요한 건 아니라는 사실을 뒤늦게 깨달은 친구들은 유채의 자유로움에 전염되어 부산에서의 하룻밤을 짜릿한 일탈처럼 즐겼다.

그게 불과 5년 전이었는데, 여학생만 놓고 보자면 거의 그때 그 멤버들인데, 언제 그랬냐는 듯 유채를 자신과 분리시켜 말하고 있는 친구들이 우스웠다. 남자가 옆에 있으면 이렇게 달라지는 걸까? 지난 번 모임에서도 유채랑 재밌게 놀았다면서 오늘은 자리에 없다고 이렇게 함부로 말하다니.

"맞다. 중학교 때부터 유명했다. 롤라장 사건도 있었고."

"그 사건으로 정학당했다 아이가. 하기사 남학생 사귀기만 해도 정학당하던 시절이기는 했다."

남자들에게 무슨 대단한 정보라도 전해 주듯 이야기를 흘리는 여자들을 보고 있자니 벌떡 일어나서 소리쳐 주고 싶었다.

그래서 놀았으면? 남자를 만났으면? 데이트밖에 더 했겠어? 더 나아가 봐야 섹스밖에 더 했겠어? 그게 무슨 범죄니? 너희들이 피해당한 거라도 있어?

하지만 그렇게 소리치진 못했다. 그게 나니까.

그래, 그게 나였다. 초등학교 시절 서미주를 향해 친구들이 수군거릴 때에도 나는 아무 변명을 해 주지 못했다. 문예반에서 친하게 지내긴 했지만 사실 나도 미주를 잘 모른다는 생각 때문이었는지 모르겠다. 어쩌면, 변명해 봤자 사람들의 호기심만 더 자극할 뿐이라는 걸 그때 이미 알았던 것인지도.

"쟈가 그래 건방지다매? 그냥 지나가면서도 억수로 쌀쌀맞네."

"저거집은 완전 콩가루라던데? 그래서 더 잘난 척한다더라."

미주가 지나간 뒤에 모두들 한마디씩 하던 상황에서 오직 유채만이 담백하게 내게 물었다.

"쟤는 누군데? 진짜 예쁘게 생겼네."

"서미주라고, 우리 문예반에서 글도 제일 잘 쓰고 공부도 잘하는 친구다."

"문예반? 나도 거기 들어갈 수 있나?"

전학 온 지 며칠 되지 않은 유채는 호기심 어린 눈을 빛내며 관심을 보였다. 정유채와 서미주, 그리고 나 김은하의 인연이 시작된 순간이었다. 열세 살, 초등학교 6학년이었다.

우리는 셋 다 키가 큰 편이었고, 그만큼 조숙했고, 공부를 제법 잘 했고, 말수가 적은 편이었다. 그러니까 그 무렵에 우리 셋은 차이점보다 공통점이 더 많았다. 그래서 더 빨리 친해지고 더 많이 가까워질 수 있었는지도 모른다.

물론, 드라마를 좋아하는 나의 취향도 우리 셋을 이어 주는 데 큰 기여를 했다. 화려한 옷차림으로 전학을 와서 당당히 내게 여러 가지 도움을 청하던 유채, 외모로도 재능으로도 태도로도 항상 주목받는 아이였던 미주. 그때 그들은 나의 드라마였고 이후로도 오랫동안 그랬다. 최근에 전해 들은 그들의 소식도 나의 기대를 저버리지 않았다. 오랜만에 받았던 유채의 전화 또한 마찬가지였다.

"한번 나와 봐라. 분위기 재밌을 끼다. 다들 내만 쳐다본다 아이가. 여자들이야 늘 그랬고, 남자들도 이 나이에 어디 가서 내 같은 여자랑 놀 수 있겠노?"

초등 동창회를 배경으로 한 드라마는 그렇게 시작되었다. 멜로와 코믹이 적당히 섞인 드라마.

"그라믄 내가 남자들한테 이래 말해준다 아이가. 너거들, 집에 가서 마누라한테 잘 하래이. 항상 가까이 있는 사람한테 잘해야 한대이."

유채가 정말 자기 말대로 그러는지 보고 싶어서 갔다가 주인공은 못보고 엉뚱한 인물들만 보고 온 셈이다. 35년 전이나 지금이나 열등감 폭발하는 인물은 정해져 있고 그들은 참 변하지도 않는다. 별 관심 없이 얌전히 있던 인물들은 역시 그때나 지금이나 얌전하다.

그러고 보면 많은 부분이 예상대로 되었다. 미주는 예상했던 대로 주목받는 삶을 살았고 또한 지금도 주목받으려 애쓰고 있다. 유채는 그저 놀기 좋아했기에 예상대로 여전히 놀면서 즐거움만 추구하며 살고 있다. 하지만 많은 부분, 예상치 못했던 쪽으로 흘러가기도 했다. 공부 못하는 애들은 아무짝에도 쓸모없는 인간이 될 줄 알았는데 그렇지 않다든가, 삶의 형태가 엄청나게 다를 줄 알았는데 다들 고만고만하게 살아간다든가.

재산은 차이가 날지 몰라도, 자식들의 성적은 다를지 몰라도,

그런 것들이 이젠 별로 의미 없게 느껴지기에 모두가 비슷하게 살아가는 것처럼 보인다. 우월한 유전자와 좋은 환경을 타고 나서 모두의 부러움을 받는 사람은 분명 존재하지만, 그런 이들도 나이만큼은 공평하게 먹는다. 어쩌면 우리는 그런 사실을 확인하려고 주기적으로 만나는 것인지도 모른다. 내가 선택한 것과 선택하지 않은 것들. 내게 주어진 것들과 죽어도 주어지지 않을 것들. 그 사이의 경계가 불분명해지고 의미 없어지는 걸 즐기려고.

"근데 유채는 오늘 와 안 나왔노? 이번에도 참석한다 했는데……"

"서울 올 일이 갑자기 취소됐다더라. 갸 스케줄은 항상 우찌 변할지 모르니까 내가 한 번 내려가야 얼굴이나 볼 거 같다."

유채 얘기를 하다가 문득 아침부터 분주히 꾸미고 나온 게 떠올라 웃음이 터질 뻔했다. 오랜만에 화장을 하고 머리를 만지고 옷을 고르면서 나는 대체 뭘 기대한 걸까? 술잔을 기울이며 조금씩 자세가 흐트러지는 동창들을 바라보면서 나는 씁쓸한 웃음을 애써 수습했다.

유채의 전화를 받고 내 삶의 한 부분이 흥미로워진 건 사실이다. 뻔한 드라마에 질려가던 무렵이기도 했다. 하지만, 현실이 드라마보다 더 드라마틱하다 해도 언제나 그 현실의 주인공은 내가 아닌 법. 나의 현실은 언제나 여기 이 자리에 이렇게 굳건하다.

그래서 드라마를 보는 거겠지. 빤하지만 잠시라도 다른 세상으로 떠날 수 있으니까.

둘째가 떠난 TV 앞에 자리를 잡고 앉으면서 나는 익숙한 포즈로 리모컨을 집어 든다.

❀

"레몬청이랑 생강청이랑 좀 만들어 봤어. 맛만 봐."

맛만 보기에는 너무 크다 싶은 유리병 두 개를 들고서 지수 엄마가 찾아왔다. 병뚜껑에 하얀 레이스를 씌우고 리본 장식까지 한 게 아무래도 심상치가 않다.

"무슨 일이야? 뭐 부탁할 거 있어?"

아이들을 학교에 보내자마자 찾아온 걸 봐도 그렇고, 뭔가 달뜬 듯 묘한 분위기도 그렇고, 단도직입적으로 묻지 않을 수가 없었다.

"부탁은 무슨…… 맛있게 담궈졌길래 그냥 가져온 거야. 참, 동창회는 어땠어?"

그러고 보니 지수 엄마 때문이었다. 유채의 전화를 받고서도 망설이는 나를 동창회로 떠민 게 바로 그녀였다.

"한동안 친구들 만나는 게 싫었거든. 뭐든 비교하게 되고 왠지 피곤하고 그랬는데, 마흔 넘어가니까 좀 무뎌지더라. 심지어 이젠 친구들을 만나면 반가워. 그래서 초등 동창들 모인다니까 좋긴 한데, 남자들이 섞이니까 나가기가 망설여지네."

"아유, 왜 그래? 촌스럽게…… 우린 요즘 동창들 모여서 얼마나 재미난데. 예전 한때 동창 모임 붐이 일었을 때랑은 또 달라. 그땐 컴퓨터로 인터넷하는 애들만 모였지만 이젠 핸드폰으로 접속하니까 많이들 연락되고 그때보다 나이도 들어서 훨씬 여유롭더라고."

지수 엄마는 내가 모임에 안 나가면 크게 후회할 거라고 단언하기까지 했다. 일상을 공유하며 안부를 묻고 서로의 건강까지 걱정해 주는 훈훈한 관계를 왜 색안경 끼고 보는지 모르겠다고도 했다.

"정말 예전하고 다른 게, 남자 동창들 보면 연애 감정보다 측은지심 같은 게 들어. 그냥 애틋하다니까. 그 시절 우리 아버지보다 나이가 더 많아졌으니 오죽하겠어?"

측은지심. 그 단어가 가장 강하게 나를 떠밀었던 걸로 기억한다. 요즘 들어 세상의 모든 것에 대해 나도 모르게 갖게 되는 그 감정. 어느덧 그 시절 아버지 나이가 되어 버린 동창들을 보며 나는 대체 어떤 종류의 측은지심을 느끼게 될지 궁금했다.

"근데 말이야, 그때 얘기했던 측은지심이란 게 어떤 의미야? 나도 이번 동창회에서 그런 걸 느끼긴 했는데, 이 나이까지도 여자 밝히고 남자 의식하는 게 한심해서 느껴지는 측은지심? 그런

게 다가오더라고. 자기네 학교랑 우린 수준이 틀린가 봐."

레몬차를 우려내며 진지하게 말하는데 지수 엄마가 뜻밖에도 동조한다.

"내가 느낀 것도 그런 쪽의 측은지심 맞아. 남녀불문 여전히 청춘인 게 안쓰럽더라. 몸은 청춘이 아닌데 마음은 청춘이니……"

이게 뭐람. 그때는 절대 그런 의미로 말한 게 아닌 것 같은데…… 아무튼 조심스레 이 여자의 의중을 떠보는 수밖에.

"그렇지? 이번에도 보니까 서로 마음 맞아서 수작 부리는 남녀가 눈에 들어오더라고."

"그러니까…… 그게 참, 나이가 들어도 그런가 봐."

"그래도 서울 모임은 시작한 지 얼마 되지 않아 나은 편인데, 고향에서는 벌써 눈 맞아 살림 차린 동창도 있대."

"그러게…… 그게……"

이제는 한숨까지 덧붙이며 침묵하는 그녀. 틀림없다.

"무슨 일 있지? 말해 봐!"

낚아채듯 말하자 그녀는 못이기는 척 털어놓는다.

"어떤 녀석이 대 놓고 나한테 연애를 하자고 해서……"

아, 현실 속의 드라마는 언제나 타인의 몫.

"그래서?"

"너무 아쉽잖아, 우리 나이가…… 그래서……"

"시작했군."

"시작…… 하려고."

"측은지심을 느꼈던 동창?"

그녀가 고개를 끄덕인다.

"겁나지 않아? 지수 아빠한테 들키면?"

그녀가 고개를 가로저으며 말한다.

"어쩔 수 없어. 이제 남은 날도 얼마 없잖아."

"자기가 무슨 시한부 환자야? 남은 날이 왜 없어?"

"젊은 날은 시한부 맞잖아. 곧 끝날 거야."

그날 노래방에서도 그랬다. 동창들은 모두 시한부 인생처럼 노래를 불러 댔다. 한 곡 한 곡이 자기 생의 마지막 노래이기라도 한듯 그렇게 애절할 수가 없었다. 그러다가 누군가 '연극이 끝난 후'를 부르는 순간, 주책없게도 눈물이 핑 돌았다.

우리가 졸업하며 뿔뿔이 흩어졌던 해에 나온 노래였다. 가사의 의미도 제대로 모른 채 흥얼흥얼 따라 불렀던 시절로부터 우린 얼마나 멀리 와 버렸는지.

그 세월 동안 우린 청춘이라는 무대에서 밀려 내려왔다. 화려한 조명으로부터 벗어나 각자의 젊은 날을 어딘가로 흘려보냈다. 그렇게 청춘의 연극은 끝나고 이젠 생짜로 살아가야 할 여생만이 남아 있을 뿐.

하지만…… 어쩌면…… 연극이 끝나고 난 뒤부터 인생은 진짜 시작이라고 할 수 있을지도 모른다. 분장과 무대의상에 갇혀 각자에게 주어진 역할을 연기하는 것이 아니라 맨얼굴과 편안한 옷차림으로 진짜 자신의 삶을 살아가는 것이니까. 그런데 그 맨얼굴에 자신이 없다면…… 어떡하지?

지하 노래방의 탁한 공기 속에서 그런 상념에 빠져드는데 문득 뿌연 유리문을 열어젖힌 듯 눈앞이 환해졌다. 35년 전의 떠들썩한 교실 풍경이 손에 잡힐 듯 눈앞에 펼쳐졌다. 그 속에 하나하나 떠오르는 이름들, 바람에 펄럭이는 하얀 커튼과 그 사이로 고요히 펼쳐진 바다.

다시 청춘의 무대 위로 불려 올라간 듯 설레고 즐거워하는 친구들을 바라보면서 나는 그 지긋지긋했던 바다를 생각했다. 동창회라는 무대가 막을 내리고 생짜로 살아가야 할 일상으로 돌아온 뒤에도 한동안 바다가 떠올랐다. 어쩔 수 없었다. 그 도시에서 바다란 그런 것이었으니까.

지수 엄마의 목소리는 이제 너무 차분해져서 비현실적으로 들려온다.

"초등학교 때까지는 우리 집 형편이 괜찮았고 나도 공부를 곧잘 했어. 그 시절의 나를 기억해 주는 사람과 있으면 다시 그 시절로 돌아가는 것 같아."

"어떤 심정인지 이해할 것 같아. 하지만……"

"그 시절 아이들이 다시 만나 소꿉장난하는 거라고 생각해 줘.

아슬아슬한 불장난도 간혹 곁들여서……"

"그래도 이건 아닌 것 같아. 잘 생각해 봐. 물론 오늘 밤의 알리바이는 도와줄게."

하지만 언제까지 버틸 수 있을까? 둘째 유치원에서 학부모로 만나 친해진 우리 관계는 과연 언제까지 유지될 수 있을까? 파국을 짐작해 보는 것만으로도 흥미진진한 드라마이긴 하지만.

"고마워. 오늘은 이 집에서 쫓겨나지 않은 것만으로도 성공이네."

해맑게 웃는 지수 엄마를 향해 눈을 흘겨 주었다. 다 식어 버린 레몬차를 홀짝 마셔 버리더니 이윽고 그녀가 문득 생각난 듯 내게 묻는다.

"그런데…… 자기 남편 말이야, 혹시 요즘 좀 이상한 거 없었어?"

"이상한 거라니?"

"아니, 그게…… 전혀 뜻밖의 장소에서 내가 목격을 했거든."

"목격?"

"별일 아닐 수도 있는데, 아무튼 남편 잘 살펴봐."

어리둥절해서 제대로 물어보지도 못하고 머뭇거리는 동안 지수 엄마는 총총히 현관 밖으로 사라져 버렸다. 그녀는 혹시 자신의 드라마에 조연이 필요한 게 아닐까? 아니면, 전혀 새로운 드라마가 내게 시작되려는 걸까?

여전히 어리둥절해서 한동안 멍하니 앉아 있는데 갑자기 전화벨 소리가 요란하게 울린다. 이런 상황에 꼭 등장하는 불길한 전주곡처럼.

2.

언제나 주인공은 정유채

섹스에 관한 오해와 농담, 그리고 거짓말

두 다리를 벌린 자세로 편하게 눕는다. 온몸의 힘을 빼야만 한다. 어제 밤에 봤던 드라마의 남자 주인공 목소리를 떠올리는 것도 좋은 방법이겠지. 아니면, 여주인공이 들고 있던 카멜 색상의 호보백이라든가.

하지만 굵고 단단한 것이 다리 사이로 밀고 들어오면 속절없이 온몸이 굳어 버린다. 아이를 둘이나 낳아도 이 상황은 매번 낯설다. 뭉툭한 통증은 참을 만하지만 어색함과 불편함은 여전히 견디기 힘들다.

여기는 산부인과 진료실. 나는 지금 질 초음파 검사를 받는 중. 그 어떤 회상이나 공상도 허락하지 않는 고약한 순간을 겨우 겨우 참아 넘긴다. 굵고 단단한 것이 이리 저리 방향을 틀면서 자궁과 난소를 골고루 비춰줄 수 있도록……

이윽고 나의 배 위로 늘어뜨려진 커튼 너머에서 의사가 말한다.

"깨끗하네요. 별 문제는 없어 보여요."

어제 받아 든 종합검진 결과 보고서는 알 수 없는 단어들과 빼곡한 숫자로 내 몸이 아직 건강하다고 말해 주고 있었다. 각종 기계들 앞에 몸을 내맡기고 그 기계가 알려 주는 수치들을 누군가 분석해 주어야만 비로소 알 수 있는 내 몸의 상태가 새삼스럽긴 했지만, 어쨌든 아직은 괜찮다고 스스로 위로하기에는 충분했다.

그런데도 오늘 이렇게 산부인과를 따로 찾은 건 종합검진의 마지막 과정인 상담 결과 때문이었다. 늘 그래왔듯이 의례적인 질문과 뻔한 대답이 이어지다가 특별히 걱정되는 부분이 있냐고 의사가 물었을 때, 나는 졸다가 들킨 아이처럼 눈을 크게 뜨며 말했다.

"요즘 배란기 무렵에 며칠 동안 출혈이 있어요. 6개월 정도 됐는데…… 이런 것도 폐경 증상인가요?"

"모든 부정 출혈은 위험 신호입니다. 산부인과 검진을 따로 꼭 받아 보세요."

의사는 명쾌하게 대답했다. 걱정되는 부분이 있냐고 묻길래 대답했더니 그쪽으로 더 자세히 검사를 받아 보라니. 너무나도 간단한 해결방법에 박수라도 치고 싶을 지경이었다.

물론, 자세한 검사란 더욱 부분적으로 정밀하게 기계를 들이미는 걸 의미했다. 자세히 들여다보게 해 주려니 민망한 자세도 감수해야 했고 시간도 비용도 따로 더 들여야 했지만 뭐 어쨌든 깨끗하다니 다행이다.

하지만 산부인과를 나서는 지금의 내 마음이 홀가분한 건 아니다. 기계가 알려 주는 숫자와 전문가의 분석보다 내게 더욱 와 닿는 건 순간순간 몸으로 직접 느껴지는 것들이기 때문이다. 어딘가 조금씩 달라지는 기미. 무언가 미묘하게 다가오는 조짐.

그러다가 불쑥 뭔가 확연하게 드러나는 거야. 느닷없이 무슨 병명을 얻기도 하지. 맞아, 그런 낌새들이 다 이렇게 미리 몸으로 느껴지는 거라니까.

세상의 언니들은 그렇게 말했다. 기계가 좀 더 빨리 발견해 주느냐 마느냐의 문제일 뿐, 사람은 누구나 늙어 가고 언젠간 병들고 결국엔 죽는다. 그러니까 받아들여야 한다. 내가 더 이상 젊지 않다는 사실을.

"폐경·이행기에 나타날 수 있는 증상이긴 해요. 출혈량이 많지도 않고 별다른 증상도 없다니 일단 기초체온을 재면서 배란이 제대로 일어나는지 지켜봅시다."

의사가 내미는 기초체온계와 기록표를 받아드는데 눈앞에서

20년 세월이 훌쩍 지나간다. 가느다란 유리막대에 촘촘하게 눈금이 새겨진 수은 체온계가 소수점 아래 두 자리 숫자까지 표시되는 디지털 체온계로 바뀌었을 뿐, 아침에 눈을 뜨자마자 누운 채로 체온계를 입에 물고 미세한 체온의 변화를 측정해야 하는 건 똑같다.

기초체온 기록표의 재질이 누런 종이에서 하얗고 빳빳한 종이로 바뀌었지만 거기에 기록되어야 하는 정상적인 그래프의 모양도 똑같겠지. 월경과 배란을 기점으로 저온과 고온이 2주 정도씩 반복되는 물결 모양.

"2주 동안 지속되던 저온이 고온으로 올라갈 때, 바로 그 때를 놓치지 마세요."

결혼하고 1년이 지나도 임신이 되지 않아 산부인과를 찾았을 때, 의사는 비법을 알려주듯 은밀한 목소리로 말했다. 나로서는 그다지 효과를 볼 수 없었던 비법이었지만 월경 주기를 따라 내 몸이 저온기와 고온기를 반복한다는 건 흥미로운 발견이었다. 저온기로 내려가야 할 시기에 계속해서 고온을 유지하는 걸 보며 임신을 확신할 때까지 나의 기초체온 그래프는 놀라울 정도로 규칙적인 모양의 물결을 반복했다.

그 시절처럼 다시 이 기초체온표에 정확한 물결무늬가 그려질까?

아닐 것 같은 예감이 온몸으로 느껴진다. 월경 주기부터 불규칙해지고 부정출혈까지 나타나는데 체온이 규칙적인 변화를 보일 리 없다. 그러다가 괜찮아지기도 한다지만 또 언제 다시 그럴지는 모를 일. 갱년기의 특징은 불규칙성에 있다니 체온 그래프도 딱 그런 모양을 보여 주겠지.

예감이 너무도 확연하게 다가오는 바람에 불쾌해지려는 순간, 핸드폰의 진동이 느껴진다.

"모임 어땠노? 내가 없어도 재미가 있었나 모르겠다."

오랜만에 찾아온 이 병원 또한 구석구석 변했는데 유채의 높고 발랄한 목소리는 어째서 변함이 없는 걸까?

"재미없었다. 니가 있어도 마찬가지일 거 같던데?"

병원 문을 나서면서 나도 모르게 짜증을 섞어 말했다. 그러거나 말거나 유채는 변함없이 빠른 말투로 떠들어 댄다.

"아니지. 내가 있으면 다르지. 내가 나서면 몸 사리던 여자애들도 따라서 나선다 아이가. 남자애들은 내하고 말 한 번 섞어볼라고 막 떠들고."

"아, 그래서 다들 그랬구나. 남자애들은 쓸데없이 폼 잡고, 여자애들은 얌전한 척하고…… 그러다가 기껏 남 얘기나 하더라고."

"야, 구경할 만했겠다. 나름 재밌었겠네."

"재미는 무슨. 다들 수군거리면서 니 얘기 얼마나 많이 하는지 아나? 소식 묻는 척하면서 이상한 소문도 들먹이고 옛날 얘기도 자꾸 꺼내고……"

"그게 다 내한테 대한 관심 아이가. 그런 관심 못 받으면 정유채가 아니지."

아, 정말. 이 대책 없는 자신감이라니.

"그 야비한 분위기며 억지스런 내용을 니가 몰라서 그란다."

"별 꺼 아이다. 저거들끼리 노는 방식이지. 그라다가 내 만나면 또 잘 어울려서 노는데 머."

"그러니까 더 웃기지. 특히 여자애들, 니하고 그리 재밌게 놀았으면서 남자애들 앞에서는 니랑 전혀 안 친한 척하더라. 요조숙녀가 따로 없더라니까."

"내랑 차별화해야만 눈에 띌 수 있다고 생각하는 모양이네. 일종의 질투 아니겠나? 아무튼 간에 갸들은 내를 카리스마 있는 언니쯤으로 생각하고 억수로 따른다. 그건 틀림없는 사실이다."

이쯤 되면 자신감이라기보다 삶에 대한 긍정적인 태도라고 해야 옳겠지. 어쨌거나 대책 없는 건 마찬가지겠지만.

전화를 끊고 나서도 유채의 목소리가 귀에 맴돈다. 내가 걷고 있는 길 위에 그녀의 높고 발랄한 목소리가 떠돈다. 빠른 말투로 쏟아 내는 대책 없는 자신감, 혹은 어이없을 정도로 긍정적인 태도. 그 모든 걸 비웃는 듯한 여중 동창들의 얼굴도 내 앞길을 어지럽히고 있다.

❀

5년 전, 부산에서 바다여중 동창들이 모였을 때 어색한 분위기를 단번에 날려 버린 건 유채의 성형 수술담이었다.

"내 가슴 어떻노? 마흔 살 넘으면서 자꾸 처지길래 볼륨 좀 넣어서 리모델링했는데 봐줄만 하제?"

서울에서 내려간 친구들이야 자주 얼굴 보던 사이였지만 유채가 불러낸 고향 친구들은 졸업 이후 처음 본 얼굴도 있었고 몰라볼 정도로 달라진 얼굴도 있었다. 고향 친구들의 입장에서는 말씨까지 새침하게 변해 가고 있는 서울 친구들이 낯설고 불편한 듯했다. 그런 상황에서 무슨 커밍아웃이라도 하듯 자신의 가슴 성형 얘기를 꺼낸 건 역시나 유채다웠다.

"저번에 만나던 성형외과 의사가 선물로 해준 건데, 헤어져도 이건 돌려줄 수가 없네. 그래도 내가 원래 가슴은 큰 편이었다. 너거도 알제?"

유채의 말이 넉살 좋게 이어지자 비로소 누군가 웃음소리를 섞으며 대꾸했다.

"청춘이다, 청춘! 내 같으면 귀찮아서라도 이 나이에 그런 수술 몬한다."

"사귀다 보니 지가 답답했는지 가슴 손봐 주겠다고 나서는데 굳이 거절하기도 힘들더라. 얼굴에 지방 이식도 했는데 그거나 제대로 다 끝내고 헤어질걸 그랬다. 내 엉덩이에서 빼낸 지방이 아직 한두 번 분량은 그 병원에 남아 있을 낀데……"

오래전에 했던 쌍꺼풀과 코 수술까지도 서슴없이 얘기하는 유채 앞에서 친구들도 자신의 수술 혹은 시술 경험담을 늘어놓기 시작하자 분위기는 금세 달아올랐다. 유채는 결혼과 연애에 대한 갖가지 경험담도 흥미롭게 털어놓다가 슬쩍슬쩍 인생의 깨달음을 내비치기도 했다.

유채와 친하지 않았던, 혹은 유채를 경계했던 동창들도 어느덧 허물없이 그녀의 이야기에 귀 기울이며 함께 웃고 함께 밥을 먹었다. 생맥주집으로 자리를 옮기자 분위기는 점점 더 고조되었다. 그리고 마침내 유채가 이끄는 대로 들어간 노래방에서 우리는 뜻밖에도 중학생 정유채를 만났다.

"초이스 해 봐라, 얘들아."

테이블 위에 위스키가 놓이고 남자들이 줄줄이 룸으로 들어오자 우리는 처음에 당황했다. 여성 전용 노래방이라는 간판을 보고서도 그 의미를 따져 볼 생각 없이 그저 유채를 따라 계단을 내려온 상황이었으니까. '초이스'하라는 유채의 명령이 무엇을 의미하는지조차 처음엔 파악하기 힘들었다.

눈앞에 늘어선 앳된 남자들이 차례로 자신의 이름을 말하면서 생글거리자 비로소 술이 확 깨는 것 같았다. 당혹스러웠지만 왠지 익숙한 장면이었다. 아마도 드라마 덕분이었겠지. 하지만 드라마 속의 인물과 달리 나는, 그리고 친구들은, 눈앞에 늘어선 남자 중 그 누구도 선택하지 못했다.

"맘에 안 드나? 야, 너거 나가고 다른 팀 들여 보내바라."

유채의 명령에 또다시 한 무리의 남자들이 들어와 우리 앞에 늘어섰지만 결과는 마찬가지였다. 유채는 선택을 종용했지만 우리는 선뜻 누군가를 고르지 못했다. 유치하게 잔뜩 멋을 낸 조카뻘의 남자들이 내 눈에는 다 똑같아 보였다.

"됐다. 너거 다들 일단 나가라."

남자들에게 소리친 뒤 유채는 화를 내듯 달래듯 우리에게 말했다.

"와 이리 촌스럽노? 여기 유흥업소다. 그냥 신나게 놀기만 하면 된단 말이다. 긴장 풀고 즐겨 봐라, 좀."

유채는 결국 마담이라는 남자에게 선택을 맡겼고 잠시 후 룸으로 들어선 몇몇 청년들은 제각기 우리들 사이에 자리를 잡고 앉았다. 그들이 마이크를 잡고 즐겁게 노래하는 모습을, 친구들이 그들과 농지거리를 하며 술을 마시는 모습을, 나는 멍하니 바라보았다. 도우미라는 이름의 청년이 내 옆에 앉아 술을 따르고 안주를 챙기는 모습이 너무나도 비현실적으로 느껴져 딴 세상의 일들을 지켜보고 있는 것만 같았다.

그 모든 상황은 내게 그날의 기억을 불러왔다. 중학교 2학년이 되던 해, 어느 봄날. 유채가 나를 시내의 롤러스케이트장으로 데려갔던 그날.

학교에서 출입금지 명령을 내린 대형 실내 롤러스케이트장이었다. 왜 그곳이 출입금지 구역이 되었는지 궁금해서 나는 기꺼이 유채를 따라 갔다. 그때나 지금이나 나는 호기심이 많았다. 뒤늦게 합류한 미주도 마찬가지였다.

아무리 둘러봐도 그곳은 그저 남녀 학생들이 자유롭게 어울리는 놀이터일 따름이었다. 집 근처의 롤러스케이트장보다 넓고, 따뜻하고, 매끄러운……. 그러나 그 풍요로운 느낌이 왠지 나와는 상관없는 것처럼 느껴져서 나는 그저 롤러스케이트장의 한 켠을 맴돌기만 했다. 종횡무진 실내를 누비면서 남자 아이들과 허물없이 장난을 치는 유채가, 딱 달라붙는 청바지가 잘 어울리는 유채가, 낯설면서도 부러웠다. 어지러운 봄날이었다.

하얀 원피스를 차려입고 나타난 미주는 새침한 표정으로 롤러스케이트장을 둘러보며 한동안 자리에 앉아 있기만 하더니 이윽고 내 손을 잡아 이끌며 말했다.

"봐라. 이러니까 학교에서 못 오게 하는 기다. 니 눈으로 보고도 모르겠나?"

그래도 한두 번은 더 그곳에 갔던 것 같다. 그러다가 더 이상 흥미를 느끼지 못해 발길을 끊었는지, 미주가 싫어하는 눈치를 줘서 그곳에 가지 않았는지는 모르겠다. 분명한 것은, 유채는 계속 그곳을 드나들었지만 다시는 우리를 불러내지 않았다는 사실이다. 여전히 등하굣길을 함께 하고 서로의 집을 자주 드나들면서도 우리가 원하지 않는 건 결코 억지로 권하지 않았다. 유채는 그런 아이였다.

그렇게 1년쯤 흐른 어느 날, 조회 시간에 전교생 앞에서 유채의 이름이 불려졌다. 운동장에서 졸음을 참고 있던 나는 화들짝 놀라 주위를 두리번거렸다. 학생 주임은 근엄한 목소리로 유채의 징계를 알리고 있었다. 한 달 동안 학교에 나올 수 없다는 단호한 선언. 그러나 징계 사유는 정확히 말해 주지 않았다.

사유가 모호했기에 소문은 더욱 번져갔다. 유채와 함께 이름이 불려진 아이들은 저마다 다른 형량의 징계를 받았고 저마다 다른 소문을 몰고 왔다. 소문의 공통적인 무대는 대형 실내 롤러스케이트장이었다. 그곳에서 대체 무슨 일이 벌어진 걸까? 남녀 구분 없이 어울려 놀던 그곳의 풍경이 떠오르면서 나는 의아할 따름이었다.

그래봤자……, 그래봤자 노는 것밖에 더 했을까? 실정법을 어겨 소년원에 끌려간 것도 아니니 그들의 죄는 고작해야 놀았다는 것에 있을 뿐이겠지. 학교가 마음대로 정해 놓은 좁디좁은 테두리를 벗어나서 남들보다 더 즐겁게 놀았다는 것.

그렇게 잘 놀았다는 사실 때문에 불이익을 받고 손가락질 받는다는 걸 나는 이해할 수 없었다. 어떤 형태로 놀았든, 그게 타인에게 피해를 끼치지 않는다면 무슨 상관이지? 친구들의 수군거림이 더해질수록 나는 점점 더 이해할 수 없었다. 유채가 노는 아이라고? 그래, 유채는 잘 놀지. 그래서? 그게 왜?

학교에 대해서, 세상 사람들에 대해서, 꿈틀거리는 반항심이 솟아오르기 시작했다. 늘 답답하다고 하던 유채의 마음을 이해할 것도 같았다. 누가 뭐래도 난, 유채 편이었다. 유채는 나의 친구였고 나는 유채를 잘 알고 있었으니까. 하지만 그 모든 걸 밖으로 표현하지는 못했다. 그게 바로 나였다.

미주가 있었다면 어땠을까?

친구들이 도우미 청년들과 다소 수위 높은 게임을 즐기는 모습을 보면서 나는 문득 미주를 생각했다. 식당과 맥주집을 거쳐 노래방까지 오는 동안 빠져나간 인원이 많아서 오붓하게 남은 동창들은 어느덧 공범 의식 같은 걸 느끼며 의기투합하고 있었다. 그 상황에서 미주는 과연 어떻게 행동했을지 궁금했다. 하지만 그때 나는 이미 미주와 연락이 끊어진 상태였다.

노래방에서 남자들만 도우미 부르라는 법 있나? 그래, 우리가 유채 아니면 어디서 이래 재밌게 놀겠노, 오늘은 아무 생각 없이 한 번 놀아보자. 야, 니하고 파트너 바꾸면 안 되나? 쟈가 내 취향인데……

잘 놀던 중학생 정유채는 이제야 비로소 친구들 모두에게 인정받는 것 같았다. 학교가 정해 놓은 좁디좁은 테두리 안에서 유채를 욕하던 친구들은 이제 세상이 정해 놓은 좁디좁은 테두리를 지겨워하고 있었다. 비좁은 노래방 안에서 소리를 지르며 놀다 보니 어느덧 도우미 청년들의 존재감은 희미해지고 마침내 주인공은 유채였다.

"그거 빨리 지워라. 단체로 신나게 놀았으면 그걸로 끝내는 게 깔끔하다. 개인으로 놀고 싶으면 다른 데 소개해 주께. 깔끔한 애들하고 속닥거리며 술 마실 수 있는 데 내가 많이 안다."

파트너에게 전화번호를 받았다고 낄낄대는 친구에게 조언하면서 유채는 또 다른 경험담을 늘어놓기 시작했다. 광안리 유흥가와 해운대 유흥가의 차이점, 편법과 탈법과 불법을 넘나드는 그 세계의 속성, 어느 호스트바에서 파트너로 만났던 조각 미남과의 짧고도 강렬한 연애담…… 그러니, 숙소로 잡은 해변 콘도로 몰려가 밤새 이야기를 나눌 때에도 주인공은 유채일 수밖에 없었다.

이후로 유채는 바다여중 친구들을 만나기 위해 자주 서울에 올라왔다. 하지만 나는 그때마다 모임에 나가지 못했다. 일부러 그런 건 아니었다. 그렇다고 해서 매번 피치 못할 사정이 있었던 건 더더욱 아니다. 그 시절에 유채가 다니던 롤러스케이트장을 점차 외면했듯이, 이후로 들려오는 유채의 갖가지 소문을 가만히 듣고만 있었듯이, 그냥 그렇게 되어 버린 거였다. 남편의 눈을 의식했기 때문이라고 해도 틀린 말은 아니겠지만.

그래, 남편…… 나는 나름대로 그렇게 조심하며 살았는데, 당신은 대체 뭐니?

애써 삼켜 버린 무언가가 식도를 타고 올라와 목구멍을 콱 틀어막는다. 순간, 친구들을 이해할 것도 같아진다.

유채 친구 은하가 누군가의 아내 김은하가 되면 어쩔 수 없이 남편을 의식하게 되듯이, 바다여중 동창이 바다초등학교 동창이 되면 남학생들을 의식할 수밖에 없겠지. 겁 많은 여중생으로 돌아가 난 저런 애랑 안 친하다고 외치게 되는 거겠지. 남편 앞의 나처럼.

그러고 보니 남편도 이해해 줄 수 있을 것 같다. 5년 전의 우리들처럼, 그도 잠시 무언가로부터 벗어나고 싶었겠지. 그래봤자 노래방에서 슬쩍슬쩍 일탈의 기분을 느끼며 소리나 질러댔던 우리들처럼, 뜻밖의 장소라는 곳에서 그도 뭔가 기분 전환이나 하고 싶었겠지.

아무래도 지수 엄마한테 자세한 얘기를 들어봐야겠다. 별일 아닐 수도 있다는 말로 얼버무리긴 했지만 그녀는 분명 그 일에 내가 관심을 갖길 원하는 것 같았다. 어쩌면 지금도 나를 기다리고 있을지 모를 일이다.

서둘러 몸을 돌려 지수네 집 쪽으로 향하면서 나는 이 발걸음의 추진력이 무엇인지 잠시 생각해 본다. 질투? 분노? 아니면,

단순한 호기심?

❀

"지수 학원 좀 옮겨 보려고 설명회를 갔는데, 수학은 타고나기 때문에 테스트 결과가 나쁘면 자기들은 그냥 버린대. 노력해서 되는 게 아니라고."

"버리다니? 안 받아준다는 거야?"

"그렇지. 연산도 사고력도 노력하면 어느 정도 점수를 올릴 수는 있지만, 그래봤자 도형 같은 항목의 점수가 높게 나오는 타고난 애들을 따라가는 건 불가능하대."

"솔직한 학원이네. 그런 식으로 수학적으로 타고난 애들만 받아서 최상위권 학원 명성을 유지하겠다는 얘기잖아."

"그래도 그게 학부모 모아 놓고 할 말이야? 공부든 뭐든 타고난 걸 이길 방법이 없다는 거야 우리도 잘 알지. 하지만 그렇게 대 놓고 운명을 따르라고 말하다니, 미친 거 아냐? 학원이고 테스트고 다 싫어졌어."

"그야말로 운명적 설명회로군."

지수 엄마의 말에 대꾸해 주다가 나도 모르게 한숨을 내쉰다.

우리 집 둘째나 지수나 아직 초등학교 6학년이지만 결코 그 학원에 들어갈 수 없을 것이며 또한 장차 명문대에 들어가기도 힘들 것임을 우리는 안다. 우리 집 첫째가 어느덧 여고생, 지수 오빠는 벌써 대학생이다. 아이들을 이쯤 키워 보면 저절로 알게 되는 불편한 진실. 그것은, 엄마가 아무리 애를 써도 아이들은 저마다 타고난 그릇만큼만 살아가게 된다는 사실이다.

"그래, 운명적이야. 모든 건 운명이지. 우린 그저 순순히 거기에 복종하면 되는 거야. 운명을 거역하려고 애써 봤자 소용없으니까."

"맞아. 그리고 이제 공부 잘 한다고 남들보다 더 잘 사는 세상도 아닌 것 같고……"

"아니, 아니, 그런 얘기가 아니라……"

지수 엄마가 식탁 위에 두 팔꿈치를 얹으며 내게로 바짝 다가온다. 식탁이 흔들리는 바람에 커피가 출렁이며 잔 밖으로 흘러내렸지만 그녀는 아랑곳없이 말을 이어나간다.

"이건 틀림없는 운명이라는 얘기지. 처음엔, 뻔한 수작인 거 알면서도 몸을 맡기고 싶었어. 가끔 그럴 때가 있잖아. 그렇게 그냥 한때의 불장난 같은 거라고 생각했는데…… 아무래도 그게 아닌 거 같아. 그 친구도, 나도, 운명이라고 생각해, 이젠."

"아, 그 운명 말하는 거야? 드라마에서 많이 봤던 낭만적이고 지독한 운명?"

"그렇게 비웃지 마. 내 주변에 보면, 남편보다 젊고 잘 생긴 남자한테 용돈 줘가며 연애하는 여자가 제법 있거든. 남편 고를 때

경제력만 보느라 외모는 전혀 신경 쓰지 않았던 한을 푸는 것 같아. 반대로 남편보다 나이도 많고 외모도 별로지만 돈 많은 남자를 사귀면서 대접만 받는 여자도 있고…… 나는 그런 여자들하고는 다르단 말야."

"하긴, 동갑내기 남편이 경제력에 외모까지 갖췄으니…… 자기 입장은 그런 여자들하고는 다르겠네. 뭔가 순수한 느낌은 들어."

거실 한쪽 벽을 장식한 그녀의 결혼사진을 보면서 나는 말했다. 화려한 결혼식이었음을 누구나 짐작할 만한 사진. 20년이 넘도록 이 집의 거실을 지켜 왔다는 사진.

이 집의 문제가 무엇인지, 지수 엄마의 운명이 어떤 모습을 하고 있는지, 사실 그다지 궁금하지 않다. 나는 그저 내 남편에 대한 이야기를 듣고 싶을 뿐인데…… 다 식어 버린 커피를 앞에 놓고서 그녀는 계속해서 자신의 이야기만 늘어놓는다.

"그래, 어차피 나도 마찬가지겠지. 학벌도 집안도 볼품없다고 나를 대놓고 무시하는 시모, 기억 상실증 수준으로 나에 대한 애정이 식어 버린 남편, 부모로서의 보람은커녕 걱정거리만 안겨 주는 아이들…… 그런 걸 모두 잊게 해 주니까 그 남자를 만나는 거겠지. 내 문제를 잠시라도 잊어버리기 위해서……"

"그럼, 우리 남편의 문제는 뭘까?"

기습적으로 물어보자 그녀가 나를 빤히 바라본다. 이 집까지 찾아온 목적을 달성하려면 여기서 계속 밀어붙여야 한다.

"뜻밖의 장소에서 우리 남편 봤다면서? 거기가 어딘지 몰라도, 여자랑 같이 있었던 거 맞지? 괜찮아. 자기 말 듣고 나니까 이제 이해할 것도 같아. 우리 남편도 뭔가 잊고 싶은 문제가 있는 모양이지. 그게 대체 뭔지 알기 위해서라도 우선 그때의 자세한 상황을 듣고 싶어."

빠르게 말을 뱉어낸 뒤 나는 길게 심호흡을 했다. 그러고 나니 알겠다. 이건, 분노라든가 질투 같은 감정이 아니다. 명백한 호기심일 뿐.

"평일 오후의 캠핑장이었어. 동물원 근처 숲 속 말이야. 우린 텐트 안에 있었는데 그쪽은 계속 불을 피워 놓고 밖에 앉아 있더라고. 대화를 많이 하는 것 같지는 않았어. 남자는 불을 조절하면서 조개도 굽고, 삼겹살도 굽고…… 여자는 그걸 먹으며 간혹 웃는 듯한 모습? 나도 들킬까 봐 자세히 볼 수는 없었어. 덕분에 우린 준비해 온 김밥이며 커피까지 텐트 안에서 먹어야 했지. 그 좋은 가을날, 숲 속의 나무 탁자를 바로 옆에 두고……"

거긴, 지수 엄마가 권해서 지난여름에도 가족 캠핑을 다녀온 곳이다. 물길을 따라 텐트와 탁자가 다 갖춰져 있어 편하다며 남편도 만족했다. 아이들이 물장난을 하는 동안에도 그는 캠핑용 의자에 늘어져 잠만 잤다. 삼겹살, 당연히 내가 구웠다.

"별일 아닐 거야. 자기 남편만큼 아내 편하게 해 주는 사람이

어딨니? 해마다 종합 검진까지 꼭꼭 챙겨줄 만큼 자상하고…… 지수 아빠는 날 완전 투명인간 취급하거든."

"그건 그냥 성격이야. 남편으로서 아내에게 교과서적으로 해야 하는 일들은 꼭 지키려는 강박 같은 거. 그래서 고맙긴 하지만 별 감흥은 없어."

"그래도 그걸 계속 지켜 가는 건 힘들지. 그날 일도 신경 쓸 필요 없을 거야. 여자가 비슷한 나이로 보였으니 그냥 친구겠지 뭐. 최근에 딱히 이상한 낌새는 없었지?"

지수 엄마가 내 눈치를 살피며 묻길래 고개를 가로젓는다. 늘 한결 같은 사람이라 재미가 없을 지경인데 낌새는 무슨……

굳이 어떤 변화가 있다면, 요즘 들어 부부관계의 횟수가 부쩍 줄어 들었다는 정도? 하지만 이 나이쯤 되면 다들 그렇다고 하니 대수롭지 않게 생각했다. 나로서는 오히려 편하기도 했다. 그런데, 그 이유가 그녀였나? 평일 오후의 캠핑장에서 남자가 구워 주는 고기를 먹으며 간혹 웃었다는 그 여자.

"그런데…… 이 기분은 뭐지? 한창 일할 시간에 그런 장소에서 로맨틱한 여유를 누리는 사람들이 부러워. 내 남편, 그 여자, 그리고 자기랑 자기 애인까지도…… 그냥 부러운 거야. 질투도 나고."

황당하다는 듯, 지수 엄마가 나를 바라본다. 호기심이 충족된 이후에 찾아온 느닷없는 감정의 정체를 궁금해 하면서 나는 중얼중얼 말을 이어나간다.

"그렇다고 해서 나도 그러고 싶다는 게 아니라, 어차피 나는 의욕도 열정도 없어서 못하는 일을 즐기고 있는 사람들이 부럽다는 얘기지. 드라마 속의 젊은 남녀가 연애하는 모습을 흥미롭게 지켜보는 것처럼 살짝 설레기까지 하네. 이 기분, 대체 뭘까?

❀

집으로 돌아와 미주의 책을 꺼내든 건 우리의 수다가 떠올랐기 때문이었다. 유채와 미주, 그리고 나. 우리는 남자에 관한 문제가 생길 때마다 끝없는 수다로 그 문제를 해결하려 했다. 물론 그렇게 해서 속 시원히 해결된 문제는 드물었지만.

나로서는 결혼을 하면서 더 이상 남자로 인한 문제는 겪지 않았기에 이후로 내 문제 때문에 우리들의 수다가 이어진 적은 없었다. 그런데 이제 다시 유채와 미주를 불러 수다를 떨 일이 생겼다. 하지만 지금 내 옆에는 유채도 미주도 없다.

나는 미주에게 말을 걸듯 그녀의 책을 펼친다. 작가 프로필 속에서 40대 초반의 서미주가 당당한 시선으로 나를 바라보고 있다. 그녀가 두 번째 이혼을 하고 칼럼니스트로 나선 뒤에 펴낸 첫 책이다.

'여성의 성을 사실적으로 다루었다는 것만으로도 화제가 되고 상업주의의 협의를 받는 현실은 역설적으로 그동안 이 사회가 성을 어떻게 취급해 왔는가를 여실히 보여 주는 반증이 아닐까. 여성의 핵심적인 상징을 닮은 커다란 꽃그림을 즐겨 그린 조지아 오키프는, 만약 내 그림에서 성적인 상징을 본다면 그것은 감상자가 자신의 집착을 본 것일 뿐, 이라고 말했다. 나는 내 글을 삐딱하게 대하는 사람들의 태도에서 성에 대한 그들의 집착과 두려움을 엿보게 된다.'

작가의 말에서부터 미주의 카랑카랑한 목소리가 들려오는 것 같다. 그리고 곧바로 이어지는 직설적인 글들.

'어떻게 저런 무의미한 섹스를 할 수 있지? 애정 없는 성행위, 혹은 사고파는 성행위를 두고 사람들은 흔히 이렇게 말한다. 이때의 의미란 과연 무엇일까? 결혼을 전제로 한 섹스, 그것은 어쩌면 하나의 교환가치일지도 모른다. 결혼 제도 속에서만 이루어지는 섹스, 그것 역시 어쩌면 가족 이기주의와 가부장적 체제에 봉사하는 일인지도 모른다. 만약 그렇다면 나는 그 의미가 조금쯤 파괴되어도 좋다고 생각하는 쪽이다. 그러나 때로는 그러한 의미 파괴를 위해 비정상적인 행동을 하는 여성도 있다. 자기 파괴와 자기 학대에 가깝게 몸부림치는 행동은 또 다른 측면의 의미 과

잉임에 분명하다. 몸은 그 모든 양극단의 의미로부터 해방되어야 한다.'

다시 읽어 봐도 다소 도발적일 내용일 뿐 별다른 문제는 없어 보이는데, 내 남편은 왜 그토록 이 책을 싫어했을까? 더 나아가 서미주가 내 친구라는 사실까지도 못마땅해 하기 시작한 남편을 나는 그때 정말 이해할 수 없었다.

"유채라는 친구도 그렇고, 이 여자도 그렇고, 당신 친구는 다들 왜 그래?"

남편의 볼멘소리 앞에서 나는 아무 말도 할 수가 없었다, 애써 변명을 하고 싶지도 않았다. 그저 남편이 원하는 대로 미주를 멀리하면서 문제를 해결했을 뿐.

'여성들은 종종 부부 관계 횟수로 삶의 질을 비교한다. 결혼한 여성에게 있어서 섹스란 육체적 욕망의 발현이기보다 부부간의 정신적 친밀도를 확인하는 척도로 작용하기 때문이다. 그러므로 남성들이여, 늦은 밤의 샤워 소리가 두렵다는 엄살은 이제 그만 두시길. 그녀는 다만 샤워할 때가 되었기에 욕실에 들어갔을 뿐인 것이다. 혹시라도 그것이 섹스를 위한 유혹이 분명하다 해도, 그저 당신과의 친밀도를 잠시 확인하려는 것일 뿐이니 지나치게 두려워하지 마시길. 당신이 아내를 더 이상 매력적인 여성으로 느끼지 않는 딱 그만큼 아내도 당신을 더 이상 매력적인 남성으로 느끼지 않는다. 서로에게 딜레마인 이 난감한 상황은 오로지 서로에 대한 정신적인 배려로만 극복될 수 있을 것이다.'

책장을 넘기다 눈에 들어온 구절 앞에서 픽 웃음이 나온다. 이런 글 때문이었나? 자신의 상황을 콕 집어서 써 놓은 듯한 글 앞에서 혼자 분노하다가, 개랑 놀지 마, 떼를 써 본 거였나?

그 '횟수'에 관한 이야기로 말하자면, 여중 동창들이 모였을 때 심심찮게 화제에 오르곤 했었다. 우리가 유난히 그쪽으로 관심이 있어서는 아니었다. 아이들 성적이나 아파트 평수 따위를 서로 비교하는 것보다는 그게 훨씬 재미있으니까, 하나마나한 이야기를 나누면서 괜히 점잖은 척하는 일에도 어지간히 진력이 났으니까 그랬던 거다.

"신혼 때는 집 안에서 바지 챙겨 입을 겨를이 없드만 인자는 바지 벗을 일이 없네."

한 친구가 그렇게 처음 말을 꺼내자 모두들 단번에 알아듣고 맞장구를 치면서 시작된 대화는, 초등학교와 중학교를 거의 함께 다녔지만 막상 20여 년 만에 다시 만나니 어쩔 수 없이 생겨난 어색함을 금세 없애 버렸다.

"애들 기말고사 끝났으니까 할 때가 된 거 같긴 한데…… 솔직히 인자 좀 귀찮지 않나?"

"너거는 시험 기간 주기가? 우린 명절 주기다."

"그라믄 곧 올림픽 주기로 가겠네. 우리 집은 21세기 들어서 안 해 본 거 같다."

어차피 그 실상을 확인할 길 없는 얘기들이기에 우리들은 농담과 진담을 뒤섞으며 깔깔거렸다. 물론 그 실상은 저마다 다르겠지만 이 나이쯤 되면 거부할 수 없는 공통점이 있으니, 그건 바로 횟수의 현격한 저하였다. 우리들은 그것조차 아무렇지도 않게 이야기했다. 동병상련이 아니라 동고동락에 가까운 감정으로. 샤워 소리 따위에 놀라는 남자들보다 훨씬 더 대범하게, 오히려 뭔가 초월한 듯한 태도로.

하지만 초월은 초월이고 관심은 관심. 해변 콘도에서 유채의 현재 연애담에 귀 기울이면서도 동창들은 어김없이 횟수를 궁금해 했고, 유채가 무심히 밝힌 횟수에 다들 경악했다. 자신들도 연애 시절이나 신혼 시절에 그랬다는 걸 다 잊은 듯 유채는 역시 뭔가 타고난 것 같다고 입을 모으기도 했다.

아닌 게 아니라 유채는 어딘가 남들보다 곡선이 더 많아 보이는 몸을 갖고 있었다. 가슴이 크고 허리가 가늘다는 단순한 이유 때문만은 아니었다. 유채의 곡선은 그녀가 몸을 움직일 때 더욱 도드라졌는데, 그건 아무래도 특유의 몸짓과 태도 때문인 듯했다. 호기심과 장난기로 반짝이다가 어느 순간 급작스레 나른해지던 그녀 특유의 눈빛과 더불어.

열세 살, 초등학교 시절부터 그랬다. 전학생으로 인사를 하던 유채의 첫인상은 한마디로 우리와 다른 어른스러움이었다. 남달리 빠른 발육과 눈에 띄는 옷차림. 말하자면 그것은 성숙함이었고, 더 나아가면 섹시함이었다.

섹시하다는 말이 거의 모욕처럼 쓰이던 시절부터 그 말이 조심스레 사용되던 시절을 거쳐 종종 칭찬으로 쓰이기도 하는 지금까지 유채는 한결같이 섹시하다. 그녀가 의외로 섹스를 그다지 좋아하지 않는다는 건 일종의 반전이겠지만.

'섹시하다는 것, 성적 매력이 있다는 것은 무슨 의미인가. 그것은 상대에게 성욕, 즉 성교를 하고 싶은 욕망을 불러일으킨다는 말이다. 그런 의미의 말들이 난무하는 이 시대는 가히 섹스어필의 시대라 일컬을 만하다. 하지만 개개인의 성욕조차도 획일화되어 버린 이 시대에는 섹시한 스타일 또한 정형화되어 버렸고, 그러한 스타일의 범람 속에 이제 어떤 사람들은 웬만한 자극에는 성욕을 느끼지 못하는 지경에까지 이르고 말았다.'

미주의 책을 뒤적이며 유채를 생각한다. 열세 살의 미주 또한 어른스러웠지만 그건 결코 육체적인 면에서 느껴지는 게 아니었다. 미주가 하는 말이나 쓰는 글에서 느껴지는 어른스러움에 비하면 그 아이의 외모는 그저 예쁘고 단정하기만 했다. 어쨌거나 유채와 미주는 여러모로 나를 주눅 들게 했던 어른스러운 아이들이었다.

아나운서와 프리랜서 MC를 거쳐 정당 대변인까지 하다가 느닷없이 칼럼니스트로 변신한 서미주의 행보를 사람들은 의아해했지만, 나로서는 이런 글을 쓰는 미주가 오히려 돌아온 옛 친구처럼 반갑고 친근했다.

> '성욕을 가운데 두고 당신 안의 인간과 짐승이 팽팽한 긴장을 형성할 때, 그 사이에서 당신의 존재는 규정된다. 어떤 순간에 성욕을 느끼고, 또 어떤 순간에 성적 수치심을 느끼는가에 따라 당신의 사회적인 성향 또한 규정될 수 있다. 섹스어필의 시대임이 분명해 보이면서도 성에 대한 이중적인 규범은 여전히 남아 있는 이 혼란스러운 시기 자체가 하나의 리트머스 시험지와도 같다. 어차피 성에 대한 관점은 지극히 주관적일 수밖에 없다. 그래서 그것을 파악하는 것은 인간을 파악하고, 삶을 파악하는 하나의 방법이 될 수 있다. 이 사회가 성을 어떻게 취급하고 성에 대해 어떤 태도를 보이는가를 유심히 살펴본다면, 당신은 당신이 몸담고 있는 이 사회의 정체를 파악하게 될 것이며 그 속에서 살아가는 당신 자신을 비로소 제대로 이해하게 될 것이다.'

미주의 책을 덮으며 그녀들을 생각한다. 결론도 나지 않는 문제를 놓고서 밤새 수다를 떨던 서미주, 정유채. 그녀들을 다시 만나고 싶다. 내 남자한테 이런 문제가 생겼는데 어떻게 생각하냐고 다짜고짜 물어보고 싶다. 지금도 그런 얘기로 밤을 꼬박 새울 수 있을까? 과연?

❀

"내 앞머리는 내꺼야. 아무리 엄마 맘에 안 들어도 자르고 말고는 내가 결정한다고."

투덜대는 둘째를 데리고 미용실로 향했다. 계속 뭐라고 투덜투덜 떠들어댔지만 신경 쓰지 않았다.

"멋을 부리는 건 너의 자유지만 머리카락이 눈을 가리는 건 허용할 수 없어. 시야를 가리면 안전에 문제가 생기기 때문이지."

제법 권위적인 말투로 설명했지만 사실은 내가 그 꼴을 보기 싫어 데리고 나왔다. 저 나이의 아이들은 왜 하나같이 앞머리로 눈을 죄다 가리고 있는지.

선머슴 같은 첫째와 달리 둘째는 벌써부터 너무 외모에 신경을 쓴다. 새로 사다 준 헐렁한 바지가 마음에 안 든다고 쓰레기통에 처박질 않나, 잠을 잘 때도 브래지어로 가슴을 꽁꽁 싸매질 않나, 다이어트를 한답시고 며칠째 굶지를 않나……

"넌 맨날 자유를 외치면서 네 몸은 왜 그렇게 괴롭히니? 유행 패션을 따르고 다이어트를 하느라 숨도 못 쉬는 네 몸이 불쌍하지도 않아?"

내 질문에 답하지 않고 둘째는 다만 나를 째려보기만 했다. 벌써부터 저러니 내년에 중학생이 되면 얼마나 거칠어질까?

내가 중학생일 때 학교에서 브래지어 착용을 강요하며 내세웠던 이유는 성장기 체형 보정이었다. 하지만 더 큰 이유는 젖꼭지와 가슴선이 적나라하게 드러나는 걸 막아 정숙하게 보이기 위함이었을 거다. 그때와 달리 자발적으로 브래지어의 감옥 속으로 들어간 둘째에게는 오로지 가슴을 좀 더 부각해서 옷맵시를 살리기 위해서만 이 속옷이 존재하는 것 같다. 어쨌거나 참으로 슬프고 이율배반적인 두 가지의 존재 이유다.

"잘 때도 그 와이어 브라를 꼭 차는 이유가 대체 뭐니? 그러면 가슴이 커지기라도 한대?"

질타가 아니라 안타까움을 담아 질문을 던졌는데도 둘째는 여전히 대답하지 않더니 기어이 내 손을 뿌리치고 달아나 버렸다. 그래서 나는 결국 혼자 미용실을 찾았다. 벽면을 가득 채운 거울들이 가차 없이 나를 비춰 주는 이곳.

"긴 머리가 지루하지 않으세요? 머리색도 너무 무거워 보이네요."

내 머리를 만져 주는 은근한 손길의 도발적인 유혹에 나는 기꺼이 굴복했다. 뭔가 변하고 싶은데 어떻게 변해야 할지 도무지 알 수 없었던 나는 비로소 그 길을 찾은 듯 머리카락을 제물로 바친다. 묘하게 생긴 최신 퍼머 기계 속으로 머리를 밀어 넣으면서.

3.

아, 한동안 잊고 있었던 그 구차한 시절

사춘기 딸과 갱년기 엄마가 싸우면 누가 이길까?

"엄마, 머리가 왜 그래? 왜 어제하고 달라?"

"아침에 머리 감았잖아. 내가 매일 샵에 가는 연예인도 아닌데 무슨 수로 그 머리를 유지하겠어?"

눈치 없는 녀석 같으니. 어제 미용실에서 돌아온 직후의 헤어스타일은 좀 잊어 주면 안 되나?

"그럴 거면 왜 돈 들여 퍼머를 해? 하루 만족하자고?"

"난 이 정도로 만족해. 어제 같으면 더욱 만족이겠지만."

"스타일이야 어쩔 수 없다 쳐도, 그 색깔은 정말 아니잖아? 본인의 만족 여부와 상관없이 촌스러운데?"

"아, 몰라. 어쩌라고!"

"엄만 원래 머리색이 제일 예뻐. 앞으론 염색하지 마."

이쯤 되면 누가 딸이고 누가 엄마인지 구분이 불가능해진다. 그러니, 최후의 수단으로 꽥 소리를 지를 수밖에.

"흰머리 땜에 그런다. 됐냐?"

흠칫, 몸을 사리며 첫째가 입을 다문다. 역시 흰머리의 위엄은 대단하다.

"염색 안 하면 안 될 만큼 내 흰머리가 늘어난 거 몰랐지? 관심이 없었으면 잔소리도 하지 마. 이렇게 너희들 속옷까지 빨아서 대령해야 하니 흰머리가 안 늘 수 있겠어?"

염색 안 하면 아예 백발이기라도 한 듯 할머니 같은 목소리로 구시렁거리자 첫째가 슬그머니 내 곁으로 다가와 빨래를 함께 개기 시작한다.

"너도 엄마가 노인처럼 보이는 건 싫지? 그래서 내가 염색을 하는 거야. 너희들 생각해서!"

승기를 잡은 김에 의기양양 외치다가 나는 둘째의 브래지어를 집어 들고 묻는다.

"근데 얘는 대체 왜 이런다니? 와이어도 모자라서 뽕까지 들어간 걸 사왔네? 이거 조심해서 빨래하려면 얼마나 신경 쓰이는지 알아?"

"어쩌겠어…… 사춘기잖아. 자기만의 우주를 인정해 줘, 엄마."

달관한 듯 대답하는 첫째가 얄미워 나는 떼를 쓰듯 말한다.

"사춘기는 무조건 다 이해해 줘야 해? 그거 누가 정했니? 갱년기는 왜 이해 안 해 줘?"

"난 다 이해해. 사춘기도, 갱년기도…… 근데 솔직히 갱년기보다는 사춘기가 귀엽더라. 쟤 좀 봐. 드라마만 보는 게 아니라 어려운 책도 막 읽어. 어른 흉내를 내고 싶은 거지. 블로그에는 얼마나 잘난 척하면서 글 올려놓는 줄 알아? 아, 이건 엄마한테 비밀이랬는데……"

"비밀이든 뭐든 맘대로 하라고 해."

투정 부리듯 말하는 나의 태도에 첫째는 결국 긴 한숨을 내쉰다. 이 엄마가 한심해 보여도 어쩔 수 없다. 기껏해야 만화책에 빠져들면서 삐딱한 말이나 내뱉던 첫째의 사춘기와 달리 둘째는 이제 막 시작인데도 도무지 봐줄 수 없는 지경의 사춘기를 내게 선사하고 있으니 말이다.

블로그인지 뭔지는 안 봤지만 뻔하다. 온갖 허세로 폼을 잡으면서 뜻도 모르는 말들을 마구 지껄여 놓았겠지. 사람 말 무시하며 입 닫고 있기. 방에서 혼자 중얼거리기. 무표정한 얼굴로 시선 피하기. 그런 나쁜 습관들이 고스란히 글로 표현되어 있을 게 뻔하다. 덜 익은 여성성을 우스꽝스럽게 드러내는 사진도 물론 있겠지?

"그리고 걔가 요즘 갖고 다니는 틴트라는 거 말야, 정말 요즘 초등학생들도 다 입술에 그거 바르니? 가끔씩 얼굴이 허옇게 되는 건 대체 뭘 발라서 그런 거야? 내가 이해를 할 수가 없다, 정말."

"요즘 애들 다 그래. 나처럼 착한 애를 기르다 보니 엄마만 몰랐던 거야."

착하긴 무슨…… 선머슴 같은 취향 때문에 그런 쪽으로 아예 신경을 안 쓰는 거겠지. 혹은 게으름 때문에 귀찮아서.

짧은 컷트 머리와 중성적인 옷차림 덕분에 동네 남자애들로부터 '형아' 소리 듣는 걸 즐겼던 첫째였다. 지금 둘째와 같은 나이였을 때는 미용실에서 남자 아이인 줄 알고 귀가 드러나는 남자 컷트를 해 주기도 했는데, 그런 것조차 즐거워했던 첫째였다.

고등학생이 되어서도 그 취향은 여전하지만 한편으로는 그래서 더욱 자신의 여성성을 의식하는 것 같기도 하다. 직업 탐색을 할 때마다 출산 휴가 같은 걸 따져 본다든지, 전업주부 엄마들과 취업주부 엄마들을 비교하며 양쪽 모두 불행해 보인다고 말한다든지, 자신이 남자였으면 좋겠다고 생각하는 것 자체가 아직 남녀차별이 존재한다는 반증이라고 주장한다든지……

"즐거운 건 순간인데, 참고 노력하는 시간은 너무 길어. 이럴 거면 왜 굳이 살아야 하는지 모르겠어. 뭔가 손해 보는 장사 같잖아. 특히 여자들 말이야."

느닷없이 이렇게 말할 때면 특히 평소와 너무도 다른 얼굴이 되는 터라 문득 애잔해지기도 한다. 마른 빨래를 차곡차곡 개키고 있는 지금의 모습도 언뜻 그렇다.

"근데 넌 브래지어 안 해? 이걸로 괜찮아?"

주니어용 런닝브라를 펼쳐 보이면서 묻자 첫째는 담백하게 대답한다.

"물론이지. 난 가슴이 작아서 표도 안 나. 더 키우고 싶은 마음도 없고."

동감. 이럴 땐 첫째가 진짜 내 딸이구나 싶다. 그리고 동시에 떠오르는 생각. 둘째는 대체 누굴 닮은 걸까?

정리한 빨래들을 서랍장에 나누어 넣다가 불현듯 그녀가 떠오른다. 평일 오후의 캠핑장에서 남편과 함께 있었다는 그 여자. 궁금하다. 그녀는 우리 첫째와 둘째 중에 어느 쪽에 더 가까운 타입일지.

❀

남편에게 아무 말도 묻지 못한 채 또 이렇게 하루가 지나간다. 오늘 밤에도 남편은 어김없이 텔레비전 화면을 응시하고 있다.

거실의 불을 모두 끄고 텔레비전 소리마저 완전히 줄인 건 아마도 식구들을 배려해서겠지. 그렇게 믿고 싶다. 그러나 화면을 바라보는 남편의 눈빛은 단지 그게 이유가 아님을 보여 주고 있다. 텔레비전 화면을 함께 들여다보면 그 이유는 더욱 더 복잡해진다.

깊은 밤, 어둠 속의 한 점 모닥불처럼 이글거리고 있는 화면 속에서 오늘도 어김없이 혈투를 벌이는 남자들. 저들은 대체 누구일까?

남자들은 원시적 야성을 글러브에 가까스로 구겨 넣고서 사각의 링 위에서 주먹을 휘두르고 발을 내뻗는다. 치고, 때리고, 차고, 잡고, 뒤엉킨다.

남편의 시선이 밤마다 케이블 티비 채널에 고정된 게 언제부터였는지 모르겠다. 그의 시선을 따라 나도 그 채널 속의 격투기를 무심히 바라보게 된 건 또 언제부터였을까?

수많은 관객들의 환호 속에 링 위에서 일대일로 맞서 싸우는 그 경기를 나는 처음에 킥복싱의 일종이려니 생각했다. '이종 격투기'라는 정식 명칭을 알게 된 뒤에도 거기서 말하는 '이종'이 '두 가지 종류'를 말하는지 '서로 다른 종류'를 말하는지 알지 못했다. 알고 싶지도 않았다. 나는 그저 거실 소파에 앉았을 때 눈앞에 펼쳐지는 경기 장면을 어쩔 수 없이 바라보아야 했을 뿐이었다.

사실 그것은 '두 가지 종류'의 격투기여도 '서로 다른 종류'의 격투기여도 상관없는 게임이었다. 지구상에 존재하는 격투기라면 그 종목을 가리지 않고 일대일로 맞붙는 무한 자유의 결투라고 하니…… 치명적이고 야비한 몇 가지 공격기술만 제외하고 웬만한 싸움기술은 모두 허용된다니 그 이름 따위야 어떤 의미든 무슨 상관이 있을까?

남편은 그저 빠져들고 있을 따름이다. 상대를 가격하는 주먹 소리와 관절이 부러져 나가는 소리, 그 모든 걸 뒤덮는 관객들의 환호성까지도 들리지 않게 볼륨을 줄여 놓고 오로지 눈으로만 싸움에 몰두한다. 그의 상상 속에서 저 소리들은 더 크고 강렬하게 부활하고 있겠지. 남편의 눈빛은 점점 더 무언가를 갈구하는 형태로 변해간다.

원시의 남자들은 들판에서 동굴로 돌아와 말없이 모닥불을 바라보며 휴식을 취했지만, 현대의 남자들은 직장에서 집으로 돌아와 말없이 텔레비전을 바라보며 휴식을 취한다고 했던가. 사각의 화면으로 변모한 모닥불은 아직도 꺼지지 않고 있는 현대 남성의 원시성을 반영하듯 격투기 중계로 빛을 발한다. 사각의 링으로 변모한 들판에서 선수들은 현대 남성을 대신해서 오늘도 치고받으며 피를 흘린다.

남편이 경기장으로 직접 달려 나가지 않는 걸 그나마 안도해야 하는 걸까? 이종 격투기가 '서로 다른 종류'의 격투기를 말한다는 사실 정도만 겨우 알게 된 나는 오늘도 말없이 화면을 바라본다. 격투기의 종목은 물론이고 체급까지도 제한이 없다는 그 무한한 자유가 문득 두렵다. 지금까지 우리에게 익숙했던 규칙과 규격을 가뿐히 파괴하는 자유라니!

그러나 무의식 저편에 자리 잡은 폭력적 욕망을 아무 곳에서나 거칠게 드러낼 수는 없는 일이다. 이종 격투기는 그래서 최소한의 규칙과 규격을 절묘하게 유지한다. 어차피 종목이나 체급을 따져 가며 싸우지 않는 현실을 충실히 반영하면서도 한편으로는 술수를 쓰지 않으면서 저렇게 정면 대결하고 싶은 이상을 드러낸다.

남편은 지금 현실로부터 도피하면서도 진정으로 치열한 현실을 꿈꾸고 있겠지. 그 갈망을, 그 권태를, 그 열광과 지겨움을 엿보면서 텔레비전 화면을 한동안 바라보고 있자니 마치 모닥불을 응시하듯 나도 모르게 아득해진다.

❀

"그래봤자 사춘기 남자애와 다를 게 뭐야?"

어젯밤에도 남편에게 아무런 질문을 하지 못한 걸 후회하다가 급기야 혼자서 중얼거린다.

"밤에 인상 쓰면서 격투기나 보고 있고 말이야. 그거, 이렇게 밝은 아침에 맨 정신으로 한 번 봐. 얼마나 유치한 게임인지…… 하여튼 남자들은 늙으나 젊으나 어린애 같애."

맘대로 떠들고 나니 조금 후련해진다. 식구들이 각자 학교와 직장으로 떠나 버린 이 시간은 내가 주인이다. 아무도 간섭할 수 없는 나만의 시간.

'오늘 번개 나올 거제? 내가 데리러 가까? 집이 법원 근처라 했나?'

청소기를 거실 바닥에 던져두고 소파에 눕는데 핸드폰 메시지가 뜬다. 숨차게 질문을 던지는 이 친구의 이름을 나는 이제 안다. 오석호. 35년 만에 만나서 "니 그때 생리도 했었제?"라고 서슴없이 내게 물었던 남자.

열세 살에 같은 반이었지만 제대로 기억이 나지 않던 이 친구가 조금씩 기억 속에서 되살아난 건 동창들의 커뮤니티에 접속하면서부터였다. 유채가 게시판에 올렸다는 글들도 궁금하고 처음 참석한 모임의 사진들도 보고 싶어 핸드폰으로 커뮤니티에 들어갔던 그 순간부터, 나는 마치 기억상실증 환자가 점차 기억을 회복하듯 나날이 놀라운 일들을 경험하기 시작했다.

밤새 이어지는 대화에서는 물론이고 흐릿한 사진 한 장, 무심한 댓글 하나에서도 갑자기 툭 터지는 기억들. 아무런 맥락 없이 눈앞에 떠오르는 풍경들. 느닷없이 또렷해지는 이름들. 어지럽게 좁혀지는 시간들……

그 추억 속에서 오석호는 유난히 소심한 남자 아이였다. 머뭇머뭇, 엉거주춤, 뭔가 모자라고 우둔한 듯한 느낌. 그게 오석호였다. 제법 괜찮은 직장에 다니면서 동창회에서도 떠들썩하게 활동하는 지금의 모습과 전혀 연결이 안 되는.

처음 오석호의 이름이 떠올랐을 때, 나는 그가 지나온 세월이 무척이나 궁금했다. 그동안 대체 어떤 변화를 겪은 걸까? 무슨 일이 있었던 걸까? 이 아이의 사춘기는 과연 어땠을까?

그런 궁금증은 다른 친구들을 보면서도 곧잘 솟아올랐다. 저마다의 소년과 소녀를 각자의 방식으로 떠나보내고 이젠 어른이 되어 제 자식의 사춘기를 걱정하는 모습이 때로는 웃기고 때로는 짠했다.

'너거 아들은 아직 어리제? 쪼매만 기다려 바라. 곧 주먹을 부르는 나이가 될 끼다.'

'우리 딸은 벌써 투병 중이다. 사춘기, 그거 얼마나 앵꼽은 병인지 안 겪어 보면 모른다.'

'우리 때는 친구끼리 몸싸움하면서 화도 풀고 그랬는데 요새 아이들은 도대체 와 그라노? 이상한 왕따나 시키고 기껏 저거 엄마한테나 대들고……'

애지중지 키운 녀석이 이제 좀 머리가 컸다고 속을 썩인다는 사연은 어느 집이나 비슷했다. 내가 알아서 할게, 라는 말이 최고의 유행어이며 문을 걸어 닫는 행위는 시대를 초월해 건재하다던가. 자식 때문에 속상해 하다가 거울을 보면 나이 든 얼굴이 더 적나라해 보인다는 신세 한탄은 그 모든 사연들의 대미를 장식하곤 했다.

그렇게 고만고만한 서로의 현재를 확인하다 보면 뭔가 튀는 친구들에 관한 얘기가 양념처럼 등장하는 게 자연스러운 것 같기도 했다. 성공한 친구든 기구한 삶을 살아가는 친구든 결국엔 평범한 우리랑 크게 다를 바 없다는 걸 확인하고 싶어서일까?

'세 번 결혼? 솔직히 부럽제? 나는 아직 한 번도 못 해서 그런지 부러운데?'

'부럽다기보다는 존경한다. 엘리자베스 테일러도 김지미도 그런 면에서 훌륭한 여자들 아이가?'

'뭐시 부럽고 존경스럽노? 나는 한 남자한테만 사랑받는 여자가 제일 부럽다.'

'그런 여자가 진짜로 있다고 생각하나? 아니, 그렇게 여자를 사랑해 주는 남자가 있다고 생각하나?'

친구의 굴곡 많은 삶은 그런 식으로 심층 토론까지 이어지거나 전혀 새로운 토론으로 넘어가기도 했다. 다들 모여서 왜 남 얘기만 하는지 궁금했던 처음과 달리 나는 이제 알고 있다. 남 얘기는 결국 나의 얘기이기도 하다는 것을.

미스코리아가 되었다는 동창이 누구인지 알게 된 날, 나는 그 친구의 현재 삶이 의외로 평범하다는 사실에 실망하기도 했다. 이십 대의 미모를 기억하는 사람들 앞에 나서기 싫어서 은둔한다는 얘기로는 뭔가 부족했다. 미스코리아라면 탤런트나 재벌 며느리가 되었다든가 하다못해 섹스 비디오의 피해자라도 되어야 드라마틱한 삶이라 할 수 있을 테고, 그럼에도 불구하고 결국엔 나랑 크게 다를 게 없다는 결론에 이르러야 반전이거나 감동일 텐데……

그런 생각을 하다가 나는 어느덧 동창 커뮤니티에 긴 글을 쓰고 있기도 했다. 모두가 알고 있는 비운의 야구 천재, 최영재에 대한 이야기였다.

'영재는 2학년 때 내 짝지였어. 그때 담임은 받아쓰기 시험을 보면 꼭 짝지하고 바꿔서 채점을 하고, 짝지가 틀린 개수만큼 손바닥을 때렸지. 영재는 50점을 넘기는 때가 드물었기 때문에 받아쓰기만 하면 내가 우리 반에서 제일 많이 맞는 아이가 되었어. 게다가 영재는 구구단도 잘 못 외웠고, 담임은 영재가 그걸 다 외울 때까지 나까지 집에 보내 주지 않았어. 영재가 정말 좋아하고 잘했던 건 단 한 가지뿐이라는 걸 너희도 잘 알고 있지? 야구부는 수업에 잘 빠졌지만 담임은 아무리 운동선수라도 글은 쓰고 셈은 할 줄 알아야 한다고 받아쓰기와 구구단에 엄격했어. 그리고 내가 영재를 도와줄 수 있는 사람이라고 생각했는지 영재가 잘 못할 때마다 나를 더 혼냈지. 하지만 난 그때 영재가 싫지 않았어. 영재는 내게 정말 미안해 했고, 또 너무 착한 짝지였거든.'

글을 써나갈수록 영재와의 추억이 고스란히 떠오르는 게 신기했다. 어른이 되어 유명해지면서 오히려 어린 시절의 기억은 잊혔던 친구, 최영재였다.

'3학년 때도 몇 달 동안 영재랑 짝지를 했는데, 자주 만나지는 못했어. 그때만 해도 운동선수는 그저 운동만 잘하면 되었으니까 본격적으로 수업에 빠지고 야구 연습만 하는 영재를 운동장에서 볼 수 있었지. 우린 6학년 때 또 한 번 같은 반이 되었는데, 그땐 제법 컸다고 어릴 적의 순진함은 사라지고 능글능글 장난기만 가득한 아이로 변해 있었어. 영재가 가끔씩 수업에 들어올 때면 내 뒤에 앉아서 장난도 치고 싸우기도 했던 기억이 나네.'

글을 쓰는 동안 시간이 복원되고 기억이 복원되는 경험을 하는 건 신기한 일이었다. 친구들의 댓글이 이어지면서 그 시절이 입체감 있게 눈앞으로 다가오는 현상은 더욱 신기한 일이었다. 그러면서 나는 동창 커뮤니티에 존재감을 드러내게 되었고 이렇게 오석호의 메시지까지 받게 된 거다.

'갑자기 정해지는 이런 모임엔 늘 시간이 안 맞네. 다음 정모엔 시간 비워 놨으니 그때 보자.'

석호에게 답장을 전송하는데 다시 한 번 유채의 목소리가 떠오른다.

"미주하고 연락 됐다. 다음 서울 모임에 나오기로 했으니까 니도 그때 꼭 와라. 알겠제?"

어떻게 연락이 됐는지, 미주는 요즘 어찌 지내는지 물어볼 새도 없이 유채는 전화를 끊어 버렸지만 나도 굳이 다시 통화하며 묻고 싶지는 않았다. 미주는, 어쨌거나 만나서 직접 얘기를 들어 봐야 할 친구였다.

다음 모임엔 정말 다들 만날 수 있을지…… 나는 비로소 소파에서 일어나 거실 바닥의 청소기를 일으켜 세운다.

❀

말은 바로 하자. 초등학교, 아니다. 국민학교였다. 일제강점기의 소학교처럼 전설적인 이름.

그러니까 바다초등학교가 아니라 바다국민학교였다. 우리가 다닐 때에는 틀림없이 그 이름이었다. 왜 이름이 바뀌었는지는 모르겠다. 20년 전쯤이었나? 그때만 해도 그 이름이 이토록 아련해지고 새 이름에 이토록 익숙해질 줄 몰랐다.

바다국민학교에선 늘 바다 냄새가 났다. 바다는 교실 창밖으로 아주 멀리 보였지만 이상하게도 바다 냄새가 느껴졌다. 나만 그랬는지 친구들도 그랬는지는 모르겠다. 친구들에게 물어보지 않았으니까. 당연히 친구들도 그 냄새를 느낄 거라고 생각했으니까.

내가 문예반을 좋아했던 건, 그곳에서는 바다가 보이지 않기 때문이었다. 학교 건물의 구석진 곳에 자리 잡은 문예반 교실은 좁고 어두웠지만 창밖으로 뒷골목만 보이는 게 마음에 들었다. 탁 트인 풍경보다 그게 오히려 내 마음을 편안하게 해 주는 것 같았다.

바다는 그 도시에서 피할 수 없는 배경이었다. 피할 수 없다는 건 그때 내게 재앙과 같은 의미였다. 고지식한 아버지, 우울한 엄마, 허름하고 비좁은 집, 이기적인 언니와 한심한 동생들…… 내가 원하지 않았으나 피할 수도 없었던 그런 배경처럼.

열세 살은 그런 나이였다. 외면하고 싶은 것들을 외면할 수 없어 고개를 푹 숙이고 다니던 나이. 그래서, 지금 열세 살인 둘째를 이해할 것 같다가도 불쑥 화가 솟아오르는 것인지도 모르겠다.

말단 경찰로 퇴직할 때까지 늘 바쁘다며 가족과 함께 시간을 보낸 적이 거의 없었던 아버지는 그래도 여름 방학이면 한 번씩 우리들을 데리고 바닷가로 물놀이를 가곤 했다.

집에서 가장 가까운 해수욕장에 신김치와 밑반찬 몇 가지를 싸 들고 가서 아버지는 모래 속에 파묻혀 종일 낮잠을 자고 우리는 온몸이 까매지도록 종일 놀았던, 일 년 중에 유일한 가족 나들이였다.

엄마는 그때 낡은 우산을 펼쳐서 햇볕을 가리고 앉아 짐을 지키며 수평선만 바라보고 있었다. 늘 그랬지만 특히 바닷가에서 엄마는 더더욱 딴 세상사람 같았다. 바닷물 속에서 한참을 놀다가 파랗게 질려 뛰어오는 우리에게 수건을 내밀거나 도시락을 내밀 때에만 잠시 현실로 돌아오는 듯했다.

나는 그 낡은 우산 아래에서 밥을 먹는 게 싫었다. 해수욕장에서 대여하는 파라솔 하나 얻지 못해 궁상을 떠는 것도 싫었고, 평상까지 빌려 여유 있게 밥을 먹는 사람들과 비교하게 되는 것도 싫었다.

파라솔 아래나 평상 위에서는 행복한 가족들이 싸 들고 온 불고기나 과일, 혹은 노점에서 구입한 통닭 냄새가 풍겨 왔다. 나는 그 냄새들을 피하려고 바다를 향해 코를 킁킁거렸다. 하지만 그럴수록 더욱 더 어지럽게 뒤섞이던 바다 냄새와 음식 냄새들.

행복한 가족의 중심에서 웃고 있는 여자들이야말로 우리 엄마와는 전혀 다른 세상에서 살고 있는 사람들이었다. 우리 엄마는 죽었다 깨어나도 그런 웃음을 보여줄 수 없을 터였다. 그런 생각을 하다 보니 불현듯, 엄마가 웃는 모습을 한 번도 본 적이 없는 것 같아 섬뜩해지기도 했다.

파라솔 아래에서 불쑥 튕겨 나오던 투명한 비치볼. 내 또래의 여자 아이가 평상을 내려서면서 무심히 벗어 놓던 분홍색 비치가운. 다른 여자들이 길러낸 아이들은 그렇게 또 다른 세상의 모습을 선명하게 보여 주고 있었다. 죽었다 깨어나도 내가 다가갈 수 없을 것만 같은 세상.

그 머나먼 세상의 아이들은 학교에서도 자주 볼 수 있었다. 단복을 차려입고 몰려다니는 걸스카웃 아이들이라든가 긴 머리를 올려 묶고 도도하게 걸어 다니는 무용부 아이들이라든가……

그에 비하면 문예반 아이들은 내게 묘한 편안함을 안겨 주는 친구들이었다. 분명 다른 세상의 아이 같았으나 나보다 더 어두운 면을 지녔던 미주라든가 이쪽 저쪽 세상의 구분 따위를 무의미하게 만들어 버렸던 유채라든가……

전학을 와서 뒤늦게 문예반에 들어왔지만 독특한 글쓰기로 선생님을 사로잡은 유채는 공동 문집을 만들자며 미주의 관심도 쉽게 이끌어 냈다. 미주와 나는 학교를 마치면 유채의 집으로 함께 가서 문집을 만든답시고 어울리곤 했다.

미주가 피구 공에 맞아 쓰러진 건 그렇게 셋이 함께 하교하던 어느 날의 일이었다. 지름길 삼아 운동장을 가로질러 걷는데 어디선가 공이 날아왔고, 어깨에 공을 맞은 미주는 그대로 무릎이 꺾이며 쓰러지고 말았다.

운동장 한쪽에서 피구를 하던 아이들이 우리를 향해 달려왔고 미주는 바닥에 쓰러진 채 울기만 했다. 멀리서 날아온 공에 맞은 터라 병원에 가야할 만큼 큰 상처를 입은 건 아니었지만 미주로서는 그 모든 상황 자체가 견디기 힘든 것 같았다.

"영재야, 뭐하노? 빨리 와서 사과해라. 그러니까 니 힘껏 던지면 안 된다고 했다 아이가? 살살 한다 캐서 끼아 줬더만 꼭 이래 사고를 치네."

미주가 너무 서럽게 우는 바람에 아무도 선뜻 나서지 못하고 있는데 누군가 큰 소리로 그렇게 외쳤다. 영재라고? 나도 모르게 비명이 새어 나왔다. 수업을 밥 먹듯 빠지며 맨날 운동장에서 공만 던지는 아이가 방금 이 피구 공을 던졌다고? 생각만 해도 내 어깨가 아픈 것 같았다.

"머어? 최영재? 지가 뭔데 내한테 이라노?"

미주는 악을 쓰듯 말했고, 구경하던 아이들은 슬금슬금 뒤로 물러났다. 멀리서 최영재가 쭈뼛거리며 다가오는 모습이 보였다. 그때, 아까 그 목소리가 다시 들려왔다.

"다들 공을 피해서 이래 된 기다. 영재가 너무 세게 던지니까 아무도 공을 안 받고 피해 버려서 공이 이까지 날아온 거 아이가. 일부러 그란 거는 절대 아이니까 화 풀어라."

박성규였다. 평소에는 영재와 짝을 이뤄 장난이나 치던 성규가 차분한 목소리로 상황을 설명하자 미주도 울음을 그치고 바닥에서 몸을 일으켜 세웠다.

"개안체? 피는 안 나제?"

상처를 확인하러 다가오는 성규를 밀쳐 버리고 미주는 바지에 묻은 흙을 털기 시작했다. 그러다 최영재가 가까이 다가오자

신경질적으로 몸을 돌려 학교 정문을 향해 걸어갔다. 어깨도 다리도 많이 아팠을 텐데도 불구하고 미주는 흐트러짐 없는 꼿꼿한 자세로 걸어갔다. 영재는 난감한 얼굴로 미주의 뒷모습을 바라보기만 했다.

나는 그 얼굴만 봐도 알 것 같았다. 영재가 일부러 미주를 겨냥해 공을 던진 건 아니라는 사실을. 하지만 미주는 오래도록, 어쩌면 지금까지도, 그날 영재가 고의적으로 자신을 괴롭힌 거라고 믿었다.

어쨌거나 내가 동창 게시판에 올린 영재에 관한 글에 성규는 아래와 같은 긴 댓글을 달았다.

'나도 6학년 때 영재와 같은 반이었다. 그리고 항상 영재 옆에 앉았으니 너의 뒤엔 늘 내가 있었지. 난 영재와 고등학교도 함께 다녔다. 3년 동안 같은 반이었어. 그때 이미 영재는 고교야구 스타였기 때문에 학교 수업엔 거의 들어오지 않았고 가끔 들어올 땐 내가 무슨 매니저처럼 옆에서 친구들한테 싸인도 받아 주고 주변 정리도 해 주고 그랬지. 운동만 하느라 친구들을 사귀지 못했던 영재에게 어쩌면 나는 유일하게 야구 선수가 아닌 친구였을 거다. 어린 시절이나 고교 시절이나 영재는 자신의 마음을 표현하는 데 서툴렀어. 6학년 때 너에게 심한 장난을 쳤던 것처럼 고등학교 때에는 친구들에게 스타처럼 거들먹거리는 걸 즐기길

래 잔소리를 하기도 했는데, 지금 와서 생각해 보면 그게 바로 영재의 개성이 아니었나 싶다.'

나는 다시 한 번 댓글을 찾아 읽다가 성규의 프로필을 클릭한다. 사진 속에서 그는 여유로운 중년의 모습으로 웃고 있지만 내 눈에는 국민학생 박성규로 보일 뿐이다. 변성기 이전의 장난기 가득한 목소리도 귀에 들려오는 것 같다

성규가 쓴 글을 검색하고 최근에 쓴 댓글도 찾아봤지만 어디에도 그가 오늘 모임에 참석한다는 얘기는 없다. 그런 얘기가 있었다면 나도 지금쯤 모임에 참석하고 있는 중일 거다. 어느새 시간이 꽤 늦었다. 바다국민학교 동창들의 서울 번개 모임은 지금 아마도 노래방쯤에서 절정이겠다.

❀

"결혼식장 두 군데 들렀다가 학회 행사 준비하는 것도 좀 봐주고 올 거야."

묻지도 않은 일정을 상세히 알려주며 남편이 집을 나선 토요일 아침. 어젯밤에 미처 못 본 드라마를 틀어 놓고 소파에 앉으니 내가 왜 여태 남편에게 아무것도 묻지 않고 있는지 알 것 같았다.

나는 이 안락한 소파에 앉아 편안하게 드라마를 보고 싶을 뿐, 나의 현실이 드라마가 되는 건 원하지 않는다. 그러므로 자칫 나를 드라마 속으로 끌어들일 수도 있는 질문 따위는 남편에게 던지고 싶지 않은 거다. 판도라의 상자를 굳이 열어 볼 필요가 있겠냐는 얘기다. 드라마 감상에 방해나 될 뿐인데.

그러나 오늘 아침의 드라마 감상을 방해한 건 뜻밖의 방문객이었다.

"605호에서 왔는데요."

초인종 소리에 인터폰의 수화기를 들자 한 여자의 다급한 목소리가 들려왔다.

"고마워요. 여기까지 올라오는 동안 아무도 문을 열어 주지 않았어요."

문을 열자마자 집안으로 밀려 들어오며 605호 여자는 말했다. 별생각 없이 문을 열었던 걸 후회할 새도 없었다. 여자는 품에 안고 있던 아기를 던지듯 거실에 내려놓았다.

"아니, 대체……"

"허리가 아파서요, 미칠 것 같아서요, 이렇게라도 하지 않으면 아기를 창밖으로 던져 버릴 것 같아서요……"

무너지듯 소파에 주저앉으며 말하는 여자 앞에서 나는 말문이 막히고 말았다.

"오늘 하루를 또 어떻게 보내나 싶어요. 시간이 너무 안 가요.

끔찍하게 안 가요. 지금이 제일 힘들 때라고, 곧 괜찮아질 거라고들 말하지만, 난 늘 힘들었거든요. 앞으로도 계속 이럴 것만 같아요."

여자가 중얼거리는 동안 아기는 바닥에 배를 붙이고 헤엄치듯 거실을 기어 다니기 시작했다.

"출산의 고통? 그건 아무것도 아니에요. 아기를 낳는 순간부터 시작된 이 고통에 비하면…… 제대로 잘 수도 없고 편하게 먹을 수도 없으니……"

어느새 욕실 쪽으로 기어간 아기가 발 닦는 수건을 움켜쥔 채 물고 빨고 있었다. 나는 기겁을 하고 달려가 수건을 낚아챘다. 그러자 아기가 발작하듯 울음을 터뜨렸다. 얼떨결에 나는 아기를 안아 들었고 울음소리는 더 크게 자지러졌다.

"내가 아니면 안 돼요. 낯을 가리거든요. 이젠 아예 나를 말려 죽일 작정인지……"

내게서 아이를 받아 들어 다독이면서도 여자는 끊임없이 말했다.

"우리 아기는 잠도 이렇게 안겨서만 자요. 바닥에 눕히면 귀신같이 알고 깨서 울어대죠. 백일이 지나면 괜찮아질 거라고들 했지만 오히려 잠투정만 더 심해졌어요. 돌이 지나면 괜찮아질 거라고들 또 말하지만, 난 이제 안 믿어요."

아기를 다시 바닥에 내려놓으려는 여자를 보는 순간, 나는 비로소 말문이 트였다.

"바깥바람을 좀 쐬는 건 어때요?"

뒤늦게 정신을 차리고 상황 정리를 하려니 내 말투가 저절로 빨라졌다.

"놀이터에 보면 유모차 탄 아기들이 많이 있던데, 거기 가서 좀 어울려 봐요. 그리고 우린 지금 손님 맞을 준비를 해야 하거든요."

다급하게 둘러대는데 여자가 의외로 순순히 아기를 안아 들었다. 혹시 내가 무슨 실수라도 했나 싶어 의아할 지경이었다.

"지금 내가 원하는 게 뭔지, 아무도 몰라요."

낮은 목소리로 읊조리듯 말한 뒤 여자는 조용히 사라졌다. 정말 순식간에 내 눈앞에서 사라졌다. 현관문 닫히는 소리의 기나긴 여운이 아니었다면 꿈을 꾸었다고 생각했을지도 모른다.

"아침부터 드라마 한 편 찍었네."

언제 방에서 나왔는지 모를 첫째가 혀를 차며 말한다. 나와 함께 TV를 보던 둘째는 여전히 소파에 앉아 멍하니 우리를 지켜보고만 있다.

"봤지? 너희들도 저렇게 살고 싶어? 공부 안 하면 저렇게 돼. 자기 일 하면서 돈 벌면 유모 쓰고 도우미 쓰면서 편하게 살 수 있을 텐데, 저게 뭐니?"

내가 생각해도 억지 같지만 그런 말이라도 안 할 수가 없어서 주절주절 얘기를 늘어놓는데 첫째가 눈을 흘기며 대꾸한다.

"그게 왜 저 여자가 공부 안 한 탓이야? 같이 애를 키워야 할 남편이 아무 도움도 안 되는 게 문제 같은데?"

"남편이야 돈 벌러 나갔겠지. 그리고 여자가 능력 있으면 남편과 상관없이 사람 써 가며 애 키울 수 있다니까!"

"그 집 남편이 돈 벌러 나갔는지 놀러 나갔는지 엄마가 어떻게 알아?"

"이 나이쯤 되면 대충 얼굴만 봐도 그 사람이 어떻게 사는지 보이거든? 아까 그 정도로 히스테리 부리는 걸 지켜봤으면 그 사람 가족들까지도 어떨지 충분히 짐작이 되거든?"

"하이고, 그래요. 훌륭하십니다, 어머니."

"야! 그만 해. 너 요즘 갈수록 건방을 떠는데, 동생이 뭘 보고 배우겠니? 쟤도 이제 곧 중학생이야. 인생을 진지하게 걱정할 나이가 되었다고."

그제야 첫째는 입을 다물었다. 소파에 앉아서 얼이 빠져 있는 둘째를 향해서 나는 선언하듯 말한다.

"너, 똑똑히 봤지? 공부 안 하고 외모에나 신경 쓰면서 남자 만나 봤자 겨우 저렇게 되는 거야."

나의 그 시절이 생각나서 더 이러는지도 모르겠다. 방금 들이닥친 605호 여자보다도 어쩌면 더 힘들었을 그 시절.

결혼하면 곧 전임이 될 거라고 했던 남편은 여전히 시간 강사

였고 시댁에서도 생활비는 지원하지 않았으니 그야말로 기저귀 살 돈도 없어서 나는 천 기저귀를 빨아 가며 육아를 했다. 남편이 전임으로 자리 잡고 둘째가 태어나자 이제는 시댁 행사에 빠짐없이 참여하라는 명령이 떨어져 두 아이를 업고 걸리며 종종걸음 치며 살아야 했다. 남편은 육아에 관심이 없었고 당연히 아무런 도움도 주지 않았다.

나는 그때 정말이지 미주가 부러웠다. 아나운서가 되어 멋지게 일을 하면서도 틈틈이 선을 보러 다니던 미주는 결국 좋은 조건의 남자를 만나 결혼을 하고서도 변함없이 화려한 모습으로 방송에 나왔다. 심지어는 이혼을 하고 나서도 더 멋진 모습의 프리랜서 진행자가 되었다.

"시집이 부자면 뭐해요? 집 사 주고 차 사 주면서 며느리 부려먹기나 하는데…… 어차피 생활비는 남편 월급으로 써야 하니, 돈 많이 버는 남자한테 시집가는 게 최고야. 아님, 본인이 돈을 많이 버는 직업을 갖든지."

나로서는 아이들 데리고 놀이터에 가서 동네 여자들과 그런 얘기나 지껄이며 스트레스를 풀어야 했던, 화면 속의 미주를 보며 대리 만족이나 느껴야 했던, 605호 여자가 느닷없이 일깨워 놓은 그 시절. 아, 한동안 잊고 있었던 그 구차한 시절.

❀

바다는 중학교까지도 우리를 따라왔다. 학교 이름도 창밖 풍경도 친구들의 면면까지도 크게 다를 바 없었다. 남학생들은 서너 개의 학교로 흩어지고 여학생들만 한곳에 모였다는 게 달랐을 뿐.

물론 여학생들에게 똑같은 세일러 교복을 입혀 놓고 성적순으로 줄을 세우는 것은 초등학교 때와 달랐다. 모두가 똑같은 옷을 입으니 유채의 입체적인 몸매는 더욱더 눈에 띄었고, 성적표에 명확한 숫자로 서열이 매겨지자 미주의 재능과 욕심은 더욱더 도드라졌다.

초등학교 졸업 무렵부터 매일 하굣길을 같이 했던 우리는 중학생이 되자 등굣길까지 함께 하며 더욱 친해졌다. 미주도 유채도 나와 다른 반이 되었지만 우리에게 그런 건 중요하지 않았다. 쉬는 시간이고 점심시간이고 몰려다니다가 하굣길에는 바다로 달려가기도 했으니까.

나는 여전히 바다를 싫어했지만 미주나 유채는 달랐다. 그들은 모래톱에 앉아 바다를 하염없이 바라만 보아도 뭔가 위로가 된다고 했다. 그 말을 이해할 수 없었지만 나는 얌전히 그들 옆에 앉아 있곤 했다. 그리고 바다 대신 그들을 바라보았다.

좀처럼 익숙해지지 않는 어색한 교복 속에 유채는 여자로서의 욕망을, 미주는 세상에 대한 야망을 구겨 넣고 있는 것 같았다. 그들은 바다를, 나는 그들을, 오래도록 바라보았다. 바다는 그들에게, 그들은 나에게, 원시인의 모닥불 같은 존재였는지도 모르겠다.

그러다 마침내 유채가 바다로 들어간 건, 교복에 익숙해진 어느 늦은 봄날의 일이었다. 유채는 아버지에 대한 긴 얘기를 마치고 나서 불쑥 양말을 벗고 바다로 걸어가기 시작했다. 미주도 나도 그 모습을 그저 바라볼 수밖에 없었다.

유채가 말한 아버지와의 불화는 누구나 공감할 만한 부분도 있었고 또 아무나 함부로 판단할 수 없는 부분도 있었다. 사춘기 소녀의 이유 없는 반항심이라고만 하기에는 유채 가족의 삶은 결코 평범하지 않았다. 가부장적이고 권위적인 아버지의 모습이야 그 시절에 흔한 것이었지만 보란 듯이 두 집 살림을 하면서 큰소리치는 아버지는 결코 흔하지 않았기 때문이다.

바닷물은 조금씩 조금씩 유채의 발목을 적시고 종아리를 적시고 허벅지까지 적시고 있었다.

"안 춥나? 그만 나온나!"

내가 소리를 지르자 유채는 보란 듯이 더 앞으로 나아갔다. 그러나 막상 엉덩이까지 물에 잠기자 추위를 견딜 수 없었는지 펄쩍 뛰어오르듯 몸을 돌렸다. 그리고 다시 우리를 향해 다가오면서 유채는 깔깔거리며 웃어 댔다.

그때, 미주가 나직한 목소리로 내게 말했다.

"바람둥이든 뭐든 우리 아부지가 부자였으면 나는 아무 불만도 없겠다."

물에 젖은 교복 아래로 유채의 하체가 고스란히 굴곡을 드러내는 걸 보면서 나도 모르게 고개를 끄덕였다. 유채가 심각하게 털어놓은 고민에 완벽하게 감정이입이 되지 않았던 이유를 미주가 콕 집어 말해 준 것 같았다.

"맞다. 우리처럼 가난한 사람한테는 유채의 고민이 배부른 투정으로 느껴진다 아이가."

해안선 끝에 자리 잡은 고급 아파트 단지를 바라보면서 나는 미주에게 맞장구를 쳤다. 다른 세상, 혹은 머나먼 세상. 그것은 늘 바로 눈앞에 존재하고 있었다. 그러나 결코 닿을 수 없는 거리에서.

"우리 엄마는 버림받은 첩이거든. 그거보다는 바람둥이 부자 아버지가 훨씬 낫지 않나?"

쐐기를 박듯 미주가 다시 말했을 때, 뭔가 묵직한 것이 내 가슴을 꾹 누르는 것 같았다. 나도 우리 집의 어려운 상황을 그럴듯하게 말하고 싶었지만 어떻게 표현해도 그저 평범하게 들릴게 분명했다. 그런 것에서까지 친구들에게 열등감을 느껴야 하는 내 자신이 한심하고 서글펐다.

어쩌면 그때부터 우리의 사춘기가 시작되었을 것이다. 적어도 내게는 그랬다. 뭔가 이해할 것 같으면서도 도무지 이해가 안 되던, 가슴에 커다란 돌덩이 하나가 들어앉아 있는 것 같던, 때때로 온몸에서 불길이 치솟는 것 같던, 말도 못하게 어이없는 것들에 경도되기도 하던, 그런 시절.

"그래. 지금 네 상태를 너 스스로도 잘 이해할 수 없겠지. 엄마도 다 이해해. 엄마도 그런 시절이 있었거든. 하지만 그런 불필요한 감정에 빠져들어 봤자 너만 손해라는 걸 잊지 마."

책상에 앉아 낙서를 하고 있는 둘째의 어깨를 토닥거리며 말하자 옆에 있던 첫째가 입을 삐죽이며 대든다.

"엄마가 훈계를 하시는데 그냥 방으로 들어와 버린 이 행동이 지금 잘했단 말이야? 그렇게 일관성 없게 교육하면 안 되지."

"너야말로 동생 편을 들었다 안 들었다 자꾸 일관성 없게 굴면 안 되지."

"엄마가 자꾸 왔다 갔다 하니까 내가 중심을 잡으려고 그러는 거잖아. 일종의 균형 유지 역할이랄까?"

"너나 잘해!"

좋은 엄마 노릇 좀 해 보려는데 꼭 이렇게 태클을 거는 심보라니.

토라지듯 애들 방을 나서는데 거실의 전화기가 울린다. 요즘 들어 부쩍 자주 걸려 오는 전화. 받으면 어김없이 끊어지는 그 전화 같다.

'교수님 좀 전에 나갔어요. 걱정하지 마세요.'

예상대로 발신번호 표시가 뜨지 않는 걸 확인한 뒤, 나는 또박또박 하고 싶은 말을 속으로만 삼킨다. 끈질기게 벨소리가 울려대는 전화기를 그저 노려보기만 하면서.

4.
소문은 잠들지 않는다

어떻게 놀았든, 왜 이혼했든, 몇 번이나 결혼했든

생각처럼 삶이 아름답지 않다는 것을, 생각처럼 인간이 대단한 존재가 아니라는 것을, 우리는 누구나 조금씩은 깨닫고 있다. 그래서 사람들은 저마다 환상의 힘을 빌려 이 남루한 삶을 지탱해 나가곤 한다.

있는 실체를 가려 주고, 없는 실체를 만들어 내는 환상. 보잘것 없는 실체를 그럴 듯하게 포장해서 보여 주는 환상. 그런 것들로부터 위로 받으며 우리는 이번 생을 견뎌 나간다. 때로는 환상임을 뻔히 아는데도 속아 주면서.

오늘 동창 커뮤니티에는 유난히도 그런 사진들이 많이 올라왔다. 주말여행을 다녀온 한 친구가 올린 풍경 사진이 시작이었다. 나는 주말에 아내랑 멋진 외식을 했어, 나는 주말에 애들이랑 놀이공원에 다녀왔지, 나는 주말에 가구 몇 가지를 새로 샀어. 나는 주말에 남편이 맛난 요리를 만들어 줬단다……

저마다 아우성치듯 올려놓은 사진들을 보고 있자니 세상의 행복은 모두 다 여기에 있구나 싶다. 개인 SNS에 사생활을 올려놓는 건 안 보면 그만이지만 동창들과 얘기 좀 나누려고 들여다본 커뮤니티에서 이런 사진들만 걸러 내어서 안 보기는 힘들다.

어쨌거나 가을에서 겨울로 접어드는 이 계절, 다들 참으로 행복한 것 같다. 적어도 사진으로만 보면 말이다. 집집마다 배우자는 자상하고, 애들도 잘 크고, 집안은 반짝반짝, 길거리에 떨어져 굴러다니는 단풍마저 환상적인 계절.

그중에서도 절정은 그림 같은 테이블 사진이었다. 꽃무늬 티팟과 찻잔 옆으로 삼단 트레이에 올려진 두 조각씩의 파니니, 마카롱, 타르트, 크렘블레…… 그리고 창밖으로 보이는 은행나무에 매달린 노란 이파리 한 장.

'마지막 잎새를 바라보며 즐기는 애프터눈 티~ 누구와 함께였는지는 비밀!'

코 성형 부작용이 안타깝도록 확연해 보이는 강희주는 사진 설명을 그렇게 써 놓은 뒤, 여느 때처럼 셀카도 한 장 덧붙여 놓았다. 부자연스러운 코 모양이 사진 속에서는 잘 드러나지 않기 때문인지 희주는 즐겨 셀카를 찍어 올리곤 했다.

이번 사진 역시 팔을 쭉 뻗어 올려 카메라 각도를 조절하는 솜씨에 힘입어 제법 예뻐 보이는 희주의 모습이 담겨 있다. 고급스러운 장소에 어울리는 옷차림에 그에 걸맞은 포즈까지……

희주는 여중 동창 모임이 시작되던 무렵에도 미니홈피에 숱한 셀카를 올려서 친구들의 입방아에 오르곤 했었다.

"강희주 사진 보니까 중학교 때랑 완전 다르게 예뻐졌던데? 수술한 거 맞제?"

"실제로 보면 수술한 티가 확 난다. 사진만큼 예뻐진 것도 아니고……"

"근데 갸는 무슨 돈이 그리 많아서 맨날 그리 차려입고 비싼 것만 먹고 다니노?"

"머 맨날 그라겠노? 우짜다 한 번씩 그라는 것만 사진 찍어 올리니까 그래 보이는 거지."

"그래도 갸가 옷가게 하면서 돈 좀 번다더라. 저거 집도 원래 부자 아니었나?"

"부자는 무슨…… 옷가게도 쪼매난 거다. 저거 엄마가 허영이 있어서 희주를 공주처럼 꾸미면서 키우고 시집도 잘 보낼라고 극성을 떨다 보니까 소문이 그래 났나 보네."

"그라믄 맨날 사진 찍어 올리는 그 생활은 우찌 가능한데?"

"맨날 아니라니까. 니가 나이가 몇인데 아직도 미니홈피를 믿나?"

"모르지, 머. 그럴싸한 스폰서라도 있을지……"

그게 7~8년 전쯤이었고 친구들은 대부분 결혼해서 육아에 집중하던 때였으니 상대적으로 여유로워 보이는 독신의 희주에게 과도한 관심을 보였던 것 같다. 희주도 그걸 아는지 모임에 나타나면 더욱 크게 목소리를 냈다. 자신을 둘러싼 소문은 다른 소문으로 덮겠다는 듯 온갖 소문을 실어 나르면서.

"정유채 말이다. 길에서 우연히 본 적이 있는데 얼굴이 너무 안 좋더라. 몸에 살 하나 없이 비쩍 말라가꼬…… 마음고생을 너무 해서 그런가? 갸가 이혼할 때 워낙 시끄러웠다 아이가."

희주는 그 과정에서 유채를 끌어들일 때가 많았는데, 이유는 잘 모르겠다. 같은 독신이라도 자기는 결혼 경험이 없다는 걸 강조하고 싶어서였는지, 유채에 대한 얘기를 친구들이 가장 흥미로워하기 때문이었는지……

"그래, 별별 얘기가 다 있었제. 집에 남자랑 같이 있다가 시어머니한테 들켰다던가?"

"내가 듣기로는 남편한테 들켰다던데? 그래서 바로 뚜드려 맞는 바람에 폭행 피해자로 오히려 이혼 재판에 유리했다고."

"진짜가? 나는 그냥 그 시모가 하도 유별나서 남편도 어쩔 수 없이 이혼해 준 걸로 아는데."

"아무리 유별나도 학실한 이유 없이 우째 이혼까지 가겠노?

실제로는 더 쇼킹한 일이 있었겠지."

"아들 하나 있었제? 그 아들 양육권도 뺏긴 거 보면 먼가 잘못을 해도 크게 한 거 같기는 하다."

"부부 동반 모임인가에서 사람들 다 보는데 치고받고 싸우다가 이혼 소송으로 갔다고 들었다, 나는."

희주의 도발에 봇물 터지듯 저마다 한마디씩 보탤 때에도 나는 그냥 조용히 있었다. 동창들에게 유채는 그저 단순히 이혼을 한 친구가 아니었다. 중학교 때부터 온갖 소문을 몰고 다니며 놀았는데도 보란 듯이 의사와 결혼을 하더니 결국엔 예상대로 이혼을 한 화제의 인물이었다. 누구라도 그 과정이 궁금할 만한, 드라마의 주인공이었던 거다.

드라마를 해석하는 시청자의 자유를 나는 존중해 줄 수밖에 없었다. 유채가 자극적인 드라마를 쓴 건 분명한 사실이었으니까. 아닌 게 아니라 유채는 결혼을 선언하면서 내게 이렇게 말했었다.

"다들 놀라겠제? 그 날라리가 우찌 그리 시집을 잘 갔노 하면서 배 아파할 거 아이가."

얌전한 옷차림으로 내숭 떨며 선을 보러 다니는 게 꽤나 재밌다며 유채가 웃어 댈 때에도 그녀의 새로운 놀이에 맞장구를 쳐주었지만, 막상 정말 그렇게 결혼을 한다고 하니 나는 더 이상 함께 웃을 수가 없었다.

결혼은 놀이가 아닌데…… 뭔가 막연하게 다가오던 불안감은 유채가 신랑감을 소개해 주기 전에 부탁하는 말을 들으면서 더욱 강렬해졌다.

"나는 아무것도 모르는 모범생이었다, 알겠제? 그 사람은 진짜 내가 그렇다고 알고 있으니까 잘 좀 맞춰 주라. 굳이 거짓말까지 할 필요는 없겠지만……"

그때도 유채는 웃음을 섞으며 말했지만 나는 더 이상 그 놀이에 동참할 수가 없었기에 전혀 즐겁지가 않았다. 그 남자를 함께 만난 자리에서 조신한 척 연기하는 유채의 모습을 보자 우울해지기까지 했다. 남자는 외모까지도 번듯해서 나의 불안감을 더해 주었기에 나는 그 상황에서 유채가 원하는 대로 장단을 맞춰 줄 수가 없었다.

왜 이러는 걸까? 대체 왜 이런 선택을 하려는 걸까?

나는 그저 궁금했고 의아했다. 결혼할 남자 앞에서 유채는 아예 딴 사람 같았다. 내가 알던 유채는 어디론가 사라져 버린 것 같았다.

그런 낯선 모습으로 유채는 결혼을 했고 한동안 그 모습을 유지하며 잘 살아가고 있다는 소식을 전해 주었다. 나는 이후로 유채를 만나지 않았고 정말이지 그녀를 완전히 잃어버린 것 같은 느낌에 빠져들었다. 하지만 그 막막한 상실감은 그리 오래 가지 않았다.

"이혼하니까 속이 시원하다. 우리 아기 보고 싶어서 울 때만 빼면, 진짜 천국이다."

결혼한 지 4년 만이었다. 전화기를 통해서 들려오는 유채의 목소리는 정말 홀가분하게 느껴졌다. 나는 그때 결혼은 했지만 아이는 없었으므로 그녀의 마음을 모두 다 이해할 수는 없었다. 그저 유채가 비로소 유채답게 돌아왔다는 생각에 반가운 마음이 더 컸던 것 같다. 그래서 이혼 사유가 크게 궁금하지도 않았다.

"처음엔 무조건 남편한테 맞춰 줬지. 내가 할 수 있는 모든 건 다 했던 거 같다. 남편 친구들이 놀러 오면 밤새 술상을 차리고 셔츠며 양말까지 빨아서 아침에 챙겨 주고 그랬다. 그 미친 시모 비위 맞추는 건 말할 것도 없고…… 그런데 아들 낳고 돌잔치 치르고 나니까 이상하게 힘이 탁 빠지는 거 같은 기라. 더 이상은 못해 주겠다 싶더라."

그래서 유채가 중얼중얼 지나온 일들을 들려줄 때에도 나는 이렇게 대꾸해 주었다.

"가스나. 그러니까 처음부터 와 그리 힘을 뺐노? 아니, 처음부터 와 그리 힘든 남편을 얻었노? 그냥 니 편한 사람 만나서 니맘대로 하고 살지."

아들도 하나 낳고 했으니 이제부터는 그래도 될 거라고 생각했다고 유채는 대답했다. 이제 서로 좀 편해졌으니 본래의 모습을 보여도 이해해 줄 거라고. 아니, 그동안 그렇게 극진히 대접했으니 이제는 보통 사람 정도만 해도 이해해 줄 거라고.

"근데 이 남자는 절대 그게 안 통하는 사람이었는 기라. 외식할 때 메뉴 정하는 거조차도 내 의견을 말하면 기분 나빠했으니까 말 다했지 머. 그래도 나는 그거 바꿔 보겠다고 계속 대들고 계속 나가 놀고 그라다가 결국 한 대 맞고 나니까 정신이 번쩍 들더라. 계속 그래 살 수는 없는 거 아이가?"

그래서 아들도 두고 나와 버렸다고, 잘난 남편이니 아들이야 오죽 잘 키우겠냐고, 친정에 아들 데려와서 천덕꾸러기 만들기도 싫었다고 유채는 덧붙였다. 그러니까 폭행, 외도, 양육권 따위를 둘러싼 소문은 전혀 근거가 없는 것은 아니었다. 다만, 이야기의 순서가 제멋대로 뒤섞이며 과장되고 왜곡되었을 뿐.

남들에게 '외도'로 일컬어지는 그것은 '파티'였을 거라고 나는 단번에 짐작했다. 실제로 유채는 그랬다고 했다. 답답한 일상을 더 이상 견딜 수 없어서 예전처럼 놀러 다녔고 때로는 집에서 함께 놀기도 했다고. 그게 바로 유채가 어렸을 때부터 좋아한 파티였다. 당연히 남자들도 함께 어울리는. 사람이 많이 모이면 모일수록 더욱 떠들썩하게 재미있는.

하지만 그게 외간 남자와 단둘이 집에 있다가 들킨 것처럼 와전되는 걸 누가 막을 수 있을까? 드라마는 언제나 훨씬 더 자극적인 스토리가 시청률에서 승리하는 법이니.

"중학교 때 생각하면 이상한 일도 아니지."

그리고 성공한 드라마는 언제나 속편이나 아류작을 불러온다. 유채의 이혼 얘기가 으레 중학교 때의 소문으로 이어지듯이.

"그래, 중학교 때 정학 맞았던 그 사건도 꽤나 쇼킹했제."

"뭔데? 뭔데? 나는 그냥 롤라장에서 남자애들하고 놀았던 사건 정도로만 아는데, 딴 얘기도 있었나?"

이쯤 되면 희주 같은 여자가 유채 이야기를 꺼낸 목적은 달성되고도 남는 거였다. 각자 어디선가 들은 소문이며 나름대로 덧붙이는 얘기들이 마구 뒤섞이면서 유채의 과거는 만신창이가 되고 그 흥미진진한 드라마는 막을 내릴 줄 몰랐다.

"거기 롤라장은 문 닫고 나서도 안에서 몇 쌍이 모여 놀았다 안 하드나. 롤라장 주인이 변태였다더라."

"진짜가? 나는 그때 퇴학당했던 그아가 임신했다고 들었는데…… 변태 주인이랑 그아랑 먼 일이 있었나?"

"키 작고 예쁘장했던 그아 말하는 거제? 맞다. 그아가 롤라장 주인이랑 눈이 맞았고 나머지 징계 먹은 가스나들은 머스마들하고 어울려서 거기서 같이 놀았다더라."

"사실은 유채가 주동자인데 저거 아부지가 돈 써서 엉뚱한 아를 퇴학시켰다는 말도 있던데?"

여전히 중학생처럼 눈을 동그랗게 뜨면서 진지하게 소문을 얘기하는 모습들이 우스웠다. 아무리 친구 얘기라고 해도 이미 오래 전에 다 지나간 일, 가볍디가벼운 남 얘기일 뿐이었다. 나로서는 예전에 유채에게 자세하게 듣기는 했지만 세세한 내용은 기억이 안 나는, 적어도 친구들이 떠드는 내용과는 상당히 다르다는 것만은 분명한, 과거의 얘기일 뿐이었다.

그래도 그렇게 소문을 떠들어 대던 친구들이 막상 유채를 만나고 나서는 함께 놀면서 마음이 바뀌었나 싶었는데…… 초등 동창 모임이 시작되니 다시 입을 오물거리며 소문을 얘기하고 싶어 하는 걸 보니 드라마의 유전자는 결코 죽지 않는 모양이다. 더구나 이 경우에는 상대방을 어떻게든 깎아 내려 자신을 더욱 돋보이게 만드는 도구로서의 드라마일 테니 말이다.

"향을 쌌던 종이에서는 향내가 나고 생선을 묶었던 새끼줄에서는 비린내가 나는 법이지."

남편의 말이 문득 떠오른다. 오래전, 유채에 대한 이야기를 하다가 내게 비수처럼 던진 말이었다. 유채가 이혼할 무렵에 그녀의 시어머니가 떠들고 다녔던 온갖 악의적인 얘기들은 그대로 나의 시이모와 시어머니를 통해 남편에게 전해졌다. 유채의 시어머니와 나의 시이모가 여고 동창이라는 사실에서부터 시작된 악몽이었다. 가뜩이나 임신이 되지 않아 눈치를 보고 있었던 나는 남편 앞에서 유채를 변명하는 그 어떤 얘기도 꺼낼 수가 없었다.

향내도 비린내도 아닌 짚불 태우는 듯한 냄새가 집안을 가득 채우고 있다. 일찍 들어온 남편이 커피콩을 볶는 중이다. 주로 주말에 하던 일을 굳이 월요일에 하는 게 이상하지만 이유를 물어보고 싶지는 않다. 부엌일은 전혀 하지 않는 사람이 어느 날 커피 생두를 사 와서 직접 볶겠다고 할 때부터 대답은 항상 '그냥'이었으니까. 그 여자를 왜 만나? 라고 물어도 그냥, 이라고 대답할 게 분명하다.

커피나무 빨간 열매 속의 녹색 씨앗 두 쪽. 맛도 향도 없는 그저 단순한 콩 모양의 그 씨앗을 볶으면 채프가 날리기 시작한다. 씨앗을 감싸고 있던 은색의 얇은 껍질이 열에 못 이겨 떨어져 나가는 것이다. 그때 씨앗은 비로소 커피 원두로 탈바꿈한다. 조금씩 부풀어 오르면서, 갈색으로 진하게 변하면서, 갖가지 커피 향을 풍기기 시작하면서…….

하지만 커피는 너무도 쉽게 맛과 향을 잃어버린다. 원두의 기름 성분과 공기가 접촉하는 시간이 길어질수록 맛도 향도 엄청나게 변한다. 콩은 산패하고 향은 휘발된다.

사람과 사람의 관계도 마찬가지겠지. 남편과 나의 관계는 지금 얼마나 휘발되고 산패했을까? 아니, 우리의 관계가 커피처럼 향기로웠던 때가 있었던가…… 남편은 그저 무덤덤한 사람이고 나는 그런 성격에 불만이 없었다. 오히려 늘 한결같다고 생각했다. 하지만 녹회색 커피 씨앗 한 자루를 사들고 들어온 날에 그는 결코 무덤덤하지 않았다.

"로스팅을 직접 하는 카페에 갔다가 커피 맛에 완전히 반했어. 그런 카페를 찾아서 신촌으로 부암동으로 청담동으로 돌아다녔는데 아무래도 내가 직접 로스팅하는 게 낫겠다는 생각이 들더라고."

부엌에서 냄비를 찾고 주걱을 찾으면서 그는 흥분해서 떠들어 댔다.

"이렇게 생두를 직접 사면 취향대로 볶을 수도 있고 값도 싸니 얼마나 좋아? 기다려 봐. 코스타리카 커피를 풀시티로 볶아 줄 테니."

간단한 요리도 할 줄 모르는 그가 갑자기 로스팅에 빠진 이유를 나는 왜 그때 집요하게 따져 보지 않았을까? 신촌으로 부암동으로 청담동으로 카페 순례를 다닐 때 누가 함께 동행했는지조차 나는 궁금해 하지 않았다. 남편에 대해서는 나 역시 무덤덤하기 때문이었겠지.

단순한 불꽃의 석유 버너, 바닥이 두꺼운 냄비, 그리고 나무 주걱.

남편은 오로지 그것들만을 이용했다. 인류가 처음 커피를 볶아 냈을 때의 원시적인 형태에 가장 가까워지고 싶다면서 로스팅 기계 따위에는 눈길도 주지 않았다. 베란다에 불을 피우고 앉은 채 묵묵히 나무 주걱을 휘젓는 그의 모습은 때로 수도승 같왔다.

오랜 시간, 집중해서, 정성껏 그가 주걱을 저으면 연기와 함께 커피 씨앗은 부풀어 올랐다. 그러고 보니 그 부풀어 오른 모습이 지나치게 관능적으로 느껴진다. 연기가 날리고 채프가 날리면 그의 손길은 좀 더 빨라졌다. 그러고 보니 그 손길의 빠르기가 사뭇 외설적으로 느껴진다.

커피 씨앗 볶는 냄새가 출렁출렁 온 집안을 돌아다니고 나는 출렁출렁 의심의 파도를 탄다. 그러고 보니 이번 주말에도 남편은 내내 집에 없었다. 벌써 몇 주째 주말마다 그는 외출을 했다. 친구들이 저마다 자랑하듯 주말의 일상을 찍어 올려놓은 사진을 보면서 나는 새삼 남편의 주말이 궁금해진다.

어느덧 그는 커피콩을 다 볶아서 채프까지 털어낸 뒤 유리병에 옮겨 담고 있다. 저 모습을 사진으로 찍어 공개한다면 다들 찬사를 보내겠지. 셀프 로스팅한 커피콩이 가득한 바구니, 그 옆에 도열한 빈 유리병들, 남자의 손길에 하나씩 커피 원두로 채워지고 있는 유리병…… 이것이야말로 완벽한 환상이 아닐까?

"오늘은 세 가지 종류를 볶았어. 이건 강하게 볶았으니까 내일부터 마셔도 괜찮을 거야. 이건 사흘쯤 뒀다가 먹는 게 좋을 테고……"

오늘따라 말이 많다 싶었는데 역시나 남편은 어색한 한마디를 덧붙인다.

"그리고 이거 한 통은 친구 녀석 갖다 줄게. 워낙 커피를 즐기는 녀석이라 좋아할 거야."

친구 누구? 라고 묻고 싶지만 참는다. 그 대신 나는 이렇게 말한다.

"맘대로 해. 난 이번 주말에 친구 데려와서 재울 건데, 괜찮지? 유채가 부산에서 올라온다고 해서 말이야."

유리병의 뚜껑의 걸쇠를 채우던 남편의 손이 옆으로 미끄러졌다. 못 본 척 나는 다시 핸드폰 화면으로 시선을 돌린다.

❀

중간 굵기로 갈아 낸 모카 하라를 드리퍼에 넣는다. 어젯밤에 에스프레소로 마셔 본 것과는 또 다른 맛이 우러날 것을 생각하니 설렌다. 뜨거운 물을 몇 방울 떨어뜨려 커피 가루를 적시자 젖은 커피가 빵처럼 부풀어 오른다. 에티오피아 고산 지대의 흙냄새를 불러오면서.

인류 최초로 커피를 발견했다는 그곳 에티오피아. 죽기 전에 가 볼 수 있을까? 여기는 서울. 지금은 나 혼자.

생두를 볶는 시간, 원두를 보관하는 시간, 물이 통과하는 시간, 공기가 통과하는 시간……. 그 모든 시간의 조합에 따라 수없이 다양한 맛을 보여 주는 커피에 나도 빠졌다. 집에서 볶아

하룻밤을 숙성시킨 신선한 커피를 마셨을 때의 느낌을 잊을 수 가 없다. 그동안 마셨던 모든 커피를 무효로 만들어 버리던, 방금 전에 먹은 음식의 맛까지도 잊어버리게 만들던 그 맛.

"정말 맛있지? 난 이제 인스턴트나 체인점 커피는 못 마시겠어. 돌아올 수 없는 강을 건너 버린 것 같아."

남편은 그렇게 말하면서 나의 감탄에 동조했다. 돌아올 수 없는 강이라니…… 이제 와서 생각해 보니 그게 커피를 말하는 건지 그녀를 말하는 건지 모르겠다. 어쩌면 둘 다일 수도 있겠지.

미디엄으로 볶은 몬순 커피 원두를 받아 들 남편의 친구는 과연 누구일까? 인도의 습한 몬순 바람을 불러오며 커피를 드립할 사람은 남편일까 그녀일까?

물줄기가 가늘고 일정하게 떨어지도록 주의하면서 주전자를 빙글빙글 돌린다. 따뜻한 물줄기는 둥글게 커피 가루를 적시고 드리퍼 아래쪽의 유리 주전자로 떨어진다. 모카 하라의 향기가 코끝으로 사정없이 밀려든다. 유리 주전자에 받아 낸 커피를 하얀 잔에 따르고 음미해 본다.

오늘 동창 커뮤니티에는 여기저기서 가져온 좋은 글들만 가득하다. 읽을 때는 고개를 끄덕거리다가도 돌아서면 잊어버리는, 이미 다 알고 있지만 실천하기는 힘든, 그러니까 사실은 하나 마나 한 얘기들이다.

더구나 이제는 그 뻔한 좋은 글들에 무조건 동의할 수 없을 때도 많다. 그래서, 너무 일찍 맛본 성공은 인생에 독이 된다는 글을 읽다가 이렇게 중얼거려 본다.

"그래도 최영재나 서미주처럼 일찍 성공해 봤던 애들이 나는 부럽기만 하더라. 걔들이 그때 얼마나 화려하고 멋있었니? 늦게 성공하면 더 행복할 거라고 생각하면서 이런 글에 위안받기에는 우리 나이가 너무 많지 않나? 이러다 결국 성공 한 번 못해 보고 끝나면?"

아예 이런 얘기를 댓글로 써 볼까 하다가 나는 새로 올라온 글에 시선을 옮긴다. 유채의 글이다.

'드디어 내일이네. 난 내일 아침 기차로 서울 올라간다. 친구들아, 기다려라. 서미주도 온다고 했다.'

그래, 드디어 내일이다. 오랜만에 얼굴 보는 미주가 어떻게 변했을지도 궁금하고 지난번에 유채에 대한 소문을 읊어 대던 아이들이 이번에는 어떤 태도를 보일지도 궁금하다. 그리고 또, 박성규와 어떤 말을 나누게 될지도 궁금하다.

다시 커피가 고파서 가스렌지에 물을 올린다. 수동 그라인더에 원두를 넣고 드륵드륵 갈면서도 향이 느껴진다. 콜롬비아 에스메랄다는 역시 향이 깊고 강하다. 안데스 산맥의 가파른 언덕에 아라비카 커피 묘목을 처음 심은 사람은 누구였을까?

쌉싸름한 첫맛에서 달콤한 뒷맛까지 천천히 느끼며 커피를 마시다 보니 불현듯 또 다른 커피가 그립다. 다크 로스팅한 케냐

더블 에이, 혹은 킬리만자로 산허리에서 자란 야성적인 탄자니아 커피 같은.

❀

"아니, 대체 왜들 그런대요? 다 늙어서 기억도 안 나는 동창들하고 어울려 그게 뭐하는 짓들이냐고요."

느닷없이 정민 엄마가 폭발했다. 나긋나긋한 말투로 교양이란 이런 것이라고 온몸으로 알려주듯 행동하던 그녀가 대체 왜 이러는 걸까?

"기억이 안 나지는 않아요. 오히려 너무 생생하게 떠올라서 당황스러울 때도 있죠. 그리고 다 늙었다니요? 아직 한창 모여서 놀고 싶은 나이잖아요. 다들 그렇게 개인적으로 어울리는 것도 아니고……"

나도 모르게 변명을 하다가 갑자기 억울해진다. 이 여자야말로 대체 왜 이러는 거야? 초등 동창 모임들 하냐고 묻길래 성의껏 대답했을 따름인데…… 내 얼굴을 똑바로 바라보면서 따지고 드니 내가 무슨 죄라도 지은 듯 변명할 수밖에.

나뿐만 아니라 여러 사람들이 동창 모임 재밌다고 얘기를 하는 동안 정민 엄마의 안색이 점차 나빠지는 것 같기는 했다. 단순한 호기심이 아니라 뭔가 이유가 있어서 질문을 던진 것 같기도 했다. 하지만 그 속사정 따윈 알고 싶지 않다.

"동창이라면서 남의 남편 페이스북에 반말로 댓글 줄줄이 다는 게 제정신인가요? 남의 남편 출장길에 환영한다고 두 팔 벌리고 기다리고 있으면, 그 남자 아내는 어떤 심정일지 짐작도 안 되나요?"

뭘 그 정도 갖고 그래요? 남의 남편이 되기 전에 친구였던 사이잖아요. 진짜 서로 심각한 사이라면 그렇게 공개적으로 친한 척하겠어요?

하고 싶은 말들을 꿀꺽 삼킨다. 대충 스토리를 알겠지만 대꾸는 안 해 주는 게 이로울 듯 싶다. 저렇게 공격적으로 나오는데 무슨 말을 더 할 수 있을까?

둘째 학교 등굣길에 교통안전 도우미하러 나왔다가 봉사 끝낸 여자들과 어울린 게 화근이었다. 커피 한 잔 마시면서 애들 키우는 얘기나 들어 볼까 했는데…… 사춘기랍시고 예민해져 이런 곳까지 기웃거리게 만든 둘째가 미워지는 순간이다.

"남녀가 섞이면 꼭 그런 일이 생기나 봐요. 아니, 처음부터 그런 일을 목적으로 남녀가 모인다고 봐야 하나? 그래서 전 동창 모임에 안 나가요. 내 남편한테도 나가지 말라고 해요."

"사실 그런 건 좀 있죠. 하지만 그렇게 예민하게 생각할 만큼은 아닌 거 같아요. 옛날 얘기하면서 웃다가 가끔 아슬아슬한 느낌을 즐기는 정도?"

"아슬아슬하게 즐기다가 결국엔 선을 넘게 되는 거 아닐까요? 실제로 그런 일들이 많잖아요."

"동창 모임 아니어도 바람날 사람은 나는 법이에요. 그게 모임 탓은 아니라는 거죠."

조용히 있던 한 여자가 입을 열자 다른 여자들도 의견을 보태기 시작했다. 정민 엄마는 여전히 격앙된 자세로 그녀들의 말에 귀 기울이고 있다, 여차하면 공격할 태세다.

그 모습을 보고 있자니 지수 엄마가 궁금하다. 한동안 뭔가 자신의 얘기를 하고 싶어 어쩔 줄 몰라 하더니 요즘은 통 소식이 없다. 내 남편에 대해서도 더 이상 궁금하지 않은 모양이다. 하긴, 나도 그건 더 이상 궁금하지 않다.

지수 엄마를 생각해 보면 정민 엄마의 태도가 과하다고 볼 수도 없는 것 같다. 꼬리를 물고 물리는 관계랄까. 아니면, 정민 엄마의 남편 사랑이 너무 과하다고 해야 할지.

"봐요, 지금 우리 애들 나이 때 만난 친구들이에요. 우리 애들도 20년이나 30년 뒤에 이러고 있을까요? 그때 우린 대체 몇 살이죠?"

말하다 보니 픽 웃음이 나온다. 세월을 생각하면 모든 게 사소해진다. 다행히도 내 말에 몇몇이 웃어준다. 나는 좀 더 과장된 웃음을 보이며 자리에서 일어선다. 오늘 오후에 있을 동창회에 나갈 준비를 시작할 시간이다.

그러니까 관건은 자연스러움이다. 아침부터 부지런히 씻고 바르고 옷이며 가방, 구두까지 몽땅 꺼내 거울 앞에서 별짓을 다 해 봤어도 집을 나서는 그 순간에는 무심히 나온 듯 자연스러워야만 한다. 그러지 않으면 저렇게 티가 난다. 모처럼 만나는 남자들 앞에서 예쁘게 보이고 싶어 하는 안쓰러운 티.

그렇다고 해서 자연스러워 보이는 여자들이 정말 다 자연스러운 것도 아니다. 그저 그렇게 보일 뿐, 실제로는 부자연스러운 태도며 행동들이 눈에 들어와 나는 또 픽 웃는다. 이래저래 자꾸만 웃음이 새어 나온다.

"서미주 아직 안 왔제?"

미주를 찾으며 유채가 식당으로 들어선다. 이미 자리를 잡고 앉아 있던 친구들의 시선이 일제히 유채에게로 향한다.

좀 작은 듯 여겨질 만큼 타이트한 주황색 니트 스웨터에 캉캉 스타일의 검은색 미니스커트. 타인의 시선도 유행도 일순 무의미하게 만들어 버리는 패션은 오로지 풍만한 가슴과 각선미를 강조하며 '내가 유채다' 소리치고 있다.

"아직 약속 시간도 안 지났다. 근데 서미주가 오긴 오는 거가?"

"유채 니가 와준 것만 해도 영광이다. 퍼뜩 앉아라."

짐짓 무관심한 척 유채에게 자리를 내어 주지만 그녀가 가까이 걸어와 가방을 놓고 의자를 당겨 앉는 모습까지 세세히 살펴

보는 시선들이 재미있어 나는 또다시 픽 웃는다.

"은하야, 니는 언제 왔노?"

유채가 나를 발견하고 살갑게 말을 건다. 하지만 대답 따윈 어차피 상관없다는 듯 다시 좌중을 둘러보며 다른 친구들의 안부를 묻고 농지거리를 던진다. 유채가 이름을 불러 주면 저마다 활짝 웃는 친구들의 모습을 보니 예전에 그녀가 했던 말이 사실일 거라는 생각도 든다. 남자들은 자기만 쳐다보고 여자들은 자기를 언니처럼 따른다고 했던 말.

본인이 자리에 있고 없고에 따라 이렇게 태도가 달라질 수가 있을까 싶게 친구들은 유채를 호의적으로 대하고 있었다. 누군가 유채에 대한 소문 얘기라도 꺼낸다면 '아이고, 의미 없다' 말하며 무시할 태세였다.

그래, 소문 따위, 얼마나 의미 없고 부질없는 것인지. 지금 현재 이 자리에 있는 유채의 존재감을 압도할 소문은 어디에도 없다. 나로서는 과거의 소문은 기억도 제대로 나지 않고 관심조차 없다. 유채가 나름대로 세워 놓은 연애의 원칙 같은 건 또렷이 기억나지만 말이다.

"양다리 걸치는 거, 유부남 사귀는 거. 그런 건 내 인생에 절대로 있을 수 없다."

그 단호한 선언만큼이나 당당한 태도로 유채는 친구들과 얘기를 나누고 있다. 사람들이 자신에 대해 뭐라고 떠들든 상관없이 스스로의 원칙을 지키며 살아온 자부심이 그녀의 행동마다 드러나 보인다. 친구들도 유채의 에너지에 압도당한 듯 그녀에게서 눈을 떼지 못한다.

"미주야! 이게 몇 년 만이고?"

그리고 마침내 유채가 소리쳤을 때, 좌중의 시선은 다시 일제히 식당 입구로 향했다. 서미주. 그동안 모두가 궁금해 했던 인물이 눈앞에 나타났다. 검은 바지에 검은 셔츠, 그리고 페이즐리 패턴의 회색 스카프. 가방조차도 검은색이라 스카프만 아니면 조문이라도 온 듯한 차림이다. 하지만 투명할 만큼 하얀 피부색은 변함이 없어서 모노톤의 차림새에서 더욱 화사하게 돋보이고 있다.

"다들 언제 이렇게 모였던 거야? 그동안 나만 빼놓고 재밌었나 보네."

의외로 미주는 활기찬 목소리로 말하며 자리에 앉는다. 짐짓 너스레를 떠는 모습이 낯설다. 늘 차갑고 도도했던 서미주는 어디로 사라진 걸까? 그러나 그녀의 시선만큼은 좀처럼 움직이지 않고 있어서 예전의 서늘한 기운을 그대로 품고 있는 것 같다. 미주는 좌중을 둘러보지 않고 가까운 곳에 뚜렷한 초점 없이 시선을 던져 놓고만 있다. 내가 앉은 쪽으로도 그 시선은 다가오지 않아서 눈 맞추고 인사하기가 힘들다.

말투와 시선의 부조화 속에 미주는 친구들의 질문 공세를 받기 시작한다. 내가 처음 이 동창회에 나왔을 때처럼 친구들은 미리 정해진 듯한 질문을 던진다. 어디 사느냐, 요즘 뭐 하냐, 애는 몇 살이냐……

"애는 없어. 처음엔 내가 안 원했고, 다음 결혼엔 남편이 안 원했고, 이번 결혼엔 둘다 원하지만 안 생기네."

난감한 질문인데도 세 번의 결혼까지 포함해서 대답을 해 버리는 미주. 친절하면서도 차가운 듯한 태도가 여전하다. 우리 엄마는 버림받은 첩이거든, 이라고 말하던 때의 딱 그 말투다. 그리고 여전히 가까운 곳에 머물러 있는 시선. 미주는 여전하다.

"그래서 이래 처녀 같은 거네. 아가씨 같은 분위기가 있다 아이가."

예전보다 더 마른 듯한 몸매가 안쓰럽지만 어떤 여자는 미주의 몸을 부러워한다.

"아이를 안 낳았으면 처녀나 마찬가지지. 몇 번을 결혼해도……"

어떤 남자는 미주의 몸을 훑어 내리며 굳이 확인 사살을 한다. 미주가 별 반응을 보이지 않자 무리수를 두는 얘기를 꺼내는 남자도 있다.

"그래서 독특한 섹스 라이프가 가능했나 보네."

"뭐래? 독특한 섹스 라이프?"

가까운 곳에 영혼 없이 머물러 있던 미주의 시선이 한 남자에게로 정확히 날아간다. 되묻는 목소리는 차분했지만 상대를 똑바로 쳐다보는 눈빛은 사뭇 전투적이다.

"아니, 그…… 예전에 스포츠 신문에 연재했던 칼럼 말이다. 제목이…… 섹스어필 시대 어쩌고 하는……"

"거기다가 나의 섹스 라이프를 쓴 적은 없는데?"

한 음절 한 음절 꼭꼭 씹듯 말하는 미주 특유의 말투가 되살아났다. 자신의 의견을 피력할 때 더욱 도드라지는 그녀의 습관이다.

"에이, 그냥 그렇다는 말이지. 그런 칼럼 읽다 보면 작가의 섹스 라이프가 짐작된다 아이가."

당황하던 그가 무리수를 거두며 대충 눙치려고 한다. 하지만 그렇게 호락호락 넘어간다면 서미주가 아니다. 그녀는 끝까지 그에게서 시선을 거두지 않고 이를 악물 듯 말한다.

"그런 거 함부로 짐작하지 마. 그걸 사생활과 연결시키지도 마. 칼럼은 그냥 칼럼으로 읽으면 되는 거야."

미주의 단호한 태도 때문이었을까? 상대방은 물론이고 그 누구도 아무 말 못하며 분위기가 싸늘해지는데 미주는 멈추지 않는다.

"난 그냥 섹스에 대해서 내가 생각하는 대로 정리해서 칼럼을 썼을 뿐이야. 독특할 거 하나도 없어. 니네들은 그런 생각 안 하고 사니?"

미주의 질문에 역시나 아무도 대답을 하지 못한다. 이런 상황이 익숙하다는 듯 오로지 유채만이 넉살 좋게 나설 뿐이다.

"아무튼 능력 있제? 지 쓰고 싶은 거 다 쓰고, 결혼하고 싶으면 다 하고…… 미주야, 니 지금 남편은 연하남이제? 그것도 능력이다. 내가 미용실에서 잡지 인터뷰를 봤다 아이가."

나도 그 인터뷰 봤다. 3년 전쯤이었다. 다섯 살 연하의 출판사 대표와 결혼해서 출판과 공연 문화를 결합한 새로운 사업을 시작했다고 제법 크게 기사가 나와 있었다. 그게 궁금하기도 하고 분위기 전환도 하고 싶어서 나는 미주에게 질문을 던진다.

"그때 시작했다는 복합 문화 사업이라는 것도 잘 되고 있제?"

"망했어."

이런 제길. 심기 불편해졌다고 나한테까지 이럴 건 뭐람. 여기 들어온 뒤에 나랑 겨우 눈이 마주쳤는데 첫마디가 '망했어' 라니. 우리 지금 10년 만에 얼굴 봤거든!

하지만 생각해 보면 열두 살에 문예반에서 처음 만났을 때 느낌이 딱 이랬던 것 같다. 뭐든 직설적으로 말해서 불쾌할 때가 많았지만 또 그게 알 수 없는 매력으로 다가왔던…… 그러다가 결국엔 그 단도직입적인 말투에 중독되듯 친해졌었지.

재작년이었나? 케이블 티비의 신설 채널에서 연예인들과 수다를 떠는 프로그램의 진행을 맡았길래 의아했었는데…… 그게 사업 부진과도 관련이 있는 거였을까? 그러다가 슬그머니 방송에서 사라졌길래 다시 사업에 전념하나보다 싶었는데……

"유명한 사람들 집에 찾아가서 인터뷰하던 프로 있었제? 형식도 자유롭고 대화 내용도 자유롭고 참 좋았는데…… 니가 최영재 집에 찾아가서 인터뷰하는 장면을 상상해 보기도 했었다."

박성규가 다시 분위기 전환에 나섰다. 15년 전쯤의 얘기다. 서미주 아나운서가 이혼을 하고 프리랜서 진행자로 방송에 복귀했던, 그리고 한동안 그 인터뷰 프로그램을 맡으며 전성기를 보냈던 시절.

"그게 언제적 일인데…… 그야말로 왕년의 방송인이네, 이제 내가."

성규가 일깨운 그 시절을 얘기하며 미주가 슬쩍 웃는다. 첫 이혼과 재혼 사이의 4년 남짓한 그 시간이 내가 보기엔 미주가 가장 자유로웠던 시기 같다. 그녀는 아나운서 시절보다 훨씬 더 다양한 방송을 훨씬 더 자유롭게 진행했다. 맡아서 하는 프로그램마다 반응도 좋았다.

이후에 인권 변호사와 재혼을 하고 정당 일을 시작하면서 그녀는 몹시 바빠졌고 심리적으로도 우리와 멀어졌다. 정치권에 새바람을 일으킨 정당에서 대변인을 하며 당장 국회의원이라도 될 듯 잘 나가는 그녀를 보면서 친구들은 거리감을 느낄 수밖에 없었다. 그 무렵에 다시 모이기 시작한 여중 동창들이 때로는 자랑스러워하고 때로는 질투를 하던 기억이 생생하다.

미주가 속한 정당이 해체되고 두 번째 이혼, 칼럼니스트 데뷔 등으로 그녀가 새로운 행보를 이어가자 때로는 안타까워하고 때로는 빈정거리면서 친구들은 미주가 다시 우리 가까이 돌아온 듯한 기분을 느꼈다. 생활 속에서 느끼는 여러 가지 생각들을 도발적인 칼럼으로 발표하면서 대중적인 프로그램의 패널로 방송에 나오기도 하니 아닌게 아니라 예전보다 훨씬 더 친근하게 여겨졌다. 그만큼 만만히 여겨 입방아에 올리는 사람들도 많아졌지만.

그 칼럼들을 모아 책으로 내지만 않았어도 내가 그 무렵에 미주를 만날 수 있었을까?

우습게도 그런 생각을 해 보다가 스스로 한심해서 서글퍼진다. 미주의 책을 읽다가 불쾌해하던 남편을 의식해서 그녀를 멀리한 건 누가 뭐래도 바보 같은 일이다. 물론 그때는 그걸 몰랐다. 아니, 정말 몰랐을까?

미주가 펴낸 책의 내용뿐만 아니라 그 전에 두 번째 이혼을 했다는 사실도 남편은 못마땅해 했다. 아나운서나 정당 대변인을 할 때까지만 해도 은근히 아내 친구 자랑을 했던 걸 생각하면 그야말로 속물적이고 보수적인 남자의 반응일 뿐이었는데 나는 왜 그리도 신경을 썼는지……

어쨌든 10년 만이다. 미주가 변호사와 재혼한 뒤 유채가 서울 올라왔을 때 함께 봤던 게 마지막이었다. 그 사이에 유채도 미주와 멀어진 걸로 아는데 이번에 어떻게 연락이 되었는지 모르겠다. 취기가 몰려오면서 뒤늦게 이런저런 궁금증이 밀려오지만 유채도 미주도 내 자리에서 멀리 떨어진 곳에 앉아 있다.

나는 자리에서 일어나 미주가 앉은 곳으로 다가간다. 못 마시는 술을 너무 많이 마셨나 보다. 미주 옆으로 자리를 잡고 앉으려는데 몸이 저절로 휘청거린다. 건너편에서는 유채가 친구들과 어깨동무를 한 채 셀카를 찍고 있다. 유채와 완전 밀착되어 사진을 찍는 친구는 다름 아닌 강희주다. 사진 속에서 두 사람의 코는 참 오뚝하기도 하겠네.

"미주야! 내일 뭐하노? 유채가 내일까지 서울 있을 거라서 오늘 우리 집에서 잘 건데, 내일 브런치라도 같이 할래? 밖에서도 좋고 아님 우리 집에서라도……"

쳇, 프로포즈라도 하듯 떨리는 이건 뭔데? 내 마음을 아는지 모르는지 미주는 무심히 대답한다.

"어, 미안. 내일은 내가 좀 바빠. 다음에 꼭 같이 보자."

5.

가볍게 묻어가는 꽃가루 인생

굳이 숨겨둔 비밀을 열어볼 필요가 있을까?

모임의 분위기는 예상했던 대로 흘러갔다. 친구들의 관심은 유채와 미주에게로 집중되었고 두 사람은 익숙한 듯 그 분위기를 즐겼다. 장소를 옮기면서 6학년 때 같은 반끼리 모여 앉다 보니 박성규가 내 근처로 왔지만 그도 유채와 주로 얘기를 나누면서 멀리 앉은 미주에게 자주 시선을 보냈다.

모든 게 예전과 다름없었다. 유채는 어디에서나 대화를 주도했고 미주는 언제나 사람들의 이목을 끌었다. 익숙한 상황이었고 당연하게 여겨지는 일이었다. 그런데 예전과 달리 나는 좀 불편한 느낌이 들었다. 아니, 뭔가 싫은 느낌이 들었다고 해야 옳겠다.

더 이상 이런 들러리 노릇은 하기 싫다는 생각이랄까? 나도 저렇게 끊임없이 얘기를 나누고 싶고 나도 저렇게 주목받고 싶다는 생각까지는 아니더라도 말이다. 주인공이 되고 싶다는 욕심까지는 아니더라도 조연이나 엑스트라는 더 이상 하기 싫다는 생각.

그 생각에 호응하듯 오석호가 내게 다가오긴 했다.

"우리 반 아이들은 하나같이 우째 이래 잘 컸는지 모르겠다. 은하야, 그자?"

다 아는 얘기를 굳이 내 이름까지 살갑게 불러 가며 묻는 이유는 알 수 없었지만 어쨌든 나는 퉁명스럽게 대답했다.

"잘 큰 아이들만 모임에 나오니까 그런 거 아니겠나?"

말해 놓고 나니, 잘 크지도 못했으면서 동창회에 나온 내가 무색해지긴 했지만.

"그런가? 하기는 나도 내가 이래 잘 클지는 몰랐다."

농담이랍시고 맞장구치며 오석호는 큰소리로 웃음을 터뜨렸다. 몇몇 친구들이 우리쪽을 흘깃 쳐다봤다. 뼈째로 잘게 썬 바다장어 회를 씹으면서 뱀장어와 붕장어와 아나고에 대해서 논했던 석호는 이제 흑맥주 잔을 높이 쳐들면서 에일 맥주와 라거 맥주의 차이에 대해 말하기 시작했다. 나는 짐짓 그를 외면하며 성규를 바라보았다.

성규의 시선은 여전히 미주에게로 가 있었다. 둘은 1학년 때 같은 반이었다고 했던가. 아니었다 해도 성규가 미주를 모를 리는 없다. 전교생이 미주를 알았으니까. 최영재조차도 같은 반이 한 번도 된 적이 없는 미주를 알고 관심을 보였으니까.

나는 성규의 시선을 따라 미주를 바라보았다. 말없이 술잔을 기울이며 친구들의 이야기를 듣고 있는 미주는 취기가 올라 발그레한 얼굴로도 여전히 도도한 모습이었다. 누군가의 말에 고개를 끄덕이면서도 미주의 얼굴에는 그를 비웃는 듯한 미소가 슬쩍 떠올랐다. 고교야구 스타 최영재를 함부로 무시하던 그때처럼.

"니, 영재한테 와 그라노? 그랄 꺼면 아예 만나지를 말았어야지."

유채가 중간에서 다리를 놓아 미주와 함께 최영재를 만나러 나갔던 날, 나는 미주에게 그렇게 볼멘소리를 할 수밖에 없었다. 빳빳한 자세로 시종일관 영재를 무시하던 미주의 태도가 정말 마음에 들지 않아서였다.

"그래 안 하면 또 연락 와서 귀찮게 할 거 아이가. 지가 먼저 기분 나빠서 떨어져 나가게 하는 게 상책인 기라."

미주는 나름대로 이유를 말했지만 영재는 이후로도 몇 번이나 미주에게 연락을 해 왔다. 고교야구의 신기록을 매번 갱신하고 있던 스타로서 미주도 자신을 좋아할 거라는 자존감 때문이었는지, 미주의 홀대를 알면서도 굽히기 싫었던 자존심 때문이었는지……

"아무래도 니가 한 번 따로 만나서 잘 얘기하는 게 낫겠다. 무조건 피하지만 말고."

나는 마치 영재의 누이라도 된 듯 미주를 설득하기도 했다. 왜 그랬는지는 모르겠다. 최영재와 서미주가 써 나갈 드라마를 구경하고 싶었던 걸까? 아니면, 어린 시절부터 봐왔던 최영재가 정말 가족처럼 여겨졌던 걸까?

"싫다. 난 진짜 최영재 싫다. 가가 6학년 때까지 글자도 제대로 못 읽었다며?"

"그거야 수업 시간에 일어서서 국어책 읽을 때 더듬거렸다는 얘기지. 보기보다 소심해서 그런 거조차 떨면서 했다는 말이었다. 2학년 때 받아쓰기 잘 못했다는 얘기를 연결시켜서 니는 그걸 그렇게 해석했나?"

"아니, 꼭 그 얘기 때문만이 아니어도 내가 최영재하고 6학년 때 이래저래 많이 마주쳐서 안다. 운동밖에 할 줄 모르고 무식한 거, 딱 봐도 표가 났거든."

"그래 봤자 조례시간에 상 받을라고 대기한다든가 학교 탐방 방송에 같이 나간다든가 하면서 잠깐씩만 본 거잖아. 그걸로만 최영재를 판단하기에는 니 편견이 더 많이 작용했을 끼다. 아무리 운동선수라 해도 똑똑하지 않으면 이 정도 위치까지 올라올 수 있었겠나?"

"내가 말하는 무식하다는 얘기는, 머리 좋은 거하곤 다른 기다. 그냥 만나자고 하면 될 걸 굳이 '대회도 끝났으니 스트레스 좀 풀고 싶다'면서 거들먹거리는 건 뭔데? 배우지 못하고 세련되지 못한 거, 그런 거 나는 딱 질색이다."

운동선수에 대한 미주의 편견은 버림받은 첩의 딸이라는 자기 자신에 대한 편견만큼이나 견고했다. 게다가 어린 시절부터 봐오면서 생겨난 선입견은 그 편견을 더욱 공고히 했다.

한 사람의 어린 시절을 안다는 건 그런 것이었다. 그가 나중에 어떤 식으로 변해 가든 우리 마음 속 그의 모습은 어린 시절의 원형에서 벗어나지 못한다. 어쩌면 본인 또한 그럴 것이다. 어린 시절의 모습은 본인의 삶을 지배하고 그를 대하는 사람들의 태도를 지배한다.

35년 만에 만난 동창들을 대하는 미주의 태도는 그 사실을 여실히 보여 주고 있었다. 미주는 여전히 친구들을 무시하면서 자신의 우월함을 확인하려 했다. 어린 시절에는 그것만이 첩의 딸에 대한 편견을 벗어날 수 있는 유일한 방법이라고 생각했듯이, 지금은 그것만이 온갖 입방아에 오르는 자신을 보호할 유일한 방법이라고 생각하는 듯했다.

친구들이 현재 어떻게 변했든 상관없이 어린 시절의 기억으로만 대하는 것. 사실은 나도 오석호를 그렇게 대하고 있었다. 미주가 영재를 턱없이 무시한 것과 다를 바가 없었다. 그가 현재 얼마나 유능한 직장인이며 얼마나 친구들에게 인기가 많은지는 중요하지 않았다. 내게 석호는 여전히 머뭇머뭇, 엉거주춤, 뭔가 모자라고 우둔한 듯한 아이로 다가올 뿐이었다.

하지만 내가 어떻게 생각하든 오석호는 오늘도 자신만만하고 눈치 빠르게 행동했다. 원래 이런 아이였는데 내가 잘못 봤던 것일 수도 있겠다는 생각이 들 정도였다. 아니면 유난히 늦되는 아이였던지.

노래방으로 자리를 옮긴 뒤에는 유채와 함께 마이크를 독차지하며 분위기를 띄우는 석호를 보면서 나는 다시금 궁금해졌다. 저 아이는 대체 어떤 변화를 겪으며 자라 온 걸까? 소년에서 중년이 될 때까지 오석호에게는 무슨 일이 있었던 걸까?

뜬금없이 엄마의 마음이 되어 석호의 과거를 궁금해 하다가 이 무슨 오지랖인가 싶어 관심을 거두려는데 옆자리에서 강희주의 목소리가 들려왔다.

"성규야, 너거 딸 많이 컸제? 애기 때도 이쁘던데 인자 인물 나겠네."

성규의 대답은 노랫소리 때문에 잘 들리지 않았지만 광대뼈가 솟아오르도록 미소를 짓는 표정만으로도 그 내용을 짐작할 수 있었다. 동창회 초기부터 참석했다는 희주와 성규는 아이의 안부를 물을 만큼 많이 친한 듯 보였다.

"박성규 딸도 본 적 있나? 지가 직접 키우고 있는 거가?"

성규가 노래를 부르러 나간 사이, 나는 강희주에게로 몸을 기울이며 슬쩍 물어보았다. 역시나 희주는 기다렸다는 듯 묻지도 않은 말들을 줄줄이 늘어놓았다.

"여자가 산후 우울증인가 먼가 걸려서 딸내미 키우는 것도 싫다고 이혼해달라캤다더라. 전에 야유회 갈 때 한 번 델꼬 나왔는데 얼라가 우찌나 예쁜지…… 성규 엄마가 딸내미 잘 키워주신다니 그나마 다행이지 머. 성규는 우짜다가 그런 여자를 만나갖고…… 여자가 된장녀였다는 소문도 있더라. 비싼 옷이나 가방으로 지 몸 치장하는 거나 신경쓰다가 얼라 낳고 키우면서 생고생할라카니 우울증이 안 생기겠나?"

결혼도 안 해 본 희주가 육아의 어려움은 어찌 그리 잘 아는지…… 부부간의 속사정은 당사자 이외에는 모르는 법이라고 굳게 믿고 있는 나로서는 희주의 말을 그저 흘려들을 수밖에 없었다. 다만, 아이의 얼굴이 궁금했다. 성규를 저렇게 활짝 미소짓게 만드는 아이의 얼굴은 과연 어떻게 생겼을까? 어릴 적 성규의 모습과는 얼마나 닮았을까?

밤이 깊어가는 노래방의 분위기는 무르익을 대로 무르익어 친구들은 어깨동무를 하고 합창을 하기 시작했다. 키 차이가 나다 보니 어깨 대신 허리를 끌어안은 남녀 친구들도 있었다. 그래도 남자와 여자 사이의 끈끈한 분위기로 보이진 않았다.

그런 가운데에서도 미주는 홀로 꼿꼿했다. 친구들의 손에 이

끌려 자리에서 일어나긴 했으나 무리에서는 약간 떨어진 곳에서 독야청청했다. 남자 동창 하나가 어깨를 잡으며 끌어당기자 매몰차게 돌아서는가 싶더니 아예 문을 열고 나가 버렸다. 그 순간, 지금 미주와 함께 살고 있는 남자는 어떤 종류의 사람인지 몹시 궁금해졌다.

최영재뿐만 아니라 만나는 남자마다 지적 수준을 따지던 미주는 뜻밖에도 첫 결혼상대로 학력 세탁이 의심되는 재력가를 선택했다. 제법 큰 사업체를 여러 개 갖고 있는 집안의 장남이었으므로 서미주 아나운서와의 결혼 소식이 알려지자 그는 여러모로 화제의 인물이 되었는데, 이전에 어떤 여배우와 결혼할 뻔했던 사연은 물론이고 뭔가 석연치 않아 보이는 학벌의 비밀까지도 낱낱이 밝혀졌다.

그 과정에서 미주가 버림받은 사생아라는 사실도 알려졌고 미주 엄마가 욕심을 부려 결혼이 성사되었다는 소문도 떠돌았다. 서미주 아나운서는 불우한 환경을 딛고 성공한 여성이며 또한 효녀로 입에 오르내렸다. 하지만 그 결혼은 2년 만에 파경을 맞으면서 또 다른 이야깃거리를 사람들에게 안겨 주었다.

"바람둥이든 뭐든 우리 아부지가 부자였으면 나는 아무 불만도 없겠다."

열네 살에 바다에서 그렇게 외쳤던 미주였지만, 아버지가 아닌 남편이 바람둥이인 건 견딜 수 없었던 모양이었다. 아무리 부자라고 해도 말이다.

그리고 두 번째 결혼상대로는 인권 변호사를 선택하면서 미주는 비로소 미주다운 모습을 보여 주는 듯했다. 하지만 그 결혼도 5년을 넘기지 못했으니 이번에 결혼한 남자는 과연 어떤 사람일지 궁금할 수밖에 없다. 출판사 대표이지만 재력가는 아니고 명문대 출신도 아닌 걸로 아는데, 다섯 살 연하라는 점 이외에 무엇이 저 도도한 미주의 마음을 끌어당겼을까?

노래방에서 뒤엉키는 무리에 섞여 어깨와 허리를 내어준 채로 나는 흘깃흘깃 미주를 바라보았다. 화장실에서 세수라도 하고 온 듯 말간 모습으로 미주는 한쪽 구석에 앉아 허공도 바닥도 친구들도 아닌 애매한 지점에 시선을 두고 있었다. 그런 미주를 아무도 더 이상 건드리지 않았다.

반면, 무리의 중심에 선 유채에게는 다들 너무 쉽게 다가가는 듯했다. 유채의 어깨를 끌어안고 팔짱을 끼면서 노골적인 스킨십을 하는 녀석들까지 보였다. 하지만 절로 눈살이 찌푸려지는 그런 상황에서도 정작 유채는 레슬링 선수처럼 그 녀석들에게 헤드록을 해가며 모든 걸 장난으로 만들어 버리고 있었다. 남녀 간의 끈적한 분위기를 35년 지기의 끈끈한 의리로 순식간에 바꿔버리는 유채의 발랄한 행동 앞에서 나는 그저 웃음이 나올 따름이었다.

그리고 지금 이 상황에서도 나는 그저 웃음이 나올 뿐이다. 얼떨결에 성규의 자동차 뒷자리에 앉아 집으로 돌아가고 있는 지금. 내 앞 조수석에 앉은 성규의 뒷모습이 자동차의 움직임에 따라 잔잔히 흔들리는 것을 바라보고 있는 지금.

각자의 집으로 돌아가기 위해 택시를 부르고 대리 기사를 부르는 상황에서 유채는 너무도 당당히 성규에게 요구했다.

"성규야, 니 차에 우리 좀 태워 도. 내가 오늘 은하네 집에서 잘 건데 택시 타고 갈 수는 없다 아이가. 우리 미모가 너무 위험하니까, 그자?"

성규도 그저 웃으며 말없이 자동차의 뒷문을 우리에게 열어주었다. 유채를 따라서 뒷좌석에 자리를 잡으면서 성규의 표정도 살피느라 미주와는 미처 인사도 나누지 못하고 헤어졌다. 하지만 그것조차도 나는 자동차가 출발하고 한참 뒤에야 깨달았다.

대리기사가 모는 차일지언정 성규의 차에 타고 있다는 사실은 술기운만큼이나 나를 울렁이게 한다. 유채와 얘기를 나누다가 한 번씩 뒤를 돌아볼 때 불빛에 잠깐씩 드러나는 성규의 옆모습도 나를 울렁이게 한다. 자꾸만 실실 웃음이 나온다.

"아, 오늘 술이 기분 좋게 취하네."

나도 모르게 중얼거리자 유채가 웃음을 섞으며 묻는다.

"니 언제부터 그래 술이 쎄졌노? 그동안 무슨 힘든 일 겪었나?"

대답 대신 과장되게 깔깔거리며 유채의 어깨에 몸을 기대는데 아뜩한 현기증이 밀려온다. 길었던 하루가 눈앞으로 훅 지나간다.

❀

"너거 엄마 요새 머 힘든 일 있었나?"

"아뇨. 제가 알기론 없어요. 아, 아니지! 갱년기 증세로 고생하는 게 힘들다면 힘든 일인가?"

첫째의 대답에 눈을 흘기는데 뜻밖에도 둘째가 유채에게 따지듯이 묻는다.

"그런데, 그건 왜요? 울 엄마가 어디 힘들어 보였나요?"

"어제 모임에서 술이 술술 넘어간다고 너무 잘 마시는 기라. 너거 엄마가 원래 술을 엄청 못 마셨거든. 그래서 내가 못 본 사이에 먼 일이 있었나 궁금해서 그란다."

둘째를 빤히 바라보며 말하는 유채의 얼굴에 슬며시 미소가 번진다. 짧은 질문 속에서도 만만치 않은 사춘기의 기운을 눈치챈 게 분명하다. 유난히 아이들을 좋아했던 유채, 이혼하며 두고 온 아들이 보고 싶어 울던 유채가 지금 이 시간 그녀의 미소 위에 오버랩된다.

술이 덜 깬 토요일 오전, 나의 딸들과 유채가 실없는 대화를 나누는 풍경은 뭔가 비현실적이다. 어디든 나가자고 집을 나섰던 것도 같은데 왜 이렇게 우리 집 식탁에 모두 모여 앉아 있는 걸까? 브런치랍시고 내가 차려 놓은 음식들마저 낯설다.

“술이라면, 딱히 어떤 이유가 있어서라기보다 그냥 엄마가 뒤늦게 맛을 알게 되셔서 그런 것 같아요. 애들이 사춘기라고 한잔, 본인이 갱년기라고 한잔, 그러면서 차츰 주량이 늘어나신 거죠.”

뭐가 그리 재밌는지 첫째가 신나게 떠들어 대는 걸 나는 그저 듣고만 있는다. 대꾸할 힘이 없어서다.

“엄마 술 마시면 무지 귀여워요. 얼마 전엔 취해서 누구랑 통화하다가 묻어가는 꽃가루 인생이 최고라고 막 찬양하지 뭐예요? 우리한텐 매일 공부만 하라고 해 놓고서……”

하지만 이런 얘기까지 떠드는 걸 듣고만 있을 수는 없지.

“야! 그 말 속에 담긴 깊은 뜻을 니가 알기나 하니? 오죽하면 전업주부들끼리 그런 말로 위로나 하면서 살겠어? 묻어가는 꽃가루? 그래, 편하고 좋지. 하지만 묻어갈 그 무엇이 사라지면 그야말로 아무것도 아닌 존재일 뿐이야. 아님, 죽도록 일만 해야 하는 상황에 빠질 수도 있어. 지난번에 봤던 605호 그 여자처럼.”

소리치며 말하다 보니 기억이 난다. 유채랑 집을 나서다가 한기를 느끼고 돌아섰던 아침. 오늘도 어김없이 남편이 일찍부터 외출을 했으니 그냥 집에서 편하게 브런치를 하자며 주저앉았지. 아이들과 얘기도 할 수 있으니 그게 더 낫겠다며 유채도 좋아했다. 그러니까 이 모든 건 갑자기 차가워진 날씨 때문이다.

"묻어가는 꽃가루가 무슨 말이고? 공부 안 해도 시집 잘 가면 남편한테 묻어갈 수 있다는 말이가? 그거 참 화사하고 발랄한 표현이네."

유채의 말에 첫째도 둘째도 화사하고 발랄하게 웃는다. 나는 체념하듯 말한다.

"그래, 틀린 말은 아니다. 묻어가는 꽃가루 인생이 갑인 건 사실이지. 남편이 유능하고 착한데다 애들도 공부를 잘 한다면. 근데 골고루 계속 그러기가 쉽지 않거든?"

"맞다. 게다가 묻어갈 정도로 능력 있는 남편 만날라면 공부도 웬만큼 해야 한다. 물론 그것도 미모를 이길 수는 없지만 말이다. 여자는 그저 예쁘면 된다 아이가. 남자들이 그저 예쁜 여자만 찾으니까."

유채의 맞장구가 엉뚱한 결론에 이르자 둘째는 함박웃음을 짓는다. 얼마 만에 보는 둘째의 웃음인지 모르겠다. 하지만 첫째는 오히려 심각해졌다.

"요즘 남자들은 안 그래요. 예쁘고 돈도 잘 버는 여자를 원하죠. 예쁘기만 하고 능력 없으면 남자들한테 된장녀니 김치녀니 공격당하기만 할 걸요? 그래서 난 애가 걱정이에요."

"그런 덜떨어진 남자애들은 신경 쓸 거 없다. 집안일이랑 애 낳고 키우는 일을 똑같이 나눠서 할 것도 아니면서 그래 투덜거리기만 하는 것들은 쳐다보지도 마라. 능력 있는 남자들은 안 그런다."

첫째의 걱정에 뾰루퉁해졌던 둘째가 유채의 말에 또다시 배시시 웃는다. 이쯤 되면 냅다 소리를 지를 수밖에.

"아, 그러니까 그런 능력 있는 남자를 만나는 게 쉬운 일이 아니라고!"

"맞다, 맞다. 그 남자가 가정적이고 착하기까지 하려면 더 힘들제. 세상에 쉬운 일은 없다. 이래도 저래도 힘들다 아이가. 그러니까 마 대충 살아라."

또다시 엉뚱한 결론에 이르는 유채의 말에 둘째는 까르르 웃음소리까지 터뜨린다. 이 아줌마도 꽤나 부모 속 썩이는 딸이었겠구나, 눈치챈 게 분명하다.

"좋아하는 거 가볍게 즐기고 살다가 기회가 생겨서 묻어갈 수 있으면 묻어가고…… 그래 사는 거지 머. 열심히 노력하면서 인생을 개척해도 결과는 크게 달라지지 않더라. 너거, 엄마 친구 서미주 아나운서 알제?"

"알아요. 티비에서 엠씨 보던 예쁜 아줌마."

이번에는 첫째가 눈을 반짝이며 호기심을 보인다. 유채는 또 무슨 얘기를 시작하려는 걸까? 식어 버린 브런치를 꾸역꾸역 먹으면서 나는 그저 지켜보기만 한다.

"중학교 때, 그 친구는 모범생 전교회장이었고 나는 놀다가 정학을 맞은 문제학생이었다. 너거 엄마는 그냥 평범한 학생. 근데 우리 셋이 제일 친했다는 거, 믿어지나?"

"정말요? 그렇게 서로 다른 애들끼리 어떻게 친하게 된 거예요?"

허세에 빠진 사춘기 소녀답게 둘째는 식탁 의자를 바짝 끌어당겨 유채에게 몸을 기울이며 묻는다. 대책 없는 상황이다.

"서로 다른 애들이 친해진 게 아니라 비슷해서 친해졌던 애들이 몇 년 사이에 그렇게 달라져 버린 거였제. 그 시기가 원래 그래 변화무쌍하다 아이가. 이후로도 변화가 많았지만 결국 지금은 다들 너거 엄마 인생을 제일 부러워한다."

"에이, 무슨……"

"설마요."

딸들의 격한 반응에 나도 덧붙여 유채에게 묻는다.

"웃기지 마라. 누가 날 부러워하는데?"

"다들 부러워하제. 니야말로 꽃가루 인생 아이가? 일단 내부터 니가 부럽다."

기가 막혀 대꾸도 못하고 있는 나를 외면하며 유채는 딸들을 향해 계속 말을 이어나간다.

"서미주는 열심히 공부해서 결혼 잘 했고 나도 열심히 예뻐져서 결혼 잘 했거든? 근데 막상 살아보니 남편들이 꽝이었는 기라. 그래서 결국 서미주도 나도 이혼하고 나니 인생이 꼬이기 시작했지. 너거 아빠 같은 사람이 세상에 그리 흔하지가 않으니 너거 엄마는 로또 맞은 셈이고."

"결국, 인생은 랜덤인가요?"

어느새 첫째도 유채에게로 몸을 기울이며 묻는다.

"맞다, 랜덤. 타고난 팔자라고 말하는, 운명에 좌우되는 게 인생이다. 그러니까 너무 애써서 인생을 바꿀라고 하지 말고 물 흐르듯 즐겁게 사는 게 최고인 기라."

인생이 뭔지 아니? 물으면 고개를 저으며 '알고 싶지 않아' 외치던 첫째가 다소곳하게 유채의 말에 고개를 끄덕이고 있다. 이거야말로 산교육인가? 하지만 엄마로서 나는 이제 나서야 한다.

"얘들아, 이 아줌마처럼 자유롭게 놀면서 살거나 서미주 아줌마처럼 멋지게 일하면서 사는 게 더 나아 보이지 않니? 나도 그러고 싶어. 내가 그다지 행복하지 않은 건 너희들도 잘 알지? 이 아줌마는 그냥 자기가 살아 보지 못한 인생을 부러워하는 거야."

❀

미주가 바다여중의 전교회장이 된 건 하나의 사건이었다. 당시만 해도 반장이든 회장이든 교사가 일방적으로 정하는 경우가 많았고 바다여중 또한 그랬기 때문이다. 그런 상황에서 반장이나 회장은 으레 모범생 중에서 부잣집 아이들 차지가 되었다.

미주는 모범생이었으나 부잣집 딸은 아니었으므로 1학년 때는 총무로 임명되었고, 전교 1등으로 올라간 2학년 때에도 부반장으로 임명되었을 뿐이었다. 미주는 그 사실을 견딜 수 없어했다.

"내가 반장이 되지 못하는 이유가 도대체 뭔데? 공부 잘하고, 착실하게 생활하고, 앞에 나가면 말도 잘 하는데……"

반장이 되는 것에 미주가 그토록 집착하는 이유를 나는 알고 있었다. 1학년 주번 모임 때 지각을 했다고 미주의 뺨을 때렸던 주임 교사가 같이 지각한 반장에게는 너그럽게 대하는 걸 나도 목격했기 때문이다. 나는 그 일에 대해 그저 부당함을 토로하기만 했으나 미주는 직접 반장이 되는 걸로 부당함과 수모를 뛰어넘으려 했다. 그래서 모범적인 생활을 하며 성적을 올리는 데 전력을 다했다. 하지만 그것만으로는 결코 반장이 될 수 없다는 걸 깨달은 날, 나는 역시나 그렇다며 혀를 끌끌 차기만 했으나 미주는 직접 교육청에 찾아갔다고 했다.

"교육청? 거기를 우찌 갔는데?"

"남부 교육청 모르나? 버스 타고 가다 보면 보이잖아. 거기 가서 항의했지. 교사들이 일방적으로 학생 임원을 선출하는 건 부당하다, 교사들은 우리가 납득할 수 있을 만큼 투명하게 임원을 뽑지 않는다, 학생들이 직접 선거를 할 수 있게 해 달라, 국회의원도 국민이 뽑고 대통령도 선거인단이 뽑는데 왜 우린 그걸 못

하나, 조목조목 따지고 건의하고 왔다."

어떤 부서를 찾아가서 어떤 식으로 항의를 했는지, 그게 얼마나 영향을 끼쳤는지는 모르겠지만 결국 우리가 3학년이 되면서 바다여중의 임원 선거는 바뀌었다. 각 학급에서 학생들이 직접 반장을 뽑은 뒤, 그 반장들이 모여서 전교회장을 뽑는 방식이었다.

유력한 후보였던 미주는 타고난 말솜씨를 발휘하여 반장이 되었고 전교회장에도 무난히 당선되었다. 우리에겐 당연한 일이었지만 교사들에게는 당황스러운 일이었을지도 모르겠다.

"선생들이 한턱내라고 난리네. 해마다 전교회장한테 그래 얻어먹었던 기라. 작년에 회장했던 언니는 선생들 회식비로 백만 원이나 썼단다. 미쳤나? 내한테 그 돈이 어딨노? 그 돈 달라고 우리 아부지 찾아갈까? 여태 얼굴도 한 번 못 본 아부지를?"

미주는 한쪽 입술을 끌어올리며 빈정거렸고 당연히 한턱 따위는 내지 않았다. 대신 학교 행사 때마다 당당히 앞에 서서 전교회장으로서의 권위를 즐겼다. 학생 주임이 유채의 정학을 선언하던 조회 시간에도 미주는 운동장의 단상 바로 밑에서 근엄한 자세로 서 있었다.

"한턱 안 내니까 선생들이 오히려 더 조심스럽게 나를 대하는 거 같은데? 회장으로 사는 건 생각보다 훨씬 더 기분 좋은 일이네. 교무실에 들어가도 인자는 주눅 들지 않고 선생들하고 동등

한 것 같은 기분이 드는 기라."

그 안락한 위치를 지키기 위해 미주가 굳이 유채와 거리를 둘 필요는 없었다. 2학년 봄에 유채가 불러냈던 시내의 대형 롤러 스케이트장에서 미주가 내 손을 잡고 나와 버린 이후, 우리는 여전히 등하굣길을 같이 하고 서로의 집을 드나들었지만 조금씩 거리감이 생겨나고 있었다.

미주는 모범생으로서 흠이 잡힐 만한 행동은 하지 않으려 했고 유채도 그것을 존중해 주었다. 나는 그 사이에서 눈치껏 행동하는 편이었고.

그러니까 중학교 때 우리 셋이 제일 친했다는 유채의 말은 사실이 아니다. 우리가 가장 친하게 지냈던 때는, 바로 그 이후의 고교시절이었다. 미주와 내가 바다여고로 가게 되고 유채는 다른 학교로 배정이 되어 표면적으로는 서로 헤어졌던 그 시절.

고등학생이 되어도 미주는 당연한 듯 반장이 되었고 어디에 가든 주목을 받았다. 하지만 그런 일상에 조금씩 피로를 느끼는 것도 같았다. 사람들로부터 인정을 받으려는 욕망으로 끓어올랐던 사춘기가 비로소 반항의 시대로 접어든 징조였다.

"유채가 미팅하자는데 나가 볼래?"

별 기대 없이 내가 물어보았을 때, 뜻밖에도 미주는 흔쾌히 그러자고 했다.

"그래, 유채도 만날 겸 한 번 나가 보자. 걔는 그쪽 학교에 잘 적응하고 있는지 모르겠네."

미팅 상대가 누구인지 묻지도 않고 유채 타령만 하는 미주를 보면서 나는 우리들의 사춘기가 무르익었음을 실감했다. 금지된 일에 대한 열망. 의무로 주어진 일에 대한 회피. 그것은 사춘기 아이들을 묶어 주는 강력한 힘이었다.

그렇게 우리들 우정의 새로운 장이 펼쳐졌다. 놀고, 또 노는 날들의 시작이었다.

놀다 보니 알 것 같았다. 사춘기의 반항심이란 오로지 놀고 싶은 마음에서 비롯된다는 것을. 사춘기의 방황 또한 오로지 노는 것으로만 실현될 뿐이라는 것을. 그 시절에는 부모나 교사뿐만 아니라 그 누구와도 불화할 수밖에 없다는 것을.

해야 할 일을 하지 않으며 시간을 낭비하던 그 달콤한 자멸의 기억들…… 딱 달라붙는 바지, 혹은 미니스커트 차림으로 유채는 이런 저런 남학생들을 우리 앞에 데려다 놓았다. 그들과 노는 게 아니라 그들을 무시하는 재미로, 카페에 폼 잡고 앉아서 멋부리는 재미로, 미주와 나는 그들과의 미팅을 즐겼다.

우리들의 무대는 기껏해야 카페, 전자오락실, 야구장, 영화관 등이었다. 하지만 필요 이상으로 자유를 억압하는 여학교 특유의 시스템 덕분에 그것만으로도 충분히 즐거울 수 있었다. 단지 공부를 하지 않는 것만으로도 반항과 자기 파괴까지 가뜬히 달성할 수 있을 만큼 대학 입시가 삶의 목표인 시절이었다.

"아이, 시발. 졸업하고 싶어 죽겠네. 시간이 와 이리 안 가노?"

"그러게 말이다. 쉬이 발!"

광안리 방파제 혹은 해운대 백사장에서 어색한 욕설을 섞어 소리 지르며 깔깔거렸던 우리. 주말이면 도시의 동쪽 해운대 종점에서 서쪽 남포동 종점까지 버스 뒷좌석을 점령한 채 달려갔던 우리. 버스 차창으로 쏟아져 들어오던 햇살의 나른한 막막함을 나는 아직도 선연히 기억한다. 밤늦도록 배회하다가 바라본 어두운 바다, 거기에 일렁이던 달빛의 서글픈 요요함 또한.

그렇게 주말마다 유채를 만나 어울려 놀았지만 미주와 나는 완전한 반항에 이르지는 못했다. 열심히 공부하는 친구들을 비웃고 한심해 하는 치기를 부리면서도 시험 전날엔 요점 정리 따위를 외우곤 했으니까 말이다. 미주와 내가 그렇게 요령을 부리는 동안에도 유채는 어딘가로 끊임없이 놀러 다니는 눈치였다. 학교가 달랐던 우리로서는 유채의 행동반경을 다 알 수는 없었다. 유채가 그 모든 곳에 우릴 억지로 끌어들이지 않는 걸 그저 다행으로 여겼을 뿐.

우리가 비겁하게 현실과 타협하며 벼락치기 공부를 하고 있을 때 유채가 어울려 놀던 무리 중에는 최영재도 있었다. 고교야구 경기마다 쫓아다니며 선수들과 어울리던 유채에게 최영재가 동창이라는 건 공공연한 자랑거리였다. 미주와 나도 같은 동창이라는 사실을 종종 잊어버릴 정도로 유채는 영재와의 친분을 과시하곤 했다.

"미주야! 영재가 니 한 번 만나고 싶다는데, 우짜꼬?"

영재의 부탁을 미주에게 전해줄 때에도 유채의 목소리에는 거드름이 묻어 있었다. 하지만 미주는 단칼에 거절했다.

"머스마, 새삼스레 와 그라노? 관심 없다. 치아라, 마."

"영재 싫으면 다른 선수들 섞어서 미팅으로 할래? 요새 인기 있는 머스마들 다 델꼬 올 수 있다."

"인기는 개뿔…… 그라믄 프로야구 선수들이나 델꼬 와 바라."

"가스나, 머가 저래 잘 났노? 영재 머스마는 또 저게 뭐가 좋다고 목을 매는지 모르겠다."

미주가 워낙 단호하게 굴자 유채는 내게로 고개를 돌리며 큰 소리로 말했다. 황당함과 질투가 실려 있는 목소리였다. 유채의 빈정거림에 결국 미주가 나를 데리고 영재를 만나러 나갔을 때에도 마찬가지였다.

"미주 진짜 와 저라노? 저래 키가 큰 것만 봐도 국민학교 때 최영재가 아닌데 지가 머라고 저라는데?"

아닌게 아니라 단단한 체구로 훌쩍 자란 최영재는 고교야구 스타가 아니라 해도 눈길이 갈 만큼 멋진 모습으로 변해 있었다. 하지만 미주의 홀대는 한결같았고 몇 번 연락을 더 시도하던 영재는 결국 바다여고 축제를 마지막으로 더 이상 미주를 찾지 않았다.

미주가 전교회장으로 행사를 주도했던 그 축제는 그래서 더욱 기억에 남는다. 전교생이 모두 참여하는 직접 선거로 바뀐 덕분에 오히려 조금 논다는 소문은 득이 되어 미주는 제법 인기 있는 회장이 되었고, 졸업을 앞두고 준비한 축제도 호응 속에 마무리했다. 그 축제에서 하이라이트는 최영재의 등장이었다.

"저거 최영재 아니가? 테레비보다 실물이 낫네. 우리 학교에 여자 친구라도 있어서 왔나? 옆에 가스나는 누군데?"

"저 가스나 정유채네. 내가 동창이라서 둘 다 안다. 둘이 아마 6학년 때 같은 반이었을 기라. 가스나 여전히 야시 같네. 최영재는 억수로 멋있어졌다야."

바다여고엔 바다초등학교 출신들이 꽤 많았기에 아이들의 수런거림은 출렁이며 여러 물결의 파도를 탔다. 축제에서 진행되는 그 어떤 공연도 전시도 둘러보지 않고 간이 찻집으로 곧장 들어가는 최영재를 노골적으로 뒤따라가는 무리도 있었다.

유채가 미리 연락을 해 주었기에 나는 쭈뼛거리며 찻집으로 들어가 영재가 앉은 테이블로 다가갔다. 친구들의 시선이 확 몰려드는 게 느껴졌다. 영재는 여고생들의 시선에 애써 신경 쓰지 않으려는 듯 유채와 큰 소리로 대화를 나누는 데 집중하고 있었다. 내가 다가가자 과장된 몸짓으로 반겨 주며 영재는 활짝 웃었다.

미주에게 꼭 오라고 얘기는 해두었지만 만약 안 오면 어떡하나 싫어 내가 다 초조했다. 웃으며 들떠 있는 영재가 실망스런 표정을 짓지 않았으면 싶었다. 이윽고 미주가 나타났을 때에도 이번만큼은 영재에게 좀 다정하게 대해 줬으면 싶었다.

다행히도 미주는 축제의 주관자답게 영재를 손님으로 무난히 대접했다. 거리낌 없이 영재의 옆자리에 앉아 안부를 묻고 찾아와 줘서 고맙다고 말하기도 했다. 하지만 그런 공식적인 태도 앞에서 영재는 오히려 불편해 하는 것 같았다.

바다여고 간이 찻집의 테이블에 마주 앉아 사람들의 시선에 둘러싸인 채 우리는 각자 엇갈린 마음으로 한동안 이야기를 나누었다. 명문대에 스카웃된 고교야구 스타와 역시 명문대 입학 예정인 미모의 전교회장. 최영재와 서미주 앞에서 나는 괜히 움츠러드는 것 같았다. 그들 앞에서 전혀 주눅 들지 않고 대화를 주도하는 유채의 모습 또한 내게 열등감을 불러일으켰다.

스무 살을 며칠 앞둔 때였다. 마흔여덟 살을 며칠 앞둔 지금 우리가 각자 이런 모습일 거라고는 상상도 할 수 없었던 시절. 돌아보면 아득한 전설처럼 여겨지는 시절. 이제 막 가지에서 돋아난 연둣빛 새순처럼 모두가 파릇파릇 여렸던 그 시절.

❀

"와인? 나야 좋지. 근데 웬일이야? 오늘 무슨 날이야?"

"결혼기념일."

지수 엄마의 대답에 나는 두말없이 집을 나섰다. 결혼기념일에 애인을 만나는 건 양심에 걸려서 나를 불러낸 걸까? 궁금해하는 내 생각을 읽기라도 한 듯 지수 엄마가 말한다.

"결혼기념일 안 챙기는 남편한테 복수하는 마음으로라도 오늘은 그 친구를 만나고 싶은데, 다른 중요한 일이 생겼대. 내가 만나자면 곧바로 뛰어오는 사람이니 어지간히 중요한 일인가 봐. 그렇다고 오늘 같은 날 혼자 집에 있긴 싫어서."

이유야 어쨌든 지수 엄마는 예쁘다. 투덜거리는 모습조차도 예쁘다. 얼마 전까지만 해도 공부 잘하는 아들딸을 둔 사람이 제일 부러웠는데 이제는 이 나이에도 예쁜 사람이 제일 부럽다. 나는 새삼 지수 엄마의 미모에 감탄하며 그녀의 얼굴을 바라본다.

둘째의 유치원 학부모 모임에서 만났으니 벌써 몇 년째인가…… 그때도 지수 엄마는 눈에 띌 만큼 예쁜 얼굴이었다. 내가 호감을 갖고 가까이 다가간 것도 그 미모 때문이었다. 예쁜 여자를 보면 친해지고 싶은 내 마음은 대체 어디서 비롯된 건지 모르겠다. 드라마를 좋아하는 성향과 분명히 관련이 있을 텐데…… 어쨌거나 지수 엄마는 여전히 예쁘다.

지수 엄마가 좋은 조건을 갖춘 남자와 결혼한 건 너무도 당연해 보였다. 그녀의 시어머니가 학벌도 집안도 변변치 않은 며느리를 무시하는 것도 당연해 보였다. 그녀에 대한 남편의 애정이 식어 버렸다는 것도 당연한 일. 자식들이 그다지 총명하지 못해 걱정이라는 것도.

그 모든 것은, 미모의 여자가 겪는 당연한 일들 같았다. 드라마와 현실은 그다지 다르지 않다는 사실을 지수 엄마는 온몸으로 보여 주고 있었다. 새로 생긴 애인에 이르기까지.

"그 남자랑은 원래 초등학교 때부터 친했어?"

"아니. 그냥 이름 정도만 기억하는 사이야. 같은 반이 된 적도 없었어."

"그렇지? 너무 친한 사이였다면 오히려 가까워지기 힘들었을 것 같아. 근친 같은 느낌이 들지 않았을까?"

뭐 꼭 성규를 생각해서 이런 말을 하는 건 아니다. 지수 엄마는 말없이 고개만 끄덕인다. 드라마를 보다가 볼륨을 높이듯 나는 다시 묻는다.

"그래도 이젠 좀 덤덤해지지 않았어? 지수 아빠가 변했듯 그 사람도 결국엔 변할 거라는 생각은 안 들어?"

"전혀. 그 친구는 달라."

"그래, 아직은 계절이 한 번 바뀌었을 뿐이니까……"

"계절이 백 번 바뀌어도 우린 변하지 않을 거야. 너무 잘 맞거든. 이게 운명이라는 건 분명히 알 수 있어. 나도 이젠 경제력이나 외모만 보고 남자를 선택하는 철없는 여자 아이가 아니잖아."

흠, 이러면 재미가 없는데. 아무런 갈등도 없이 영원히 사랑하는 두 사람이라니. 드라마로서는 최악이다. 아니, 흥미진진하게 지켜보는 드라마가 아니더라도 사랑은 변하는 게 진리일 텐데. 나로서는 제대로 경험해 보지 못해 잘 모르겠지만 말이다.

의자에 등을 기대면서 나는 잠시 눈을 감는다. 지수 엄마는 생떼밀리옹을 마시면서 생떼밀리옹을 이야기한다. 그 남자와 함께 그곳에 꼭 한 번 가보고 싶다고 떨리는 듯한 목소리로 말한다.

프랑스 남서쪽 어느 마을의 포도밭에 두 사람이 함께 서 있는 모습을 떠올려 본다. 아무래도 그다지 흥미로운 장면은 아니다. 이 권태로운 삶을 깨뜨릴 드라마는 정녕 불가능한 것일까?

"근데, 자기는 어때? 남편한테 뭐 좀 알아봤어?"

그런 드라마를 원한다면 스스로 만들어 보라는 듯 지수 엄마가 내게 묻는다.

"글쎄…… 이상하게도 난 그다지 흥미가 없네. 굳이 뭘 알아볼 필요가 있을까 싶은 생각이 들어. 불가항력으로 무슨 일이 벌어진다면 몰라도 내가 굳이 판도라의 상자를 열어 볼 필요가 있을까?"

"그래서, 그냥 덮어 버릴 거야?"

"아마도 그렇게 되지 않을까? 그냥 덮으면서 가는 게 꽃가루 인생 아닐까? 자기도 그런 인생이 좋다고 했잖아."

"그거야 부부간에 감정이 식어 버린 상황을 합리화하는 말이었지. 어차피 절절한 사랑으로 살 게 아니라면 꽃가루처럼 묻어가는 기쁨이라도 누리자는 얘기……"

"그럼 이젠 아니라는 말이야? 묻어가지 않아도 괜찮아? 설마, 엎어 버리고 싶다는 말은 아니겠지?"

질문을 쏟아 낸 뒤, 나도 모르게 와인을 홀짝 마셔 버렸다. 잔에 반 이상 남아 있던 걸 제대로 맛도 못 느끼면서.

"애들 때문에 자발적으로 그러지는 못하겠지만…… 뭔가 우연히 일이 벌어지고 만다면…… 굳이 마다하지는 않을 거 같아. 어떻게든 되겠지."

"위험한데?"

"그래 봤자 창피당하고 가난해지는 것밖에 더 있겠어? 그건 위험한 게 아니라 불편한 거야. 불편해지는 대신에 내가 원하는 인생을 얻는다면 오히려 행복할 테고."

그녀의 드라마가 새로운 국면으로 접어들었다. 그 누구보다도 꽃가루 인생을 즐겼던 그녀가 이제 그런 삶을 훌훌 털어버리고 싶다 한다. 뒤늦게 취기가 오르면서 눈앞의 풍경이 마구 흐트러진다.

겨울밤이 깊어가고 있다. 나는 술에 취하고 지수 엄마는 자신의 드라마에 취하고 시간은 하릴없이 흘러간다. 덮어 버리려는 나와 엎어 버리려는 그녀. 마주 앉은 우리 둘 사이에서 꽃가루 인생이 흔들리고 있다.

6.

처음 만난 남녀가 섹스는 할 수 있지만……

미치도록 집에 들어가기 싫은 이 봄밤

“서미주는 그라고 나서 아무 연락 없었나?”

윤창수의 질문에 나는 고개만 끄덕인다. 식당 내부만 크고 화려했지 음식은 그저 그러려니 했는데 의외로 샐러드부터 깔끔하고 맛있어서 살짝 놀랍다.

“가스나 성격이 그래 불 같아서 우짜노? 사회생활은 우찌 했는지 모르겠다.”

여동생 걱정하듯 미주를 걱정해 주는 윤창수는 이제야 제대로 반장다워 보인다. 35년 전에는 그저 뽀얀 얼굴의 부잣집 아들이 반장이라는 이름으로 우리 앞에 서 있었을 뿐인데.

미주 때문에 동창 커뮤니티가 시끄러워진 뒤, 우리 반만 따로 불러내어 모임을 갖고 커뮤니티까지 새로 만들면서 윤창수는 반장으로서의 존재감을 드러내기 시작했다. 몇 번의 모임을 주도하는 동안에도 그랬지만 오늘은 자신이 운영하는 레스토랑에서 모임을 갖기 때문인지 더욱 더 당당한 모습으로 대화를 이끌고 있다.

"대학교 2학년인가 3학년 때, 서울 올라가는 기차 안에서 서미주를 본 적이 있다. 그때 눈이 마주쳤는데도 우찌나 차갑게 외면하던지…… 내 얼굴을 몰라봤을 수도 있겠지만, 갸는 일단 사람을 밀어내고 보는 습관이 있는 거 같더라."

윤창수가 오랜 기억을 꺼내 놓자 다른 친구들도 미주에 대한 기억을 늘어놓기 시작한다.

"서미주는 고등학교 때도 그랬다. 우리 학교가 바다여고 바로 옆이라서 버스 안에서 자주 마주쳤는데 얼마나 빳빳하게 고개를 들고 다녔는지 모른다. 쟈는 뭐꼬? 하면서 다들 수군거릴 정도였제."

"학생 때부터 그랬으니 얼굴 알려진 후에는 오죽했겠노? 테레비에서만 봐도 딱 그래 느껴지던데 머."

"화면보다 실물로 봤을 때 훨씬 더하더라. 나는 서미주가 광화문에서 무슨 행사할 때 마이크 들고 말하는 거 본 적 있는데, 카메라 꺼지니까 표정이 완전 차갑게 변하더만."

"저번 모임에서 안 봤나? 내가 칼럼 얘기 잘못 꺼냈다가 뼈도 못 추릴 뻔했다 아이가."

독특한 섹스 라이프 운운하다가 미주의 차가운 항의를 받았던 이 친구가 우리 반이었다는 건 나중에 알았다. 그때까지만 해도 그저 얼굴만 낯익은 남자였던 이 친구의 이름은 이철우. 꽤 규모가 큰 입시학원의 원장이라고 했다.

그리고 예전엔 부반장이었고 지금은 부잣집 사모님이 된 친구, 최성희. 예전과 완전히 달라져서 오늘도 여전히 낯선 친구, 오석호. 예전이나 지금이나 여전히 신경 쓰이는 친구, 박성규. 오늘의 모임 참석자는 이렇게 여섯 명이다.

미주가 참석했던 지난 모임 이후, 계절이 바뀌어 봄이 되는 동안 결국 이렇게 되었다. 그날 모임의 마무리 과정에서 일련의 사건이 있었고, 그 일로 동창 커뮤니티가 시끄러워지면서 이렇게 6학년 5반 서울팀만 따로 떨어져 나와 모이게 된 거다. 이후에 유채가 연락을 시도했지만 미주는 응답하지 않았다.

그 모임에서 일어난 사건에 대해서는 아직도 의견이 분분하다. 내가 유채와 함께 박성규의 차에 타느라 정신이 없었던 사이, 미주는 남은 친구들과 함께 택시를 기다리고 있었는데 사건은 그때부터 시작되었다고 한다. 강희주가 택시에 타려는 순간, 오석호가 같은 방향이라며 함께 택시를 탔는데 거기서부터 강제성이 느껴졌다고 미주는 증언했다.

'나는 결코 강제로 택시에 타지 않았다. 정유채하고 김은하가 미모 어쩌고 하면서 박성규 차에 타길래 나도 강희주한테 니 미모는 괜찮겠나, 내가 같이 가 주께 하면서 따라 탄 거다. 희주는 괜찮다고 하면서 살짝 사양했는데, 그걸 본 미주가 오해를 한 거다. 나는 진짜 늦은 밤에 희주가 걱정되고 택시비도 아껴줄 겸 그랬던 거다.'

오석호가 펄쩍 뛰면서 동창 커뮤니티에 썼던 변명을 우리는 대부분 믿어 줄 수 있었다. 석호가 얼마나 오지랖이 넓으며 희주가 평소에 얼마나 내숭을 떨며 말하는지 아는 나로서는 그 상황이 눈앞에 그려지기까지 했다. 물론 두 사람의 성격을 잘 모르는 미주로서는 오해할 만한 상황이기도 했겠지만.

하지만 그 이후에 있었다는 일에 대해서는 나도 선불리 상상이 되지 않는다. 다음날 강희주가 커뮤니티 게시판에 올린 글은 그 상황에 대한 여러 추측만 난무하게 만들었을 뿐이었다.

'친구들아, 미안하다. 나는 이만 여기서 탈퇴할란다. 어제 있었던 일은 나 혼자 감당하기에 너무 힘이 들구나. 믿었던 친구에게서 믿음을 거두어야 할 때, 나는 과연 어떻게 행동해야 하는 걸까? 그 대답을 알게 되면 다시 이곳으로 돌아올 수 있을까? 지금은 아무것도 모르겠고 아무것도 말할 수가 없구나.'

탈퇴하겠다면서 이유는 모호하게 밝힌 글이었다. 하지만 전날 밤에 강희주가 오석호와 함께 택시를 타고 사라진 것을 목격한 친구들은 저마다 비슷한 이유를 추측해서 말하기 시작했다. 그러니 오석호가 가만히 있을 수 없었다.

'다들 어젯밤에 뭔가 심각한 일이 있었던 걸로 생각하는 모양인데 희주와 내가 택시를 타고 가다 중간에 내려 술을 마신 것밖에 별다른 일은 없었다. 조금 말다툼이 생겨서 희주가 혼자 집으로 가 버리는 바람에 내가 오히려 당황했는데 지금 게시판의 분위기는 마치 내가 가해자인 것처럼 흘러가고 있네. 하지만 희주도 탈퇴의 글을 올리면서 나를 지목해 이유를 말한 건 아니잖아? 다들 왜 이러는지 모르겠다.'

나름대로 억울함을 얘기한 글이었지만 '말다툼'이라는 단어는 오히려 친구들의 추측을 자극했고 급기야는 미주가 이런 글을 올리기에 이르렀다.

'많은 친구들이 두 사람의 마지막을 목격했고 내가 보기에도 그 장면에는 분명히 강제성이 느껴졌다. 더 이상 무슨 말이 필요할까? 한 친구가 석연치 않은 이유로 이곳을 탈퇴했고 연락이 두절되었는데 아무도 그 원인을 밝혀내려 하지 않는다. 나는 이 커뮤니티에 심각한 문제가 있다고 생각한다. 이번 일을 그냥 넘긴다면 앞으로도 이런 일이 재발할 것이 분명하다. 우리 사회의 통념상, 피해를 당한 여성은 큰 목소리로 말을 할 수가 없다. 우리는 그 목소리를 끌어내어 들어주어야 할 의무가 있다고 생각한다.'

미주의 도발적인 문제 제기에·주로 여자 동창들이 옹호하는 글을 올리며 오석호를 비난하는 분위기로 흘러가자 이번에는 뜻밖에도 유채가 나섰다.

'친구 사이에 다툼이 좀 있었던 모양인데 뭘 그리 심각하게 생각하지? 본인이 상황을 구체적으로 고발한 것도 아닌데 이렇게 몰아가면 억울한 피해자가 생길 수 있다고 본다. 그리고 모든 걸 다 떠나서 우리는 어른이잖아. 초등 동창회라고 해서 초등학생들이 모여 있는 게 아니란 말이다. 남녀 사이에 무슨 일이 생겼다 해도 그건 두 사람이 해결할 문제라고 본다.'

이후로 동창들은 미주와 유채를 각각 옹호하는 쪽으로 나뉘어 말싸움을 시작하더니 해묵은 이야기들을 꺼내어 감정싸움까지 벌이기 시작했다. 커뮤니티에서 탈퇴한 강희주는 모임에도 참석하지 않으며 친구들과 연락을 끊었으니 끝까지 남아 있는 오석호만 가해자로 낙인 찍힌 상황에서.

"나는 진짜 아무 짓도 안 했단 말이다. 지 혼자 오해하고, 지 혼자 섭섭하고, 뭐 그랬던 모양인데 그 정신세계를 나는 도무지 알 수가 없는 기고…… 저래 이상한 말만 해 놓고 사라지면 결국 내만 미친놈 되는 거 아이가? 내가 진짜 미치겠다, 참말로."

보다 못한 윤창수가 우리 반 친구들만 모아서 석호를 위로하는 모임을 갖던 날, 그의 격렬한 하소연에 남자들은 공감했고 여자들은 연민을 느꼈다. 남자들은 서미주의 도발을 못마땅해 했고 여자들은 강희주의 평소 성격을 못마땅해 했던 터였기에 우리들의 모임은 계속해서 이어졌다. 또한 자연스럽게 동창 전체 모임에는 불참하는 친구가 늘어났다.

그러다 보니 이런 반모임 자체가 동창 전체 모임에서 못마땅하게 거론된 모양이었다. 그 내용을 써서 누군가 게시판에 올리자 미주는 격분해서 결국 커뮤니티를 탈퇴하고 말았다.

'참 이해할 수가 없다. 어떤 문제가 발생했는데 그걸 전체적으로 풀어 나갈 생각은 하지 않고 마음 맞는 몇몇끼리만 따로 모여 욕하고 위로하며 분열을 일으키다니…… 더구나 단순히 한때 같은 반이었다는 이유만으로 그런 소모임이 가능하다니…… 이 동창회는 아무래도 합리적인 문제 해결 능력을 잃어버린 것 같다. 상식이 통하지 않는 이곳에 실망하며 나는 이제 떠난다. 잘 있어라, 친구들.'

우리로서는 황당했지만 이미 원래의 주제를 벗어나 감정싸움으로까지 번진 동창회에 나가서 변명이나 하며 어색하게 앉아 있기가 싫었다. 오히려 그동안 몇 번 따로 모이면서 경험했던 오붓한 분위기에 다들 만족했던 터였으므로 우리는 반창회 커뮤니티까지 따로 만들어 전체 동창회를 외면하기 시작했다. 나로서도 그게 좋았다. 더구나 이 모임에는 박성규가 있었으니까.

그래서 이제는 박성규의 차에 이렇게 자연스럽게 오른다. 음식도 좋았고 술도 좋아서 어지간히 취한 밤. 윤창수가 왜 이제야 자신의 레스토랑에 초대했는지 모르겠다며 나는 괜히 성규에게 투정을 부린다.

집이 같은 방향이라는 이유로 성규는 이제 당연한 듯 모임 때마다 나를 차에 태워 준다. 처음에 너스레를 떨며 성규 차에 탈 수 있게 해 주었던 유채가 모임에 오면 함께 태워 준다. 유채도 이제 서울에 오면 당연한 듯 우리 집에서 잠을 자기 때문이다.

아무튼 이런 상황을 만들어 준 유채가 고맙다. 오늘은 서울에 올라오지 않아 성규와 나만 자동차 뒷자리에 앉게 해 주어서 더욱 고맙다. 누군가에게 자꾸 기대고 싶은 봄밤. 하지만 당연히 성규에게 기대지는 못하고 나는 꼿꼿이 허리를 세우고 앉은 채 중얼거린다.

"요새 술이 늘어서 좋다고 말했더니, 그만큼 간이 파괴되고 있다는 증거인데 뭐가 좋냐고 누가 그러더라. 근데 이상하게도 파괴된다는 그 말까지도 좋은 거 있제?"

웃음을 흘려 가며 하는 내 말에는 아랑곳없이 성규는 뜻밖의 얘기를 꺼낸다.

"유채랑 미주랑 니랑 셋이서 고등학교 1학년 때 우리학교 축제에 왔던 거 기억하나? 나는 그때 먼발치에서 너거들 봤는데, 다 알아보겠더라. 물론 쑥스러워서 인사는 못했지만."

셋이 어울려 한창 미팅에 재미를 들였던 그때, 미팅 상대였던 아이들의 초대로 남자 고등학교 축제에 갔던 기억이 난다. 셋이서 잘난 척 도도하게 걸으며 남학생들의 시선을 받는 재미를 즐겼던 그 치기 어린 모습을 성규도 보고 있었다니…… 이불 속에서 하이킥하는 심정이 어떤 건지 이제 알 것 같다.

"니는 내가 카드 준 거 기억하나? 6학년 때 미술 시간에 크리스마스카드 만든 적 있었잖아."

나야말로 뒤늦은 쑥스러움에 엉뚱한 질문을 던지고 말았다. 얼떨결에 나와 버렸지만 실은 35년 만에 성규를 만난 순간부터 늘 묻고 싶었던 말이었다. 그러나 역시 성규는 기억을 못하는 듯하다. 아무 말없이 나를 빤히 바라보는 그의 표정에서 또다시 이불 하이킥의 예감에 사로잡히다가 나는 가까스로 정신을 차린다.

"봐라, 기억은 참 제각각이제? 니가 기억하는 걸 나는 기억 못하고, 내가 기억하는 걸 니는 기억 못하고…… 그래도 그 기억 속의 시간에 우리가 같이 있었다는 사실만큼은 변함이 없겠제?"

되는 대로 수습해 말하면서 나는 무심한 표정을 지으려고 애쓴다. 고등학교 때 축제에서 우리 셋을 봤다지만 성규도 여느 남학생들처럼 몸매가 드러나는 화려한 옷차림의 유채나 투명할 만큼 하얀 피부의 미주에게 시선이 오래 머물렀겠지. 그나마 나도 거기에 함께 있었다는 걸 기억해 주니 다행이라고 생각해야겠지.

“그래……. 우리 친구들 참 좋제? 오랜만에 만나도 다들 우찌 그리 편하고 좋은지 모르겠다. 뭐니 뭐니 해도 어릴 적 친구가 최고인 기라.”

성규의 목소리에는 흐뭇한 미소가 묻어 있다. 나는 대리기사의 뒷모습을 바라보고 있지만 성규의 표정이 눈에 보인다. 차창으로 밀려드는 풍경이 나를 한없이 이완시키는 봄밤.

“처음 만난 사람과 섹스는 할 수 있지만 친구는 될 수 없다……† 이런 글을 본 적이 있는데, 진짜 멋진 표현이지 않나?”

역시 술을 너무 많이 마신 것 같다. 간이 파괴되는 걸 넘어서 뇌가 파괴되고 있다는 증거로 봐야 하나? 아, 이건 하이킥으로도 해결이 안 될 상황인 듯…… 뭔가 설명을 덧붙이는 게 나을 듯한데…… 그러다 더 실수하면 어떡하지?

“맞다. 친구들한테 나쁜 짓하면 진짜 안 되겠다는 생각이 들 때가 많다.”

이번에는 성규의 목소리에 웃음소리가 섞여 있는 것 같다. 에이, 모르겠다.

“그래, 그건 정말 소중한 걸 잃는 일이지.”

내가 해 놓고도 믿을 수 없는 이 유치한 대사는 뭐람. 나는 이

---

† 배수아, 《내 안에 남자가 숨어있다》(자음과모음, 2011)

제 완전히 체념한 채 성규에게 대 놓고 묻는다.

"니도 인자 좋은 사람 다시 만나야지. 내가 괜찮은 여자 소개해 주까?"

"나는 다시는 여자랑 결혼 안 할 끼다."

"그라믄 남자랑 결혼할라꼬?"

재미도 감동도 없는 드라마가 끝날 시간이다. 어느새 눈앞에 다가온 우리 동네 입구에서 나는 실없는 웃음을 흘린다. 성규는 신사처럼 서서 자동차 뒷문을 잡은 채 내가 비틀거리며 차에서 내리는 걸 살펴 준다. 이 상황에서 내가 할 수 있는 일은 그저 배시시 웃는 것뿐.

성규의 차가 떠나는 모습을 끝까지 바라보다가 이윽고 집을 향해 걷기 시작한다. 아파트 단지 안에는 곳곳에 미친 듯 봄꽃이 피어 있다. 꽃들을 일깨운 포근한 공기가 나의 감성까지도 쓸데없이 일깨우는 봄밤.

꽃의 화사함을 혐오하던 시절이 있었다. 그때 나는 젊다는 이유로 자주 꽃의 은유에 희생되었다. 그 시절, 세상의 화사한 모든 것은 내게 난감한 대상일 따름이었다.

꽃의 아름다움을 불편해 하던 시절도 있었다. 생식기를 다 드러낸 채 아름다움을 자랑하는 꽃들의 자유로움이 나는 불편했다. 아마도 그것은 질투에 가까운 불편함이었을지도 모른다.

그 시절에 내가 바라본 꽃들은 대부분 화병에 꽂혀 있었다. 그래서 혐오와 불편함 속에서도 나는 꽃이 애틋했다. 하지만 이제는 더 이상 꽃들이 싫을 것도 애틋할 것도 없는 나이.

이 나이가 되어서야 비로소 꽃들의 이름이 궁금해졌다. 이 많은 꽃들에게 각자 이름이 있다는 건 신기한 일이었다. 마치 고모나 숙모, 혹은 올케 언니에게도 이름이 있다는 사실처럼 새삼스러운 일이었다.

그래서 나는 이제 안다. 벚꽃처럼 보이지만 이건 사실 살구꽃, 매화처럼 보이지만 저건 사실 자두꽃. 얼마 지나지 않아 이쪽 나무에서는 겹벚꽃이 저쪽 나무에서는 복사꽃이 피겠지.

무르익어 꽃잎이 떨어지기 시작하는 살구나무 아래 서서 심호흡을 해 본다. 가만히 눈을 감아 본다. 안온한 공기가 휘돌고 있다. 온몸의 감각이 대책 없이 다 열려 버린 듯한 봄밤.

너 거기서 뭐해?

느닷없이 미주가 내게 야단치듯 말하는 목소리가 들려온다. 나도 모르게 움찔하다가 픽 웃는다. 아무려나, 미치도록 집에 들어가기 싫은 이 봄밤.

❀

놀이터 한쪽의 벤치에 앉아서 아기에게 젖을 먹이는 여자. 틀림없는 605호 여자다. 수유용 티셔츠를 입어서 노출은 막았지만 아파트 놀이터에서 흔히 볼 수 있는 모습은 아니기에 사람들의 시선이 따갑게 날아들고 있다.

그러거나 말거나 여자는 늘 거기서 그래 왔던 것처럼 무심히 아기에게 젖을 먹인다. 지난 가을에 여자와 함께 우리 집을 습격해 거실 바닥을 기어 다녔던 그 아기다.

부드러운 살갗과 고물거리는 몸짓, 그리고 달큼한 체취…….

그날의 당황스러운 기억보다 잠시 안아 보았던 아기의 느낌이 더욱 생생하게 되살아나서 나도 모르게 홀린 듯 벤치로 다가간다. 모녀의 곁에 앉는 것만으로도 아기의 체온이 느껴지는 것 같다.

"이 녀석, 호강하고 있네요. 이렇게 오랫동안 모유를 먹여 준 엄마에게 나중에 고마워할 거예요."

이 여자는 나를 기억할까? 제 정신이 아닌 듯한 모습으로 우리 집 문을 두드렸던 사실도.

"오늘은 어느 집도 문을 안 열어주더군요. 오죽하면 내가 여기까지 나왔겠어요? 저렇게 모여서 노는 여자들, 정말 싫은데."

아닌게 아니라 놀이터에 아이를 데리고 나온 여자들은 삼삼오오 무리를 짓고 있다. 내가 아이들을 키우던 시절이나 지금이나 조금도 다를 바가 없다.

"저 여자들 말이에요, 모이면 그저 아기 얘기만 해요. 아기 물건 하나 고르려고 몇 시간씩 수다를 떨고……. 은근히 비교하고 질투하면서 남다른 사람은 밀어내죠."

605호 여자는 그날보다 한결 차분해 보인다. 하지만 어딘지 모르게 집요해 보이는 모습은 여전하다. 끝없이 중얼거리면서 무언가를 증오하는 듯한 표정을 짓는 것 또한 여전하다.

"하지만 오늘은 차라리 여기가 나아요. 집으로 다시 들어가는 게 끔찍해. 얼마나 징글징글한 감금 생활인지……."

그래, 이해한다. 아기가 젖먹이였을 때, 남편이 출근하면서 현관문을 닫는 순간 집안이 그 자체로 감옥이 되어 버리는 것 같았지. 그녀의 심정을 너무도 잘 이해하기에 나는 오히려 말없이 아기만 바라본다.

수유용 티셔츠의 절개선 사이로 고개를 들이밀고 젖을 먹으면서 아기는 엄마의 다른 쪽 가슴을 만지고 있다. 그 조그마한 손의 움직임이 내 안의 깊은 곳을 건드린다. 순간, 아기가 입을 떼면서 고개를 돌리자 여자의 젖꼭지가 잠깐 드러난다. 부풀어 오른 젖꼭지를 두텁게 둘러싼 흑갈색 유륜도.

여자가 흐트러진 티셔츠를 정돈하고 유모차에 아기를 앉히는 동안, 나는 그녀의 가슴에서 시선을 떼지 못한다. 아기의 침이 묻어 반득이던 관능적인 젖꼭지가 잊히지 않는다.

마침내 605호 모녀가 저 멀리 사라질 때, 나는 비로소 자리에서 일어섰다. 아기가 일깨운 내 안의 아주 깊고 여린 곳이 문득 쓰라리다. 모든 원인은 그곳에 있다. 모성애라는 이름의 치명적

약점이 자리 잡고 있는 그곳.

오늘도 어김없이 집을 나서는 남편을 보면서 난감해 하는 이 마음조차 크게 보면 모성애라는 걸 나는 안다. 주말마다 저렇게 나가서 밥이라도 제대로 먹고 다니는지 궁금한 이 마음을 모성애 아닌 무엇으로 설명할 수 있을까? 엄마처럼 그저 모든 걸 이해하고 싶은 이 마음을.

성규를 향한 마음 또한 모성애에서 그리 멀지 않음을 나는 안다. 정말 애인은 없는지, 혼자 아이를 키우면서 힘들지는 않은지, 시도 때도 없이 궁금하고 걱정되는 이 마음은 분명히 연애감정보다 더욱 크게 나를 지배하고 있다.

하긴, 대중목욕탕에서 알몸의 여자들을 볼 때에도 여성보다 모성이 더 눈에 들어오니…… 모성애는 그냥 우리의 운명인 거다. 그러니 어쩌겠나, 간혹 볼 수 있는 모성애 희박한 여자가 그저 부러울 뿐.

생각할수록 답답하지만, 이럴 때일수록 그저 죽어라 빨래를 하는 게 상책이다 싶으니 이 또한 어쩔 수 없는 모성애의 습관이다. 거실의 커튼을 뜯어 빨래 바구니에 구겨 넣으면서 나는 딸들에게 소리친다.

"오늘도 하루 종일 핸드폰이나 들여다보고 있을래? 공부 안 하면 어떻게 되는지 알지? 지금 내 꼴을 보라고."

그리고 나는 굳이 커튼을 욕조에 던져 넣는다. 이불 빨래를 위해 얼마 전에 세탁기를 대용량으로 바꿨지만 오늘 같은 날은 필요 없다. 보란 듯이 질근질근 발로 밟으며 빨래를 해야 하니까. 그 박자에 맞춰 딸들에게 잔소리를 해야 하니까.

고2가 된 첫째의 첫 모의고사 결과가 나왔고, 중학생이 된 둘째의 중간고사 성적이 나왔다. 모성애는 이 상황을 그저 무심히 넘길 수가 없다.

"스물여섯에 결혼해서 내가 차린 식사가 몇 번이고 내가 다린 셔츠가 몇 벌이겠니? 22년이야! 계산이 되니?"

오랜만에 빨래를 밟다 보니 숨이 차다. 잔소리하기에도 힘이 드는 나이다. 하지만 첫째는 형편없는 모의고사 점수에도 불구하고 기운이 뻗친다.

"우와, 그러고 보니 엄마 진짜 빨리 결혼했네. 스물여섯이라니! 대체 왜 그랬어?"

"몇 번이나 말했었는데 뭘 또 처음 듣는 척해? 그때 스물여섯이면 노처녀 소리 듣기 시작하는 나이였거든? 서른이 지금 마흔처럼 여겨지던 때야."

그랬다. 스물여섯에 유채는 이미 결혼해 있었고 미주는 아나운서로 잘 나가고 있었다. 나는 조급했고, 기회를 놓칠 수 없었다.

"덕분에 우리가 이렇게 잘 자라고 있잖수. 힘을 내요, 슈퍼 엄마~"

첫째가 능청스레 말하면서 빨래를 밟는 박자에 맞춰 노래까지 불러 대니 그저 웃을 수밖에. 나는 커튼의 물기를 대충 빼낸 뒤 세탁기에 넣어 버리고 만다. 헹굼 버튼과 탈수 버튼을 몇 번씩 누른 뒤 시작 버튼까지 누르고 나니 모든 게 해결되는 기분이다.

그러거나 말거나 둘째는 도서관에 다녀오겠다며 집을 나섰다. 중간고사 성적표를 보여 주면서 눈물부터 쏟아 내며 선제공격을 하더니 이제부터라도 도서관에 가서 열심히 해 보겠다고 각오를 다지며 나의 호통과 푸념과 상담을 차단해 버린 녀석이다. 하지만 저렇게 책 싸들고 나가서도 어디서 무얼 하는지는 알 수 없는 일.

나도 중학교 때 저렇게 도서관에 간다고 말하고 나서서 바닷가나 롤러스케이트장에 놀러간 적이 많았다. 고등학교 때는 독서실에 간다고 말해 놓고 카페나 전자오락실에 앉아 있을 때가 훨씬 많았다. 그러니까 니네들은 그러지 마! 하고 딸들에게 말하기엔 아무래도 미안한 전력이다.

물론, 진짜로 도서관이나 독서실에 가기도 했다. 다만 거기에 책을 두고 밖으로 나와 미팅을 하거나 햄버거집에서 노닥거리는 시간이 더 길었을 뿐이다. 도서관 정원이나 독서실 옥상은 또 얼마나 시원하고 가슴 트이는 곳이었던지.

그때 어울려 놀던 남자 아이들은 지금 다들 어디서 무얼 하고 있을까? 고등학교 때 유채를 통해 소개받아 함께 놀았던 남자 아이들을 생각하다 보니 문득 뒤웅박이라는 단어가 떠오른다. 그 아이들 중의 하나랑 결혼했다면 지금 내 삶이 달라졌을까? 그래 봤자 얼마나 달라졌을까?

여자 팔자 뒤웅박 팔자. 살면서 지겹도록 들어온 말이지만 사실 나는 뒤웅박이 뭔지 최근에야 알았다. 대충 바가지 같은 걸로 생각하고 뒤집으면 안과 밖이 쉽게 바뀐다는 정도로만 이해하고 있었는데, 알고 보니 그건 동그랗고 입구가 좁은 항아리 모양이라고 했다. 그래서 부잣집과 가난한 집에서는 뒤웅박 속의 내용물이 각각 달라진다는 얘기였다.

비유의 구체적인 내용이야 어찌 됐든 뒤웅박이라는 단어만으로도 이미 여자들은 온몸으로 그 의미를 체감하며 살고 있다. 여자가 어떤 남자를 만나 어떤 집에 시집가느냐에 따라 인생이 달라진다는 의미. 부정하고 싶어도 부정할 수 없는 현실.

'내가 지금 너희들과 노닥거리고 있긴 하지만, 절대로 너희들 같은 남자랑 결혼은 안 할 거야.'

고교시절에 독서실 옥상에서 놀던 때조차 나는 맞은편에 앉아 통기타를 퉁겨 대는 남자 아이들을 보며 그렇게 생각하곤 했다. 그건, 어린 시절부터 들어온 뒤웅박이라는 단어의 강력한 명령이기도 했다. 뒤웅박이 뭔지도 제대로 몰랐지만 여자의 인생은 남자에 따라 달라진다는 사실만큼은 분명히 알고 있었다. 아버지는 바꿀 수 없어도 남편은 선택할 수 있다는 사실에 나는 얼마나 안도했던가.

"그런 게 어딨노? 지금이 조선시대도 아니고, 얼마든지 여자도 공부할 수 있고 직업을 가질 수 있는데……"

미주는 가끔 그렇게 삐죽거리며 말했지만 유채가 한마디를 하면 결국 입을 다물 수밖에 없었다.

"그래서, 니가 지금 열심히 공부하고 있다고 생각하나?"

그랬다. 알지만 힘들고 싫다는 거. 지금 공부하는 것보다는 그냥 좀 더 나은 뒤웅박이 되는 게 훨씬 쉬워 보인다는 거. 유채는 그 사실을 딱 집어 말해 주었다.

그래도 미주는 요령껏 공부해서 명문대에 합격해 서울로 올라가면서 자신의 삶을 개척해 나가기 시작했다. 하지만 애매한 학력고사 점수를 받고 고향에 눌러앉아야만 했던 나는 유채와 같은 대학에 다니면서 유채와 같은 생각을 더욱 굳게 다져 나갈 수밖에 없었다. 내 삶을 애써 개척하기 보다는 내 앞의 남자를 잘 골라서 인생을 바꿔 보겠다고.

그래서 서울에서 내려온 온순한 부잣집 아들을 소개받았을 때, 나는 기회를 놓치지 않았다. 바다를 구경하러 놀러 왔다가 친구 소개로 내 앞에 앉은 그 남자는 교수가 꿈이었고 곧 그리 될 거라고 했다. 나는 그를 도시 곳곳의 바닷가로 안내하며 즐거워했다. 그때 내 꿈은 오로지 그 바닷가를 떠나는 거였으니까.

"나도 스무 살 되면 이렇게 되려나?"

첫째가 슬그머니 다가와서 물었다. 앨범을 펼쳐 놓고 회상에 빠져 있던 나는 유난히 예쁘게 나온 내 사진 한 장을 손가락으로 짚으며 말한다.

"스물다섯 살 때야. 동네 가게 전단지 정도나 만들었지만 그래도 나름 광고 회사라고 이름 붙은 직장에 다닐 때였지. 그러고 보니 이 좋은 시절을 연애도 한 번 못하고 보내 버렸네."

"스물다섯 살이면 아빠랑 연애할 때 아니었어?"

"소개받아 결혼해서 중매나 마찬가지라고 했잖아. 몇 개월 만나긴 했지만 그걸 연애라고 하기엔 민망해."

"흠…… 그러니까, 사랑하지 않았다는 얘기야?"

첫째가 의외로 심각한 목소리로 묻는 바람에 나는 정신을 차리고 대답한다.

"그럴 리가? 내가 얼마나 사랑이 많은 사람인데…… 가슴 설렘이나 떨림이나 심장 두근거림 같은 게 없었다는 얘기지."

"그런 것도 없이 결혼이 가능해?"

"가능하지. 볼품없는 직장 다니면서 나이 들어가는 거 겪어 보면 너도 알게 될 거다."

정말이지 직접 겪어 보기 전에는 이해하기 힘들 것이다. 인생의 별다른 선택 여지가 없는 상황에서 결혼이라는 새로운 선택이 얼마나 달콤한 유혹인지. 그러므로 연애 따위의 배경 화면이 없어도 결혼을 선택하는 건 충분히 가능하다는 사실을.

"아, 그게 바로 취집이라는 거구나. 엄마는 그때 직장이 있었다니까 더 좋은 직장으로의 이직? 아님, 스카웃?"

나름대로 아는 단어를 동원해 가며 첫째는 내 말을 이해하려고 애쓴다. 그만큼 나도 그 상황을 제대로 설명해 주고 싶어진다.

"음, 그런데 그게 말이지…… 내 경우에는 직장을 구한다기보다 보호자를 구한 거 같아. 뭐랄까, 새로운 아버지를 구하고 싶었다고나 할까?"

말을 하다 보니 너무 적확한 표현인 것 같아 소름이 돋는다. 경제적인 안정을 줄 수 있는 무난한 성격의 아버지. 이십 대 중반에 내가 원했던 남자가, 남편이 아니라 아버지였다니.

그와 함께 살아온 22년은 힘들 때도 많았지만 점차 안정되고 무난하게 흘러온 나날이었다. 적어도 그 이전에 살아온 26년에 비하자면 말이다. 그래서 이제 보호자가 떠날까 봐 두려운 걸까? 요즘 그의 석연치 않은 행동들을 자꾸만 외면하는 내 마음은……

"결국 같은 얘기네. 직장이나 아버지나 내게 돈을 주는 존재잖아. 그거 말고 다른 차이가 있나?"

"여자에게는 아버지라는 보호자의 역할이 사회적으로 아주 중요하지. 게다가 직장을 잃을 확률에 비하면 가족이 해체될 확률이 훨씬 적으니까…… 그래서 아버지든 남편이든 직장보다는 낫다고 생각했던 건데, 요즘은 꼭 그런 것도 아니니 이제 큰 차이는 없겠다. 그러니까 너희들은 공부 열심히 해. 가족 해체나 이혼이 너무 흔해서 아버지나 남편이 보험 역할을 제대로 못하는 세상이야."

공부라는 깔때기를 들이밀자 역시나 첫째는 슬금슬금 방으로 들어가 버린다. 그래, 결혼을 하면서 나는 저런 아이들도 얻었다. 그러니까 이 남자는 나의 아버지가 아니라 분명한 남편이다. 나의 아버지가 아니라 아이들의 아버지다.

그럼에도 불구하고 여전히 남편에게 연애 감정을 느끼지 못한다는 건 슬픈 일이다. 남편이 딴 여자에게 마음을 쏟고 있는 거 같은데도 질투보다는 변화의 두려움이 더 크게 느껴지고 있으니……

결혼을 하면 저절로 따라오리라 생각했던 감정은 결국 생겨나지 않았다. 남편을 향한 애틋한 감정이야 있겠지만, 그건 오지랖 넓은 모성애가 빚어내는 연민 같은 것. 격렬한 연애는 내 인생에 끝내 허락되지 않은 것이다.

그렇다고 뭐 별다른 인생이 있겠어?

나는 탁 소리 나게 앨범을 덮는다. 습관처럼 리모컨을 집어 들고 텔레비전을 켠다. 자, 오늘은 어떤 드라마에 빠져 볼까? 엽기적인 시집살이에 시달리는 여자를 보면서 안도감을 느껴 볼까, 연하남과 연애하는 이혼녀를 보면서 대리만족을 느껴 볼까? 다행이다, 이렇게 무언가 선택할 수 있는 게 아직 내게 남아 있으니.

❀

휘파람을 불 듯 가볍게 서울행 기차에 오르던 미주를 기억한다. 우리와 함께 사춘기를 통과하며 방황도 했지만 타고난 두뇌와 근성으로 무사히 대학입시에 성공해 고향을 떠났던 미주.

그때부터 미주는 우리와 다른 궤도의 삶으로 들어섰다. 서울이라는 도시는 차가운 공기로 다가와 사춘기 소녀를 철들게 했고 시대와 현실의 무게를 가르쳐 주었다고 했다. 그 도시에서는 늘 고개를 숙인 채 길을 걸을 수밖에 없었다고도 했다.

"너희들을 만나면 완벽한 도피가 실현되는 것 같아."

방학 때 부산으로 내려온 미주는 그렇게 말하기도 했다. 나이트클럽의 사이키 조명 아래 유연하게 춤을 추는 유채를 바라보면서.

"도피? 그게 무슨 말이고? 뭐로부터 도피한다는 건데?"

시끄러운 음악 사이로 소리를 질러 대며 나는 미주에게 따져 물었지만 그녀는 제대로 대답하지 않았다. 힘든 현실, 답답한 시대, 허무한 시간 같은 추상적인 말들만 늘어놓았을 뿐. 어쨌거나 미주는 방학마다 도피하듯 부산으로 내려왔고 유채를 통해서 일종의 대리만족을 느끼다가 올라갔다.

나로서는 그때 미주의 행동과 말투에 묻어 있는 서울에서의 삶을 엿보면서 대리만족을 느꼈다. 애매한 점수를 얻은 터라 서울 유학은 말도 꺼내지 못했지만 그래도 어떻게든 우겨 봤으면 불가능하지는 않았으리라는 후회가 그때마다 솟아올랐다. 하지만 미주처럼 명문대에 들어가 고액 과외를 하지 않는 이상, 학비며 생활비를 평범한 아르바이트로 감당한다는 건 현실적으로 너무 힘든 일임을 알기에 고향에서 시들어 가는 인생을 그저 받아들일 수밖에 없었다.

급기야 1학년 가을에는 미주의 학교 기숙사를 찾아가서 구경하며 대리만족을 느끼기도 했다. 하지만 그렇게 부러움을 느낄 때가 차라리 나았다. 4학년이 되어 미주의 자취방에 놀러 갔을 때에는 부러움보다 더 크게 다가오는 후회 때문에 너무도 힘이 들었으니까.

함께 갔던 유채는 미주의 깔끔한 자취방과 독립생활 자체를 부러워했지만 나는 미주가 벌써 몇 군데 입사 시험에 합격하거나 결과를 기다리고 있으며 또 몇 곳의 시험을 열심히 준비 중이라는 말에 자극을 받았다.

"그래서 니는 그 중에 어디를 제일 가고 싶은데?"

"기자가 제일 좋지만 메이저 신문사는 경쟁이 너무 치열해 쉽지 않을 거 같아서…… 방송국 기자로 들어가거나 아니면 아나운서로 입사해서 기자로 우회할까 싶기도 해. 어제는 국회의원 비서 면접을 봤는데 의외로 그쪽도 마음에 들더라."

"서울은 취업까지도 노는 물이 다르네. 무슨 수를 써서라도 서울로 왔어야 했다는 생각이 인제야 든다. 그렇다고 부산에서 공부를 열심히 한 것도 아니라서 진짜 후회가 되네."

"무슨 소리야? 너는 효녀 노릇 제대로 했잖아. 전액 장학금 받으면서 부모님 옆에 있었으니…… 우리 엄마는 아직도 나한테 섭섭해 하고 있어. 나한테까지 버림받았다고 생각하시거든."

우리의 대화를 흘려들으며 미주의 방을 구경하고 있던 유채가 그제야 끼어들며 말했다.

"은하가 내하고 어울려 논다고 공부를 안 한 건 맞다. 그래도 돈 한 푼 안 들이고 학교 다녔으니까 효녀도 맞다. 우리 아부지처럼 딸내미 대학 집어넣을라고 돈을 싸 들고 가는 사람도 있는데 말이다. 그라고 보면 그 돈이 은하한테 갔다고 봐도 되나?"

우리가 같은 학교에 다니니까 그것도 맞는 얘기 아니겠냐고 거듭 말하면서 유채는 유쾌하게 웃었다. 그 밝은 분위기가 좋아서 유채를 따라 다니며 대학생활을 보낸 건 사실이었다. 그리하여 졸업을 앞두고 취업이 막막한 상황인 것도 사실이었다. 그때라도 미주처럼 적극적으로 인생을 개척하러 나섰으면 지금의 삶이 달라지지 않았을까?

하지만 나는 그때도 후회하는 마음을 행동으로 옮기지 못했다. 뭔가 새로운 일에 도전하는 건 두려웠고 그 시작부터 귀찮았다. 차라리 괜찮은 뒤웅박이 되는 게 현실적으로 훨씬 더 쉬워 보였다. 유채의 영향 때문이었다고는 말하지 않겠다. 그건 그냥 나의 성격이 빚어낸 결과일 뿐이었다. 그리고 지금 나의 현재는 그 모든 것들의 정직한 결과일 뿐.

❀

"유채야, 이번엔 꼭 올라와라. 니가 있을 때랑 없을 때랑 모임 분위기가 너무 다르더라."

"그렇제? 우리 반 서울 모임이 딱 내 스타일이라서 자주 가고 싶은데 요즘 내가 연애를 시작해서 시간 내기가 쉽지 않네."

무슨 대단한 사업이라도 시작한 듯 거만한 목소리로 말하는 유채 때문에 또 한 번 웃는다. 어떤 사람인지 언제부터 만났는지 물어야 할 순서지만 나는 대뜸 유채에게 다른 질문을 던져 본다.

"니는 연애를 시작할 때 몸이나 마음이 어떻게 달라지노? 이건 사랑이다, 싶은 증세가 있나?"

"증세? 일단 내가 예뻐지지. 저절로 예뻐진다. 그래서 기분이 좋고 그 기분 때문에 또 더 예뻐지고……"

"그런 거 말고 심장이 빨리 뛴다거나 잠이 안 온다거나 실실 웃는다거나 하는 증세는 없나?"

"그런 증세는 당연히 함께 시작되지. 근데 그게 그리 길지 않다는 게 함정이다. 그래서 나는 그게 사랑이라기보다는 2년짜리 호르몬의 장난이라고 본다. 내 경우에는 유효기간이 2년 아니고 8개월쯤 되는 거 같더라. 이거도 우리 아부지 유산이겠제? 돈하고 같이 물려주셨으니 그나마 다행이긴 하다만."

말하며 유채가 크게 웃는데 문득 미주의 칼럼이 떠오른다.

'영원한 사랑을 꿈꾸는 것은 어쩌면 영원한 삶을 꿈꾸는 것만큼이나 어리석은 일인지도 모른다. 죽음을 인정하는 인간이 왜 사랑의 한계는 인정하지 못하는 것일까? 죽음을 통해 삶의 소중함을 깨닫듯 사랑의 한계를 받아들이고 순간순간에 충실하는 것이 더욱 현명한 방법이 아닐까? 삶은 단 한 번뿐이지만 사랑은 여러 번 다가온다는 사실을 차라리 고마워하면서 말이다.

그러나 일부일처제의 틀 속에서 살아가야 하는 우리에게는 현실적인 어려움이 너무나 많다. 어쩌면 영원한 사랑을 향한 노력들이야말로 시지프의 신화와도 같은 삶의 본질 그 자체일지도 모른다. 그러므로 더욱 인간답게 그 불가능에 도전해 볼 만하지는 않은가. 동물적인 몰두와 한없는 권태의 시간을 모두 넘긴 뒤 비로소 깨닫게 될 진짜 사랑, 단순히 가슴 설레는 표피적인 사랑과는 비교할 수 없는 웅숭깊은 사랑이 저기서 우리를 기다리고 있으리라 믿으면서.'

사랑의 한계를 인정하면서도 그것을 뛰어넘는 순간을 갈망하던 미주의 글은 내가 보기에 적절히 균형 잡혀 있었다. 그런데 왜 동창들과의 논쟁에서 미주는 그토록 편협해 보이는 글만 올렸던 것일까?

"미주는 유채 니 전화도 안 받나? 저번에 내가 전화했을 때는 아예 안 받던데……"

"나도 여러 방법으로 연락해 봤는데 실패했다. 우리 동창들하고는 말도 하기 싫은 모양이더라. 미주가 원래 좀 삐딱한 편이긴 했어도 그렇게까지 부정적이지는 않았는데 와 그리 됐는지 모르겠다. 엄마하고도 사이가 나빠져서 그런가? 그러고 보니 내가 한없이 긍정적인 성격인 걸 보면 우리 아부지가 내를 사랑하긴 했었나 보다 싶다. 그래서 또 내가 이래 많은 사랑을 남자들한테 퍼 주고 있다 아이가."

늘 그렇듯 유채의 이야기는 다시 연애담으로 이어진다. 새로운 연애가 시작될 때마다 그녀의 관심은 오로지 새로운 상대에게만 집중된다. 매번 비슷한 연애담조차 새롭게 들리게 하는 건 바로 그 집중과 열정이다. 나는 한 번도 경험한 적 없는 집중, 그리고 열정.

통화를 끝내고 나니 집안이 더욱 적막하게 느껴진다. 이 집안에서, 지금, 무언가 조금씩 꿈틀거리고 있다. 유채의 높고 발랄한 목소리가 일깨운 그것의 정체를 나는 애써 외면한다.

권태롭다는 말조차도 권태로워 하품이 나던 나날이었다. 간혹 공허감이 찾아들기도 했지만, 토요일의 브런치나 일요일의 애프터눈 티 정도면 해결되던 나날이었다. 나름대로 균형 잡힌 삶이라 해도 좋았다. 내 인생에 더 이상 특별한 일은 일어나지 않으리라 감히 예상할 수도 있었다.

그런데 어느 날, 균열이 시작되었다. 지난 가을부터였다. 계절이 두 번 바뀌는 동안 그 균열이 가져온 지각변동은 예상보다 심각한 것 같다. 자, 이제 어떻게 해야 할까?

하릴없이 나는 창밖으로 시선을 돌린다. 봄꽃이 다 지고 있으니 괜찮을 거라 생각했는데…… 신록의 도발은 더욱 견디기 힘들다. 두 눈 가득 속절없이 쳐들어오는 저 연둣빛!

7.
삶에 찌든 만큼 목마른 밤

그의 낮은 목소리와 함께 여름밤은 깊어가고

'인도 카마수트라의 경이로운 900여 가지 체위나 킨제이 보고서의 현실적인 200가지 체위까지 가지 않더라도 신라시대 토우의 다양한 성행위 모습이나 조선시대 춘화를 통해서도 우리는 성교 자세에 대한 인간의 무한한 관심을 엿볼 수 있다. 그럼에도 불구하고 남성 상위의 대면위를 흔히 정상위라고 일컫는 것은, 뭔가 색다른 체위를 비정상으로 치부하는 인간의 이중성을 드러내는 게 아닐까?

이른바 정상 체위는 동물과 구분되는 인간의 특징으로 여겨지며 예술 작품에서도 그렇게 묘사된다. 상대방의 얼굴을 보면서 신뢰

와 애정을 확인하는 모습은 확실히 인간적으로 느껴진다. 하지만 얼굴을 마주 보기 때문에 거짓 표정이 생겨나고 몰입에 방해를 받는 면도 있을 것이다. 여성의 입장에서는 주도권을 쥐기가 힘든 다소 억압적인 자세가 정상위이기도 하다.'

오늘따라 남편의 몸짓에 유난히 신경이 쓰이는 건, 낮에 미주의 책을 들춰 보며 칼럼에 너무 집중한 탓일까? 아니면 그의 마음을 도무지 알 수 없는 까닭일까? 아님, 너무 오랜만에 섹스를 하기 때문에?

그동안 오로지 습관에 불과했던 몸짓 하나 하나가 새삼스럽게 낯설다. 원래 이렇게 많은 부분이 밀착되는 포즈였던가, 원래 이렇게 단순한 반복이 많았던가, 원래 이렇게 숨소리가 거슬렸던가……

모든 게 낯선 만큼 모든 게 부자연스럽다. 잠결에 내 몸을 더듬는 남편의 손길을 거부하지 못한 게 잘못이었다. 예전 같았으면 그 손을 밀쳐 냈을 상황이었다. 컨디션이 그다지 좋지 않았고 무엇보다도 그의 손길에서 한 여자가 떠올랐기 때문이었다. 평일 오후의 캠핑장에서 남자가 구워 주는 고기를 먹으며 간혹 웃었다는 그 여자.

여자가 떠오르는 순간, 나는 잠시 호흡을 멈췄다. 마치 직접 그 장면을 보기라도 한 듯 캠핑장의 이미지가 선명하게 내 눈앞에 펼쳐졌다. 하지만 여자의 얼굴은 제대로 보이지 않았다. 고기를 굽는 남편의 관자놀이를 타고 흐르는 땀방울까지 보였음에도 불구하고.

끝내 여자의 얼굴을 알아내지 못한 채 나는 마침내 긴 날숨을 내뱉으며 남편의 손길을 받아들였다. 그것은 체념이었을까? 아니면, 무언가를 움켜쥐기 위한 몸짓이었을까?

둘 다, 라고 나는 생각한다. 또한 이것이야말로 부부 사이의 권력 관계가 드러나는 명백한 상황, 이라고 나는 확신한다. 미주의 칼럼에 너무 몰입한 탓이기도 하겠지만.

모르겠다. 지금은 그저 이 순간에만 집중하자. 싫은 상황을 피하기 위해 그나마 덜 싫은 상황을 받아들여야만 하는 고약한 이 순간.

'오히려 인간이 짐승과 구분되는 지점은 동물적인 자세를 비롯한 변화무쌍한 체위를 즐기는 데 있지 않을까? 아무리 교미 시간이 길어도, 또 아무리 자주 행위를 한다고 해도 동물의 세계에서는 대개 한 가지 체위만이 나타난다. 다양한 성행위 체위는 인간의 상상력과 창의성을 반영한다고 해도 무리가 없을 것이다.

영화나 소설에서는 섹스 체위의 묘사만으로 많은 것을 설명하기도 한다. 첫경험, 불륜, 강간 등의 경우에 보여지는 체위는 대개 정형화되어 있다. 포르노에서는 성기 노출을 위한 체위가 선호된다는 것쯤은 이제 모두 알고 있다. 하지만 실제 생활에서 남들은 과연 어떻게 하고 있는지 궁금한 것은 어쩔 수가 없는 모양이다. 몰카 포르노나 셀프 포르노를 들여다보는 것은 결국 남의 체위 훔쳐보기가 아니겠는가. 어차피 그 내밀한 느낌까지는 알아낼 수 없는 것이니 말이다.'

그래, 이 내밀한 느낌을 대체 누가 알아줄까? 메마르고 쓰라린, 이 절망적인 느낌을.

오늘따라 모든 게 낯설었던 이유를 이제야 비로소 알겠다. 남편도 마찬가지였을까? 그가 문득 움직임을 멈추고 내 눈을 바라본다. 나도 피하지 않고 그 눈을 마주 본다. 우리 사이에는 오로지 건조한 침묵만이 흐른다.

눈을 질끈 감더니 그가 다시 몸을 움직이기 시작한다. 뭔가 한마디 말이라도 해줬으면 좋으련만. 하긴, 왜 이렇게 건조해? 따위의 말은 듣고 싶지 않다. 그 수준 이상의 말을 할 수 있는 남자가 아닌데 뭘 기대한담.

나는 그저 오래된 습관에 몸을 맡기기로 한다. 익숙한 호흡, 익숙한 냄새, 익숙한 리듬…… 그런 것들을 되찾기 위해 몸과 마음을 한곳으로 모으려 애써 본다. 갱년기가 선사하는 이 반갑지 않은 건조함도 머지않아 습관처럼 익숙해지겠지.

그러나 내 눈앞에는 또다시 캠핑장의 풍경이 펼쳐질 따름이다. 남자가 구워 주는 고기를 먹으며 간혹 웃는 그 여자의 얼굴이 이번에는 제법 또렷이 보인다. 남편의 몸에 끝없이 짓눌리며…… 여자의 얼굴이 미주라는 것을 나는 알아본다. 한없이 뒤로 떠밀리는 듯한 느낌 속에…… 그 얼굴이 유채로 변하는 것도 나는 지켜본다. 아무래도…… 내가 드라마를 너무 많이 본 것 같다.

'하지만 그 누구도 남들이 어떤 자세로 어떤 대화를 나누는지는 궁금해 하지 않는다. 섹스를 단순하게 몸과 몸이 만나서 나누는 대화라고 생각할 수는 없는 것일까?
소곤거리며 말하기에 좋은 자세가 있는가 하면 진지하게 고백하기에 적당한 자세도 있다. 때로는 연인과 마주 보며 이야기하고 싶은가 하면 때로는 그의 옆에 앉아 같은 방향을 바라보며 말하고 싶기도 하다.
몸과 몸이 만날 때에도 그렇게 다양한 자세로 자연스럽게 대화를 나누듯 서로에게 다가간다면 가장 인간적인 모습으로 그 시간을 누릴 수 있을 텐데……'

미주의 칼럼이 그저 관념적이라고만 느껴질 때가 종종 있었다. 남녀 관계에 대해 다양한 경험을 바탕으로 썼다고는 하지만 뭔가 공허한 얘기로 들릴 때가 많았던 것은, 아마도 그녀가 한 남자와 오래 살았던 경험이 없었기 때문이었는지도 모른다.

미주가 칼럼니스트로 변신한 건 두 번의 이혼을 경험한 뒤였지만 각각의 결혼 생활은 2년과 5년으로 끝났다. 한 남자와 함께 살며 10년, 20년이 지나는 동안 변모해 가는 관계를 경험했다면 그녀의 글은 좀 달라지지 않았을까? 육체적 대화는 물론이고 일상의 소소한 대화마저 시들해져 가는 이런 지리멸렬한 관계까지 경험했다면.

아, 물론 나도 미주가 경험한 것의 절반도 경험하지 못했음을 인정한다. 그래서 그녀의 칼럼을 제대로 이해하지 못하는 부분도 있을 것이다. 무엇보다도 그녀에게 넘쳐흐르는 열정, 에너지, 추진력 등이 내게는 없다.

하지만 우리도 한때는 격렬했던 걸로 기억하는데……

남편의 몸짓에 몸을 맡긴 채 조금씩 익숙함을 되찾아가면서 나는 전설 같은 기억을 더듬어 본다. 정말이지 우리도 한때는 이런 관계가 아니었다. 적어도, 설레는 호기심과 기대는 있었다. 그러다가 언제부터 이렇게 시들시들해지고 말았는지……

삶에 권태로워지는 속도만큼 섹스에도 싫증나고 게을러진 것일까? 아니면, 상대방에 대한 관심 자체가 사라져 버린 것일까?

어떤 쪽이든 그것이 섹스를 통해서 증명되어야 한다는 건 난감한 일이다. 남녀 간의 애정, 관심, 배려 등이 왜 이런 동물적인 행위로 표현되어야만 할까? 출산이라는 목적을 이미 달성한 관계에서도 계속해서 왜?

무언가에 익숙해지고 적응한다고 해서 그걸 잘 알게 되는 것은 아니다. 삶도, 인간도, 섹스도 그렇다. 어쨌거나 지금 이 상황은 끝을 내야 하므로 나는 잡념을 버리고 구체적인 장면들을 떠올려 본다.

벚꽃 잎이 흩날리는 길에서 마주 잡은 두 손, 강변에 나란히 앉아 어깨를 기댄 두 사람의 뒷모습, 불 꺼진 창문 앞에서 하염없이 서성이는 키 큰 남자의 실루엣, 골목길의 가로등 아래에서 서서히 하나로 겹쳐지는 남녀, 캐노피에 순백의 레이스가 드리워진 침대……

내가 사랑한 드라마 속의 장면들은 끝도 없이 이어진다. 어쩌면 우리는, 성에 대한 환상을 걷어 내면서 어른이 되듯이 성에 대한 환상을 더욱 필요로 하면서 늙어가는 것인지도 모르겠다.

단순하게 반복되며 끝없이 어딘가에 닿으려는 듯한 그의 몸짓은 결국 내 머리를 침대 헤드에 쿵쿵 부딪치게 만든다. 원래 이랬던가? 아닌 것 같다. 남편은 오늘 확실히 뭔가 다르다. 내 몸이 달라진 만큼 그도 달라졌다. 이건 명백한 사실이다.

지금 이 남자의 머릿속에 펼쳐진 장면은 과연 어떤 것일까? 궁금해 하는 순간, 그의 체중이 온몸으로 느껴진다. 우리의 호흡과 체취가 방 안의 공기를 압도한다. 물리적으로는 짧았지만 느낌으로는 아주 길었던 시간이 이렇게 막을 내렸다. 그리고 나는 지금 비로소 깨닫는다. 남편과 나는 처음부터 끝까지 단 한 가지의 체위만을 구사했다는 사실을.

❀

"미주가 이젠 소설을 쓰겠다더라. 그것도 나를 주인공으로 하고 싶다네? 요란하고 자유분방한 인물이 필요한 모양인지……"

"유채 니를 주인공으로 한다고? 그게 가능하겠나? 주인공 인생이 너무 버라이어티해서 개연성 떨어진다는 소리나 들을 끼다."

"그렇제? 미주 가스나, 만나자마자 소설 얘기만 늘어놓더라."

전화기 너머에서 황당하다는 듯 웃어 대는 유채에게 나는 묻는다.

"그런데 너거는 우찌 다시 만났노? 미주가 먼저 연락이 왔었나?"

"어, 먼저 전화가 왔다. 내가 그동안 몇 번이나 전화했을 땐 받지도 않더만…… 인자 동창들한테 섭섭한 건 좀 없어진 모양이지."

"아니, 이번에 말고 저번에 동창회 데리고 나올 때 말이다. 그게 한 10년 만이지 않았나?"

"아, 그때? 그땐 내가 먼저 연락했었지. 세 번째 결혼을 했다고 잡지에 나왔을 때 수소문해서 한 번 통화했었거든. 연락처만 알아 놓고 만나진 못했지만."

"그라믄 내하고 10년 전에 같이 봤을 때 이후로 니도 저번 동창회에서 처음 본 거네? 나야 그렇다 쳐도 유채 니는 와 그동안 미주랑 안 만났노?"

잠시, 유채가 침묵했다. 나는 진심으로 궁금했으므로 유채가 말하기를 잠자코 기다려 주었다.

"봐라, 은하야…… 니가 잘 모르는 이야기가 있다. 미주가 방송국 들어갈 무렵에 내가 서울 자주 올라가서 놀다 오고 했었잖아. 그때 미주가 내한테 소개해 줬던 입사 동기 피디가 있었다."

"안다. 니가 마음에 들어 해서 맨날 얘기했었지."

처음엔 미주 자취방에서 하루씩 묵으며 노는 게 재밌어서 비행기 타고 서울을 오가던 유채가 나중에는 그 남자 때문에 주말마다 서울로 날아갔던 걸 기억한다. 나도 한 번 따라간 적이 있지만 그 남자가 지방 촬영을 떠나는 바람에 얼굴을 보지는 못했다.

"그래, 기억하제? 그 남자가 바로 김수철 피디다."

"진짜가? 미주랑 사귀다가 그 무슨…… 탤랜트하고 결혼한 그 피디?"

"맞다. 그 피디. 그놈이 내한테 청혼까지 해 놓고 미주한테 프로포즈를 한 기라. 내가 창피해서 누구한테 말도 못했다. 미주는 그놈이 내랑 헤어지고 지한테 대쉬한 걸로 알던데, 그거야 우찌 된 상황인지 아무도 모르는 일 아니겠나?"

내 기억으로는 미주가 김수철 피디를 사귄 건 그보다 한참 뒤의 일이었다. 내가 결혼을 하고 서울에서 신혼살림을 차렸을 때, 집 밥을 먹고 싶다며 자주 찾아왔던 미주가 그때마다 그에 관한 이야기를 많이 했던 걸로 기억한다. 그리고 무엇보다도 유채가 아무 말도 하지 않았으므로 나는 두 피디가 같은 사람이라는 걸 알아챌 수 없었다.

"내가 그때부터 맞선 보러 다니기 시작했다고는 말 안 할란다. 김수철이랑 미주 보란 듯이 번듯한 남자 만나 결혼하고 싶은 마음도 분명히 있었지만, 단지 그 이유 때문만은 아니었으니까…… 하여튼 그 일은 내한테 나름 트라우마였다. 그러니 당연히 미주하고도 멀어지게 된 기다."

"트라우마? 그건 미주도 마찬가지 아니가? 대학교 때 미주 사귀던 남자가 니 좋다고 돌아선 적 있잖아."

"그때는 내가 딱 잘라서 거절했지. 그 이후는 미주가 감당해야 될 문제였다. 분명한 건, 나는 그 남자를 안 만났다는 거 아니겠나? 내한테 소개해 놓고 나중에 지가 사귄 미주하고는 다르다는 얘기다."

또한 분명한 건, 그때부터 미주가 화려해지기 시작했다는 사실이다. 방학 때 자신을 만나러 부산에 내려왔던 남자 친구가 함께 어울렸던 유채에게 시선을 돌리기 시작하자 미주는 제법 충격을 받은 것 같았다.

"지 혼자 좋다고 달려드는 걸 내가 우짜노? 미주야, 그런 놈은 다시 볼 필요도 없다."

유채의 위로를 받는 것조차도 미주에게는 속상한 일이었을지 모른다. 미주가 그때부터 외모를 꾸미는 데 관심을 갖기 시작한 건 결코 우연이 아닐 것이었다.

서미주와 정유채. 전혀 다른 매력을 지닌 두 친구가 한 남자를 사이에 둔 채 뺏고 뺏기는 관계가 역전되며 거듭되었다는 건 어쨌거나 놀라운 일이다.

"근데 미주도 김수철하고 헤어진 뒤에 조건 좋은 남자 만나서 결혼했잖아. 그런 면에서 김수철이 대단하다고 해야 하나? 그 탈랜트하고는 잘 살고 있나? 그 여자 이름이 뭐였더라?"

"아, 몰라. 여자도 티비에서 사라져서 그런지 특별한 소식은 못 들은 거 같다. 진짜 그놈은 우찌 살고 있나 모르겠네."

얌전한 옷차림으로 내숭 떨며 선을 보러 다니는 게 꽤나 재밌다며 웃어 대던 유채가 떠오른다. 이해할 수 없었던 그때 그 모습의 배경에는 김수철이라는 존재가 있었구나, 미주에 대한 질투와 분노가 있었구나, 생각하니 왠지 마음이 짠하다.

그렇게 스물다섯에 결혼했던 유채는 결국 스물아홉에 이혼을 했다. 조신한 척 연기하며 낯선 모습으로 결혼했던 유채가 본래의 모습으로 돌아온 게 기뻐서 나는 한달음에 유채의 집으로 찾아갔다. 해운대 달맞이 고개에 자리 잡은 예쁜 빌라의 문을 열 때부터 나는 가슴이 설렜다.

열쇠 세 개 들고 시집갔던 유채는 그걸 그대로 갖고 돌아와 혼자 살림을 차려 놓고 있었다. 화장품, 옷, 소설책, 만화책, 음반…… 거실 바닥에 어질러진 낯익은 것들을 벅차게 바라보는 동안 유채는 외출 준비를 끝냈다.

"유채야! 니 진짜로 돌아왔구나!"

노란 가발로 한껏 멋을 부린 유채를 본 순간 나도 모르게 그런 외침이 터져 나왔다. 그리고 나는 기꺼이 유채를 따라서 해운대 유흥가로 향했다. 그녀가 가는 곳이면 어디든 따라가고 싶었다. 그녀의 말에 깔깔 웃어 대며 정신없이 손뼉을 치고 싶었다.

그 무렵에 미주는 화려한 결혼을 했고, 나는 거듭되는 인공수정과 시험관 시술에 지칠 대로 지쳐 있었다. 노란 가발을 쓰고 민소매에 짧은 치마를 입은 유채를 따라나서는 순간, 내가 느꼈던 일종의 해방감을 어떻게 표현할 수 있을까?

이후로 유채는 우리가 예상했던 삶을 살기 시작했고 지금도 그렇게 살아가고 있다. 한때는 결혼해서 일본으로 가게 되었다며 송별회를 했고, 또 한때는 약혼자와 라오스라는 낯선 나라에서 살고 있다며 소식을 전해 왔다. 그러나 그때마다 결혼은 불발되었고 지금 또 이렇게 새로운 남자에 대한 이야기를 전화로 들려주고 있다. 몇 달 후, 혹은 몇 년 후엔 과연 어떤 모습을 보여줄 것인지…… 미주가 쓰게 될 소설을 미리 읽는 기분으로 나는 유채의 이야기에 쫑긋 귀를 기울인다.

❀

"솔직히 말해서, 결혼식장에서 예쁜 신부들 보면 난 그저 안쓰럽더라. 드레스 벗고 신혼여행 다녀오면 고생 시작이다, 이것들아! 말해 주고 싶지 않나?"

씩씩했던 김민아는 여전히 씩씩하다. 긴 머리를 올려 묶고 도도하게 걸어 다니는 무용부 아이였던 민아는 지금도 여전히 긴 머리의 무용단원이지만 집에 들어가면 두 아이의 엄마로 주부로 일해야 하는 생활인이 되었다. 민아가 그저 머나먼 세상의 아이 같기만 해서 기죽어 지냈던 나는 이제 그녀의 말에 웃으며 맞장구를 친다.

"그러게. 다들 결혼은 왜 하나 몰라. 자식은 또 왜 낳나 몰라."

"신랑도 고생길로 들어서는 건 마찬가지 아이가? 먼저 결혼한 우리가 그런 현실을 알려줄 필요가 있는데 이래 좋다고 모여서 축하만 해도 되는긴지 모르겠다."

윤창수의 말에 친구들은 저마다 고개를 끄덕인다. 일찍 결혼해서 일찍 딸을 낳은 최성희가 일찍 사위를 보는 오늘.

"성희도 곧 할머니 되겠네. 너무 젊은 할머니 아니가?"

"너무 젊은 건 아니다. 7반에는 벌써 할머니 된 친구도 있다던데?"

"진짜가? 딸 시집보낸 친구가 또 있는 건 아는데, 할머니 된 친구도 있단 말이가?"

하지만 새삼 놀랄 일도 아니다. 부지런히 나이를 채우며 살다 보면 당연히 겪을 일을 겪고 있을 뿐.

"그런데 다들 참 대견하다. 이래 잘 살고 있을 거라고 생각은 했지만 짐작보다 훨씬 더 잘 커 줘서 고맙다, 친구들아. 진즉에 너거들을 찾았어야 하는데 후회스럽네. 이제부터라도 다들 잘 지내자, 야들아."

뒤늦게 연락이 닿아 반 모임에 합류한 김민아는 오늘 내내 벅찬 모습으로 친구들에게 덕담을 건넨다. 그리고 모임에 처음 나온 친구로서 예외 없이 최영재 얘기를 꺼낸다.

"영재도 살아있었으면 얼마나 좋았겠노. 이런 날엔 친구들하고 모여서 웃고 떠들면서 즐겁게 말년을 보냈을 낀데…… 너무 화려한 선수로 살다가 또 너무 비참하게 추락하는 걸 봐서 그런지 오히려 깔끔하게 인생을 마무리지었다 싶었는데, 오늘 너거들 보니까 그게 아닌 거 같네."

"그러게 말이다. 애들 야구 코치라도 하면서 충분히 즐겁게 살 수 있었을 낀데…… 그 밤에 우짤라고 술을 그리 퍼마시고 운전을 했는지……"

결혼식 피로연에서 최영재는 이렇게 또 한 번 주인공이 된다.

"내가 고등학교 때 선도부 한다고 아침 일찍 교문 앞에 서 있으면 영재가 야구복 입고 단체로 구보하면서 지나가는 걸 볼 수 있었거든. 덩치가 산만큼 커져서 멀리서도 금방 알아볼 수 있었지. 여학교라 그런지 제대로 쳐다보지 않다가 가끔 나랑 눈이 마주치면 씨익 웃기도 했는데…… 학교가 가깝다 보니 버스 안이나 분식집에서도 가끔 마주쳤는데 절대로 서로 아는 척은 안 했다. 왜 그랬는지 몰라."

"프로야구 때는 이상하게도 내가 응원간 날만 지더라. 빗속에서 역전홈런을 맞고 관중들 야유를 받던 모습이 와 이리 생생하게 기억나는지 모르겠다. 멋지게 신기록을 세우던 모습보다 그런 게 왜 더 기억에 남아 있는지……"

"나는 같은 대학이라서 좋았지. 영재 덕분에 우리가 4년 내내 다른 학교 이기고 다녔잖아. 가끔 같이 술 마실 때도 참 좋았는데."

"그래서 결국 영재 허리가 나빠진 거 아니가? 고등학교 때는 물론이고 대학 때도 그렇게 혹사 당했으니 몸이 온전할 리가 있었겠나?"

"부상도 심했지만 영재가 멘탈이 많이 약한 편이었다. 안 그런 척하느라 더 무리하기도 했고…… 여러모로 안타까운 친구다."

최성희, 오석호, 이철우, 김민아, 박성규…… 저마다의 추억 속에서 호명된 영재는 기어이 우리 옆에 다가와 앉는다. 자리를 옮겨 술을 마시는 곳까지 우리를 따라온다.

"너거들, 다시 스무 살로 돌아간다면 뭘 제일 하고 싶노?"

누군가 던진 질문에 다들 한마디씩 대답을 더할 때, 그러나 영재는 아무런 말을 하지 않는다. 쓸쓸한 밤이다.

"스무 살? 그게 가능하다면 나는 꼭 법대에 들어가서 검사가 되고 싶다. 이만큼 살아 보니 남자로서 그런 일은 꼭 한 번 해 보고 싶다는 생각이 든다."

"맞나? 나도 스무 살이 된다면 변호사의 꿈을 한 번 이뤄보고 싶다."

윤창수의 말에 이철우도 동조한다. 레스토랑 사장으로 학원 원장으로 제법 성공한 삶을 살고 있어도 남자들의 로망은 또 다른 곳에 있는 모양이다.

"나는 스무 살로 돌아가면 그 여자랑 헤어질 거다. 아니, 아예 안 만나게 도망 다닐 거다. 인연이 한 번 잘못 맺어지면 얼마나 힘든지 아직도 지긋지긋하게 경험하고 있는 중이라서……"

"나도 스무 살로 돌아가면 절대 결혼은 안 할 거다. 평생 혼자 춤추면서 우아하게 살 거다."

박성규와 김민아는 로망보다 현실을 말한다. 그렇다면 나는 뭐라고 할까? 스무 살이 된다면 모든 걸 내려놓고 열정적인 사랑을 한 번 해 보고 싶다 말하면 웃음거리가 될까? 머뭇거리고 있는데 이번에는 최성희가 말한다.

"나는 다 싫고, 패리스 힐튼으로 태어나서 방탕하게 젊음을 보내고 싶다."

얌전한 부반장이었고 지금은 우아한 사모님인 성희가 밝힌 뜻밖의 소원에 모두가 환호성을 지른다. 어차피 우리는 그 시절로 돌아갈 수 없고, 그래서 가정법만으로 스스로를 위로한다는 걸 비로소 깨닫기라도 한 듯.

"아, 스무살로 돌아간다면 뭐든지 다 바꿀 수 있는 거였나? 그럼 당연히 공부 안 하고 놀 수 있는 길을 택하지. 돈 많은 집에서 태어나 매일 파티만 하면서도 살 수 있는……"

매일 파티만 하면서 사는 삶. 어쩌면 모두가 꿈꾸는 삶은 그럴 것이다. 또한 어쩌면 그 삶에 가장 가깝게 살아온 인물이 유채일지도 모른다. 그래서 다들 유채를 험담하며 질투하는지도……

"그런 거라면 나는 패리스 힐튼까지 갈 것도 없이 정유채만 돼도 좋겠다. 열렬한 연애를 하고 또 하고…… 매일매일 파티에 나가는 것처럼 즐거운 인생을 사는……"

내 말에 즉시 성희가 묻는다.

"유채처럼 욕 얻어먹어도 좋나?"

"패리스 힐튼도 욕 얻어먹잖아. 무슨 상관?"

"그래도 이왕이면 꿈을 좀 크게 가져 봐."

최성희가 내미는 술잔을 받으며 나는 고개를 끄덕인다. 하지만 내 꿈은 변함없다. 그게 가능하다면, 스무 살에 내 삶은 유채였으면 좋겠다. 물론 그 이후의 삶은 내가 다르게 바꿔갈 거다. 스무 살에 그게 가능하기만 하다면.

최영재, 너는 왜 아무 말이 없니?

술이 너무 취한 듯해서 나는 조용히 영재 옆으로 가서 말을 걸어 본다.

있잖아, 영재야. 유채 기억하지? 미주랑 나랑 같이 어울렸던 정유채 말이야. 유채는 지금도 아주 즐겁게 살고 있어. 그런데 그 아이에게도 말 못할 슬픔은 있단다. 나도 엊그제 통화하다가 얘기 들었어.

너도 아들이 있지? 네가 떠난 지 벌써 7년이 지났으니 그 아들도 많이 컸겠다. 유채도 아들이 하나 있어. 네 살 때 이혼하면서 두고 온 아들이니 이제 스물 셋. 유채는 그 아들을 차마 데리고 올 수가 없었대. 외할아버지에게 구박받으며 사느니 유능한 아버지 밑에서 편히 사는 게 훨씬 나을 거라고 생각했다지.

그래도 스무 살엔 얼굴 보여 주기로 했으니 그것만 기다리며 세월을 견뎠는데 막상 아들이 스무 살이 되자 전남편은 그 약속을 지킬 수 없다고 하더래. 아들을 키워 준 새 아내가 마음의 병을 얻어 힘들어 한다고……

그래서 유채는 또 기다렸지. 아이를 키워 주는 여자가 아이에게 온전히 마음을 줄 수 있도록 비켜 서 있었던 거니까, 그 여자의 아픔이 치유되는 것도 기다려 줘야 한다고 생각하면서 말이야. 그런데 최근에 사귀게 된 남자가 마침 아들이 다니는 대학의 교수라는 걸 알고는 아들이 잘 지내는지 알아봐 달라고 부탁을 했다지. 남자는 아들의 이름을 물었고 그 이름을 듣자마자 자신이 아끼는 제자라고 말하더래. 그리고 곧장 핸드폰을 꺼내서 아들과 함께 찍은 단체 사진을 보여 주는데 유채는 그 많은 학생들 속에서 아들의 얼굴을 단번에 알아볼 수 있었대.

사진을 보면서 눈물을 글썽이는 유채에게 남자는 더 놀라운 사실을 말해 주었지. 그 학생이 최근에 수업에 너무 안 들어오길래 이상해서 알아봤더니 부친상을 당했다는 거야. 유채의 전남편이 사고로 세상을 떠났다는 얘기였어.

유채는 전남편이 죽었다는 사실보다 이제 아들을 볼 수 있는 길이 막혔다는 상황에 더 절망했대. 함께 살고 있다는 할머니, 즉 유채의 시어머니였던 그 고약한 사람에게 손자를 보여 달라 할 수도 없고 마음의 병을 얻었다는 새엄마에게 아들을 보여 달라 할 수도 없고……

결국 유채는 남자에게 아들의 연락처를 받아서 직접 전화를 했지. 스물 셋이면 이제 본인이 판단할 수 있으리라는 생각으로…… 그런데 스물 셋의 아들이 선택한 건 그저 통화만으로 만족하자는 거였대. 짧은 통화가 끝난 뒤, 유채가 가끔씩 보내는 문자에 아들은 더 이상 아무런 대답이 없다는구나.

더할 수 없이 예의 바르게 통화를 하고 전화를 끊었던 그 목소리가 그리워서 유채는 요즘 너무 힘들대. 한눈에 알아봤던 그 뽀얀 얼굴이 자꾸 눈에 밟혀서 아무것도 할 수가 없대.

그런데 가만히 생각해 보면, 유채와 아들은 그래도 같은 하늘 아래 살고 있는 거잖아? 너처럼 아무리 보고 싶어도 영원히 볼 수 없는 그런 처지는 아니니 희망을 갖고 살라고 말하면 유채에게 위로가 될까? 반대로, 같은 하늘 아래 살고 있어도 만날 수 없는 유채와 아들만 보더라도 너의 처지가 그렇게 슬픈 것만은 아니라고 말한다면 너에게 위로가 될까?

그래, 어차피…… 위로라는 건 부질없는 거겠지. 지금 이 순간 내가 얼굴을 맞대고 있는 사람들과 지금 내가 느끼는 생생한 감각과 일렁이는 감정만이 중요할 뿐이겠지.

영재는 여전히 아무 말이 없다. 취할 대로 취한 내가 비틀거리며 내미는 술잔을 그저 물끄러미 바라보기만 하면서.

"외롭지 않나? 좋은 사람 만나서 빨리 결혼해라, 성규야."

오늘만큼은 성규의 차에 타지 않는 게 좋았겠다는 생각을 하는 순간, 나도 모르게 주절주절 말을 하고 있다. 역시 너무 많이 취했다. 하지만 성규도 만만치 않게 취한 것 같다.

"상처받는 것보다는 외로운 게 낫다. 외로움을 달래려고 결혼해 봤자 서로 집착하다가 상처만 얻을 뿐이지. 그러다가 또 다른 스치는 인연에 흔들리고, 환상을 꿈꾸고, 또 상처받고……. 외로움은 끝없이 나타나는 함정 같은 거 아니겠나."

"비관주의자? 냉소주의자? 아님, 겁쟁이?"

"결혼한다고 해서 두 사람 사이에 외로움이 없어질 거 같나? 니는 안 외롭나?"

"당연히 외롭지. 그래도 둘이 있으면 외로울 때보다 의지가 될 때가 더 많으니까……"

누나나 고모처럼 구는 내 모습이 우습지만 성규가 걱정이 되는 것도 사실이다. 그 마음을 아는지 모르는지 성규는 농담으로 상황을 눙치기 시작한다.

"나도 그리 좋은 성격이 아니거든. 의지할 사람 구했다가 마음에 안 든다고 또 걷어치우고…… 그러다가 서미주 기록 깰까 봐 겁난다."

"그래…… 두 번이 어렵지 세 번이나 네 번은 금방인 거 같더라."

내가 말해 놓고도 이게 무슨 얘긴가 싶은데 성규는 문득 미주에 대해 말하기 시작한다.

"서미주가 저런 모습이 될 줄은 나도 정말 몰랐다. 어릴 때 미주는 뭔가 범접하기 어려운 서늘함이 있었지. 한번은 학교에서 집으로 돌아가는 길에 갑자기 소나기가 내렸는데 모두가 우왕좌왕할 때 미주는 차분하게 가방에서 우산을 꺼내서 쓰고 가더라고. 그런데 하필이면 집이 같은 방향이라서 나는 계속 미주 뒤를 따라가야만 했지. 그냥 미주 앞을 지나쳐서 뛰어가면 되는 거였는데 이상하게 그게 안 되는 거라. 혹시라도 같이 쓰고 가자고 할까 봐 더 겁이 나고……"

"그냥 냅다 뛰면 될 텐데 와 그랬노? 미주 성격에 우산 같이 쓰자고 할 리가 있었겠나?"

"그러게 말이다. 그런데 열세 살 소년한테는 그게 맘대로 안 되는 거였다. 조금씩 뒤따라 가다가 지붕 밑에 멈춰 서고 또 조금씩 뒤따라가다가 차양 아래 멈춰 서고…… 그렇게 비 맞은 몸으로 덜덜 떨면서 집까지 겨우 갔던 기억이 있다."

"소설 같은 장면이네. 박성규의 소나기?"

빙그레 웃으며 말했지만 뭔가 씁쓸해서 나는 덧붙여 묻는다.

"그런데 소나기의 주인공이 세 번 결혼하면 안 되는 거가? 범접하기 어려운 서늘함은 미주한테 여전히 있던데?"

"그렇긴 한데…… 서미주는 아예 독신이거나 아니면 억수로 멋진 남자랑 억수로 잘 살고 있거나 그래야 할 거 같았는데…… 세상의 풍파를 너무 많이 겪은 거 같아서 안타깝더라."

그건 니 생각이고.

말하려다가 나는 겨우 참는다. 나도 그런 생각을 안 한 건 아니니까. 미주의 삶이 실제로 어떤지는 오로지 미주만이 알 수 있을 것이다. 아니, 어쩌면 그녀 자신도 모를 수 있다. 누군가의 삶을 대체 누가 판단해 줄 수 있단 말인가. 삶은 그저 하루하루 살아 낸 시간의 정직한 결과일 뿐이다. 아무런 우열도 가려낼 수 없는.

"그래, 미주보다는 유채처럼 사는 게 훨씬 더 나을지도 모르겠다. 공식적인 결혼은 단 한 번으로 끝내고 계속해서 연애만 즐기는 인생……"

누나나 고모 대신 친구가 되는 걸 택하면서 나는 웃는다.

"이미 그런 인생으로 접어들었다, 걱정 마라."

성규도 말하면서 웃는다. 이건 농담일까 진담일까? 너무도 궁금해서 나도 모르게 성규의 눈을 빤히 바라본다. 그가 슬그머니 창밖으로 시선을 돌린다.

서로 다른 추억과 서로 다른 마음을 싣고 자동차가 거침없이 달려간다. 뜨거운 여름에 지친 밤의 거리를.

"오늘도 데려다 줘서 고마워. 잘 가."

이윽고 우리 집 근처에 닿았을 때, 작별 인사를 하며 나는 왼손으로 성규의 오른손을 잡았다가 놓아 주었다. 그리고 차에서 내려 몇 발자국 걸었을 때, 성규의 목소리가 들려온다.

"은하야!"

돌아보니 성규는 차창을 연 채 손을 흔들고 있다. 내가 잡았던 오른손이다.

"조심해서 들어가라."

그의 목소리가 너무 다정하게 들려와서 나는 그만 울컥 눈물이 쏟아질 뻔했다. 이게 무슨 일이람. 나는 애써 목소리를 높이며 씩씩하게 말한다.

"너도 조심해서 들어가."

여름밤은 참으로 대책 없이 깊기도 하다.

8.

남편의 여자

나는 끝까지 아무것도 묻지 않았다

그렇다. 드라마란 이래야 하는 거다. 전혀 예상치 못한 곳에서 결코 예상치 못한 인물이 내게 다가와 이렇게 예상치 못한 행동을 할 때, 내 삶은 일순간에 드라마가 된다.

"왜요? 말하기 곤란해요? 그 남자가 대체 누구길래 그러지?"

정민 엄마는 입꼬리를 비틀어 올리며 말을 이어간다. 평소와 달리 아주 빠른 말투다.

"내가 두 번이나 봤거든요, 그 검은 승용차. 서로 반말 하던데? 다정하게 손도 흔들어 주고……"

엘리베이터 문이 열렸다. 우리 집 앞이다. 앞장서서 걷는 남편을 따라 나도 엘리베이터에서 내린다. 정민 엄마가 따라 나오지 않는 게 다행이다 싶은데 그녀의 낭랑한 목소리가 현관 앞 복도까지 울려 퍼진다.

"서로 참 오래도 손을 흔들더라. 그 차 떠나고 나서 한참 동안 꽃나무 아래 서 있었던 적도 있었잖아. 혼자서 눈감고 웃으면서 미친년처럼……"

엘리베이터의 문이 닫히고 현관문이 열렸다. 평소에 습관처럼 문을 잡아 주던 남편이 오늘은 그냥 집안으로 쑥 들어가 버린다. 그대로 닫히려는 현관문을 겨우 붙잡으며 나도 모르게 그녀의 말을 따라 한다.

"진짜 혼자서 왜 저래? 미친년처럼……"

남편은 아무 말없이 신발을 벗고 거실을 가로질러 자기 방으로 향한다. 원래 말이 없는 사람이긴 하지만 이런 종류의 침묵은 낯설다. 나는 서둘러 남편의 뒤를 따라서 그의 방으로 들어서며 묻는다.

"저 여자 누군지 궁금하지 않아?"

겉옷을 벗으며 남편은 무심히 대답한다.

"애들 친구 엄마거나 아파트 부녀회 사람이겠지."

너의 인간관계라는 게 기껏해야 그 정도 아니겠냐는 듯한 말투가 싫다. 그걸 부정할 수 없는 나의 현실은 더욱더 싫다. 그래서 나는 도전하듯 묻는다.

"저 여자가 왜 저러는지 궁금하지 않아?"

"글쎄…… 어디 아픈 거 같던데?"

"맞아, 정확해. 남편이 동창모임에 나간다고 과민반응 보이는 환자야. 그래서 우리 동창이 나를 집까지 데려다 준 걸 보고 저 난리를 치는 거지."

"병이 깊네. 동창모임이 뭐 대단한 거라고……"

남편이 순순히 동의하니 한순간에 전투력이 상실되고 만다. 그러니 혼자서 중얼거릴 수밖에.

"증세가 더 심각해졌는지 이젠 나한테 반말도 하네. 그러고 보니 여기까지 우릴 쫓아온 거 아냐? 이 동에 살지도 않는데…… 맞아, 저 끝동에 사는데 어떻게 내가 친구 차에서 내리는 걸 두 번이나 봤지? 맨날 집 밖으로 돌아다니는 걸까? 자기 남편 감시하러?"

그러거나 말거나 남편은 여전히 무심하다. 서재라고 이름 붙인 이 방에 어울리는 커다란 책상 앞에 자리 잡고 앉아 태연히 책을 펼치는 남편. 아무래도 이건 정상이 아니다.

좋은 사람 생겼나 봐? 엘리베이터에 타자마자 기습적으로 훅 다가왔던 정민 엄마의 질문. 이걸 대수롭지 않게 넘기는 남편을 어떻게 정상이라고 할 수 있을까?

범상치 않은 질문과 범상치 않은 반응. 드라마가 갖춰야 할 요건은 모두 갖춘 셈이다. 이제부터는 우리가 흔히 예측할 수 있는 사건이 벌어져야만 한다. 갈등, 혹은 파국.

"근데 당신은 왜 그렇게 무심해? 뭐 찔리는 거라도 있어?"

나는 짐짓 흥미를 느끼면서 남편에게 다시 한번 도전했다.

"무슨 소리야?"

이번엔 반응이 왔다. 남편의 목소리에 짜증이 살짝 섞인 게 오히려 호기심을 자극한다.

"아, 혹시 그 여자도 동창? 그래서 관대한 건가? 캠핑장에서 당신이 고기 구워 바쳤던 그 여자 말이야."

그가 말없이 책을 덮는다. 의자에서 조용히 일어선다. 그리고 나를 향해 다가온다. 어쩔 수 없이 긴장이 된다. 내가 원한 건 이런 게 아닌데…… 그 남자 누구야? 라고 물어보기만 했어도 내가 이렇게까지 나오진 않았을 텐데…… 뜻밖의 상황에서 남편은 내게 너무 무심했고 나는 쓸데없는 오기를 부렸다.

잔뜩 긴장해 있는 나를 지나쳐 남편은 방문으로 다가간다. 그리고 조심스레 문을 닫는다. 아이들은 우리가 집에 들어왔는지조차 관심이 없는 것 같은데…… 그는 끝까지 소리가 나지 않게 천천히 방문을 닫았다.

좁은 방 안에 이내 침묵이 가득 들어찬다. 의외로 묘한 편안함을 안겨 주는 침묵이다. 이런 편안함이 좋아서 이 남자는 그토록 자주 문을 닫았던 걸까?

이 방의 문이 닫힐 때마다 나는 밖에 있었다. 이곳은 서재이면서 남편의 방이다. 커다란 책상과 책장. 처음엔 그렇게만 시작했으나 어느새 한쪽에 침구 한 채가 놓였다. 요를 깔고 누워 책을 읽다가 그대로 이불을 덮고 자는 게 편하다고 했다. 퇴근하면 남편은 이곳에서 책을 읽고 잠을 자고 일어나 출근을 했다. 스탠드형 옷걸이 하나도 자연스레 한쪽 자리를 차지했다. 그렇게 이곳은 남편만의 공간이 되었다.

"대체 뭘 뒤진 거야? 핸드폰? 메일?"

침묵을 깨는 남편의 목소리가 나지막하게 들려온다. 나도 목소리를 낮게 깔며 말한다.

"그런 거 안 해. 제보가 들어왔을 뿐이지."

"제보? 아까 그 여자가 알려 줬어?"

어이가 없어서 남편의 눈을 똑바로 쳐다보는데, 우리 사이의 거리가 너무 가까운 것 같다. 반사적으로 몇 걸음 뒤로 물러서며 나는 말한다.

"그 여잔 아니야. 그리고…… 누가 알려 줬든, 지금 그게 중요한 건 아니잖아?"

"그래, 중요하지 않지…… 중요한 건……"

그가 잠시 말을 멈추고 눈을 내리깐다. 어쩌면 눈을 감았는지도 모르겠다. 문을 닫고 보니 이 작은 방은 참 아늑하기도 하다. 남편이 이 방으로 들어서며 문을 닫을 때마다 나는 내심 불편했지만 그 마음을 드러내지는 않았다. 드러낸다고 그가 변할 것 같지 않았다. 오히려 역효과만 날 것 같았다.

"중요한 건, 어떤 여자가 있다는 사실이겠지. 그건 맞아. 어떤 여자가 있어. 열여섯 살 때부터."

아, 내가 왜 이런 말을 듣게 되었을까? 어쩌다가 이 지경까지 와 버린 걸까?

"친구 집에 놀러 갔다가 처음 그 여자를 봤지. 우리보다 두 살 많은 누나였는데, 친구가 자기 누나 예쁘다고 자랑을 하긴 했지만 정말 그 정도일 줄은 몰랐어. 세상에 뭐 이렇게 예쁜 여자가 다 있나 싶더라고……"

남편은 계속해서 눈을 내리깔고 말한다. 고해성사를 하는 것 같다. 정말이지 듣고 싶지 않은 고백이다.

"그 여자 때문에 한동안 공부를 제대로 못했는데 나중엔 오히려 그 여자 때문에 공부를 더 열심히 하기 시작했어. 나를 어린애 취급하는 게 싫어서 보란 듯이 성공하고 싶었지. 하지만 내가 아무리 좋은 대학을 가고 학위를 따면서 내 미래를 보여 줘도 그 여자 눈에는 시시해 보였나 봐. 워낙 대단한 집안의 고명딸이어서 결혼 압박이 심했고 본인도 욕심이 많았거든."

그래서 더 대단한 집안의 훨씬 능력 있는 남자에게 그녀가 시집을 갔다는 얘기. 그래서 남겨진 이 남자를 내가 덥석 움켜쥐었다는 얘기. 참으로 슬프고도 웃긴 이야기.

"다시 연락이 닿은 건 작년이었어. 예전에도 몇 번 연락을 시도했었는데 그때마다 그 여자가 거부했거든. 그런데 이번엔 먼저 연락이 온 거야. 그 심경의 변화를 나야 알 수는 없지. 나이 드니 생각이 바뀌었다고 얘기는 하는데, 결혼 생활이 순탄치 않아 보이기도 했어."

그렇다면 혹시 내가 결혼하는 걸 보며 슬퍼했던 남자도 있었을까? 그 남자를 위로하다가 결혼한 여자도 있었을까? 그 여자가 결혼하는 걸 보며 화가 난 남자는 없었을까? 또 그 남자가 홧김에 결혼한 여자는 없었을까? 그들은 모두 잘 살고 있을까? 그러다가 어느 날 다함께 와르르 무너지지는 않을까? 도미노처럼.

"그래도 여전히 예쁜 모습이어서 고맙더라. 진짜 고마웠어. 누가 뭐래도 그 여자는 내 첫사랑이니까."

"누가 뭐래?"

그럴 생각은 없었는데 나도 모르게 빈정거리는 듯한 말이 나와 버렸다. 내 말에는 아랑곳없이 남편은 계속 말한다. 여전히 눈을 아래로 내리깐 채로.

"추억을 훼손당하지 않아서 고맙고, 여전히 환상을 가질 수 있어서 고맙고, 만나면 시간을 거슬러 올라갈 수 있어서 고맙고…… 그래서 몇 번 만났을 뿐이야. 친구집 넓은 정원에서 바비큐 파티를 했던 옛날처럼 캠핑장에서 고기를 구웠던 적도 있고…… 정말 그뿐이야."

그뿐이면 다야? 라고 묻고 싶지만 참는다. 여기서 일을 더 키워 봤자 나만 손해라는 생각이 들기 때문이다. 최선을 다해서 참고 있는 내 얼굴이 그에게는 화가 난 모습으로 보인 걸까?

"정말이야. 오해하지 마. 한 번은 그 여자가 편지 뭉치를 갖고 나왔더라고. 열여섯 살 때부터 내가 보낸 편지들이었지. 그때 내 기분이 어땠겠어? 단순한 남녀 관계로는 그 기분을 설명할 수 없어."

"그러니까 두 사람은 복잡한 남녀 관계구나."

"아니, 남녀 관계 그 이상이지."

핸드폰? 메일? 이라고 처음에 그가 물었던 이유를 알겠다. 추억과 환상에 빠져 남편은 아직도 그 여자에게 편지를 보내고 있는 모양이다. 이렇게 방문을 닫고, 정성껏 편지를 썼나 보다. 닫힌 방문 밖에서 내가 소외감을 느끼든 말든 그는 내가 배려해 준 이 공간에서 추억과 함께 살고 있었구나.

나는 방문을 열었다. 그리고 성큼성큼 걸어가서 현관문을 열었다. 엘리베이터의 문이 닫힐 때까지 남편은 따라 나오지 않았다. 자신만의 방 안에서 할 일이 있는 모양이었다.

"웬일이야? 이렇게 차려 입고……"

다행히도 지수 엄마가 놀이터로 나와 주었다.

"친척 결혼식에 다녀오는 길인데, 커피가 생각나서…… 카페보다는 여기가 낫잖아. 저녁 되니까 바람도 선선해지네."

내가 내미는 커피를 받아 들면서 그녀가 웃으며 말한다.

"어, 좋네. 나무도 푸르고, 덥지도 않고…… 커피 취향이 고상해도 한 번씩은 이런 거 사 먹고 싶지?"

무더웠던 여름이 어느덧 꽁무니를 빼고 있다. 해 질 무렵이 되니 초가을 같은 바람이 분다. 계절이든 뭐든 느닷없이 훅 들어온다. 인생에 예고 따윈 없는 거다. 알아서 짐작해야 할 뿐.

남편과 다투고 나와 놀이터 한쪽 벤치에 앉아 있는 여자를 어떤 드라마에서 봤을까? 그녀가 친구를 불러내어 커피를 마시며 고민을 털어놓는 건 또 어디에서 봤을까? 일상이 드라마를 모방하는 것인지 드라마가 일상을 모방하는 것인지 알 수 없지만, 아무튼 나는 지금 제법 주인공 같다. 하지만 지수 엄마는 언제나 본인이 주인공이다.

"오늘 그 사람이랑 무창포 다녀왔거든. 여름 끝자락의 서해도 참 좋더라. 요즘은 바다가 왜 이리 좋은지 모르겠어."

'그 사람'이라고 지수 엄마가 말했다. 남편은 그녀를 '그 여자'라고 했던가……

"전에는 '그 친구'라고 말하지 않았나? 뭔가 변화가 생긴 거야?"

"변화는 무슨…… 그냥, 친구라고 하기엔 우리 사이가 너무 가까운 거 같아서……"

"그러니까 관계는 전혀 변화가 없다는 얘기구나. 이제 1년이다 되어 가는데……"

"아니, 우린 오히려 시간이 갈수록 더 친밀해지고 더 애틋해지는 거 같아."

"멀어지는 것만 변화는 아니지. 더 가까워져서 상황을 뒤엎어 버리는 것도 변화잖아. 뭔가 일이 벌어지면 굳이 마다하지 않겠다고 했었는데, 그럴 만한 변화도 없었던 거야?"

"그런 변화야 나도 원하지만…… 인생이 그리 쉽나? 나름대로 소소하게 예쁜 드라마 찍는 걸로 만족하는 수밖에."

그래 봤자 창피당하고 가난해질 뿐이라고, 그런 불편함 대신 원하는 인생을 얻는다면 오히려 행복할 거라고 그녀는 말했었다. 하지만 실은 그게 두려운 게 아닐까? 지수 엄마에게 굳이 묻지 않더라도 나는 알 것 같다. 지금 내 심정이 딱 그러니까. 어떤 식으로든 내 삶이 불편해지는 게 싫으니까.

"아무튼 두 사람, 진짜 인연이 맞긴 맞나 보다. 계절이 백 번 바뀌어도 변하지 않을 거 같아. 두 사람이 운명이라는 거, 인정!"

쿨하게 인정했지만, 결국은 이 두 사람도 앞뒤로 서 있는 도미노 패들이 아닌가 싶다. 지수 아빠가 맨 앞에 서 있고, 그 뒤에 지수 엄마, 또 그 뒤에 이 남자…… 결혼 상대를 선택할 시기였다면 지수 엄마는 결코 뒤돌아서서 이 남자를 바라보지 않았겠지. 오로지 앞만 보며 좀 더 나은 조건의 상대를 찾았겠지. 그러나 모든 것이 결정된 안정감 속에서 그녀들은 이제 뒤를 돌아본다. 뒤에 서 있던 남자들을 설레게 한다. 지수 엄마도…… 내 남편의 그 여자도……

"그래도 횟수는 좀 줄었어, 처음엔 한 번 만나면 세 번은 했는데……"

지수 엄마는 목소리를 낮추며 말했지만 나는 자리에서 일어난다. 그녀 손을 잡아끌고 놀이터의 외진 곳에 있는 벤치로 자리를 옮기면서 나도 목소리를 낮추며 말한다.

"청춘이네. 난 신혼 때도 두 번 이상 하면 방광염 생기던데……"

그래, 우리도 한때는 그랬다. 하룻밤에 두 번 이상 시도한 적도 있었다. 애틋한 사랑 없이 시작된 결혼이라도 그건 가능했다. 젊은 혈기 덕분이든 단순한 호기심 때문이든.

"정말? 안타까운 일이네……"

지수 엄마는 진심으로 안타까운 표정을 지어 보이더니 이내 비실비실 웃으며 말을 이어간다.

"얼마 전에 친구들 모임에서 그런 얘기가 나왔었거든. 예전엔 하루에 네 번을 했다, 다섯 번을 했다, 밤낮을 합쳐서 하루로 치면 여섯 번 한 적도 있다…… 아주 난리였지. 그래 봤자 다들 희미한 옛사랑의 추억이었지만."

그 모임의 분위기가 어땠을지 안 봐도 알겠다. 농담과 진담을 뒤섞으며 깔깔거리는 분위기. 과거는 과장되게 추억하고 현재는 과장되게 희화하면서 잠시 현실을 잊고 수다를 떠는…… 그런 분위기가 지금 내게도 필요하다.

"그런데 어떤 친구가 신혼 때는 하루에 세 번 했는데 요즘은 일주일에 세 번 한다고 한탄하길래…… 다들 또 난리가 났지. 그동안 헛 산 것 같다는 친구도 있고, 이십 년 결혼 생활이 흔들리는 것 같다는 친구도 있고, 그런 자랑은 돈 내고 하라고 호통치는 친구도 있고…… 그래서 내가 조용히 밥값을 냈지."

지수 엄마의 너스레에 나는 큰 소리로 웃음을 터뜨렸다. 그녀도 내 팔을 가볍게 밀치며 웃음소리를 보탠다. 어둠이 내려앉은 놀이터의 외진 벤치는 잠시 모든 것을 잊고 깔깔대기에 좋은 장소다. 그런데…… 우리 앞으로 누군가 쓱 지나가는 바람에 나도 모르게 지수 엄마의 손을 꽉 잡았다.

"왜 그래?"

"저 여자……"

정민 엄마다. 나를 본 걸까? 못 본 척하는 걸까? 혹시 우리 얘길 엿듣고 있었던 건 아닐까?

"저 여자가 왜?"

공포 영화의 한 장면 속으로 들어온 듯 나는 몸서리를 치면서 지수 엄마의 물음에 대답한다. 저 여자 때문에 판도라의 상자를 열고 말았다고. 그 상자 안에는 첫사랑에게 보내는 남편의 편지 뭉치가 들어 있었다고.

"자기는 덮고 싶어 했는데 그것도 맘대로 안 되는구나. 인생이 참 그렇다, 그치? 저 여자도 불쌍하네. 정신줄 놓고 돌아다니는 사람 같아."

"이제 어쩌지? 알고 싶지 않은 사실들을 알아 버렸으니…… 정말 이럴 생각은 아니었어. 저 여자 때문에 뭔가에 홀린 것 같아."

"그냥 이대로 있어 봐. 남편이 뭐라고 또 얘길 꺼내겠지. 자기 남편하고 있던 그 여자, 멀리서 잠깐 봤지만 그다지 미인으로 보이진 않았는데…… 하긴 뭐, 추억 속의 그녀는 언제나 아름다운 법이니까……"

"단순한 남녀 관계가 아니래. 남녀 관계 그 이상이라는데?"

"웃기지 말라고 해. 남녀는 그저 남자와 여자일 뿐이야. 그런 면에서 자기도 마찬가지 아냐? 그 동창이라는 남자한테 정말 아무런 감정도 없어?"

"아니야. 그런 거……"

손사래까지 치면서 부인하는 나를 지수 엄마는 미소 지으며 바라보았다. 순간 그녀의 핸드폰이 울리지 않았다면 나는 결국 그 미소 앞에서 성규에 대한 내 마음을 털어놓았을지도 모른다.

"웬일로 남편이 일찍 들어왔네. 그만 들어가 볼게. 그리고 이럴 때일수록 정신 똑바로 차려. 자기 남편이랑 그 여자랑 불륜이 아닐 거라고 혼자서 정신 승리해 봤자 소용없어. 아무도 그렇게 생각하지 않을 걸? 자기랑 남자 동창하고도 마찬가지야. 그런 사이 아니라고 하지만, 아무도 그렇게 생각하지 않을 걸?"

아무도 그렇게 생각하지 않을 걸? 지수 엄마가 총총히 사라진 뒤에도 그 말이 한동안 내 귀에 남아 있었다. 아무도 그렇게 생각하지 않는다면, 실제로 그렇다 해도 소용없는 일이겠지? 많은 이들이 생각하는 그게 진실이 되어버리는 거겠지?

일요일 밤의 아파트는 의외로 적막하다. 집집마다 고요히 창을 밝히고 저마다의 가정을 어둠 속에 드러내고 있다. 불 켜진 창문 하나하나를 올려다보다가 나는 벤치에서 일어섰다. 굳이 내가 밝히지 않아도 우리 집의 불은 이미 켜져 있을 거였다.

애인과 갈등에 빠진 여자 주인공이 옛 남자친구를 찾거나, 자기만 바라보는 남자에게 연락을 하거나, 친구로만 지내던 남자에게 갑자기 고민을 털어놓거나…… 굳이 그런 장면들을 상상한 건 아니지만 나는 마치 정해져 있던 것처럼 박성규에게 전화를 했다. 어차피 아무도 그렇게 생각하지 않는다면, 이런 장면을 내가 굳이 피할 이유도 없을 터였다.

나는 그 순간 간절히 집에 들어가기 싫었고, 만나자고 전화할 수 있는 상대가 있다는 게 다행스러웠고, 통화 연결이 되는 순간 가슴이 두근거렸다. 그 모든 것은 한순간에 일어난 일이었다.

"성규야, 맥주 한잔 마시자."

"어, 그래. 니 지금 어디고?"

"한강변에 나왔는데 시원하고 좋네."

"거기는 머하러 갔노? 남편하고 싸웠나?"

"아이다. 혼자 맥주 마시러 나왔다."

"으이그, 그 말이 그 말이네. 잠깐만 기다려라."

나는 곧바로 택시를 잡아타고 강으로 달려갔다. 편의점에서 급히 캔맥주와 과자를 사들고 성규가 찾아오기 쉬울 장소를 찾아 두리번거렸다. 일요일 밤의 한강 공원은 사람들로 붐볐지만 운 좋게도 강변 가까이 벤치 하나를 잡을 수 있었다. 나는 얼른 벤치에 앉아 오래 전부터 있던 것처럼 세팅을 했다. 캔맥주를 따고 과자 봉지를 흐트러뜨리고……

성규가 나타날 때까지 나는 맥주 한 캔을 다 마셨다. 밤이 깊어가는 한강변은 제법 서늘했다. 버스킹을 하는 청년들의 기타 소리와 노랫소리가 들려오자 괜한 감성이 자극되었다. 느닷없는 전화에 선뜻 나오겠다고 응해 준 성규가 고마워서 찔끔 눈물까지 났다.

"우리는 고등학교 때 공부하기 싫으면 광안리 백사장을 돌아다녔잖아. 서울 애들은 저 한강 다리를 건너다녔다더라."

내 옆으로 다가와 앉으면서 성규는 마포대교를 가리켰다. 퇴근 후 정장 차림으로 모임에 참석할 때와 달리 하늘색 체크무늬 셔츠에 베이지색 면바지를 입고 나타난 모습이 산뜻했다. 나는 잠시 할 말을 잊고 성규의 옆모습만 바라보았다.

"그리고 우리가 바다를 바라본 것처럼 여기 앉아서 강물을 바라보고 그랬다더라. 전국의 고교생들은 다 비슷한 청춘을 보냈던 기라."

"우리가 광안리 방파제에 앉아 바다만 보면서 시간 때웠던 것처럼?"

가까스로 정신을 차리고 내가 대꾸를 하자 성규는 웃으며 말했다.

"그렇지. 니도 그랬나? 방파제에서 우리 한 번쯤 스쳐가기도 했겠네."

그랬을 수도 있겠다. 광안리 해변 한쪽에서 둑처럼 파도를 막아 주고 있던 바위들. 그 위에 쌓여 있던 커다란 뿔 모양의 콘크리트 블록들. 우리가 아슬아슬하게 밟고 다니며 청춘을 소진했던 그곳 방파제에서 성규와 나는 어쩌면 같은 시간에 있었을 수도 있겠다.

"그때 광안리 백사장 돌아다닐 때 뒤따라오면서 말 걸던 머스마들 중에 니도 있었던 거 아이가?"

"맞다. 그때 백사장 헌팅이 유행이었제. 방파제에서는 가스나들 시선 끌라고 기타 치면서 노래도 부르고…… 그 무렵에 하나 둘 생겨나던 카페에 폼 잡고 앉아 있기도 했었는데……"

"진짜? 그라믄 한 번 마주칠 법도 했는데 신기하게 비껴갔네."

"그래도 지금 이렇게 다시 만나서 한강변에 앉아 있으니 그게 더 신기한 거 아이가?"

성규의 목소리가 나긋하게 들려온다. 강바람 탓일까? 느닷없이 한기가 느껴져서 문득 성규에게 가까이 다가가고 싶어진다. 강물 가까이 내려가 앉은 커플들의 뒷모습이 한 몸처럼 겹쳐져 있는 게 자꾸만 눈에 들어온다.

"마음은 아직도 그때 그 여고생인데…… 세월이 너무 빠르제? 이렇게 나이 들어 버렸다는 게 안 믿어지고 쪼매 서럽다. 방파제에 앉아서 바라보던 밤바다, 달빛, 파도 소리까지 그대로 기억나는데……"

여고생 감성으로 돌아가 중얼거리는 내 곁에서 성규가 몸을 움직이며 부스럭거린다. 내 옆으로 가까이 다가앉는가 싶어 돌연 몸이 굳는데, 뜻밖에도 성규는 핸드폰을 꺼내 든다.

"어, 그래. 여의도 쪽 맞다. 도착하면 다시 전화해라. 지금 은하랑 내만 있다."

이건 또 뭐람. 성규는 이내 핸드폰 화면으로 눈을 돌리고 분주하게 손가락을 움직이며 말한다.

"나오면서 번개 공지 올렸다. 석호하고 민아가 나온다네. 창수도 조금 늦게 올 거라 하고……"

그래, 인생은 드라마가 아니다. 최소한, 내가 주인공은 아니다. 이런 달콤한 분위기의 드라마는 더욱 더.

어쩌면 이 분위기에 취해서 성규에게 고민을 털어놓다가 자칫 부부 탐구 드라마를 찍게 될지도 모를 일이다. 차라리 동창들 주연의 시트콤이 낫지. 그렇게 체념하는 동안 오석호가 도착하고 김민아가 도착했다.

"과자 쪼가리나 묵고 있었나? 자, 치킨! 여기서 배달시키면 양도 작고 맛도 없다길래 내가 사 왔다."

석호가 치킨을 풀어놓자 민아는 돗자리를 깔고 무릎 담요를 펼쳤다. 늦게 출발한 윤창수에게는 추가로 맥주와 안주를 부탁하는 전화를 걸면서 분위기는 순식간에 떠들썩해졌다.

"일요일 밤에 가족 팽개치고 나오는 너거들 참 대단하다."

"팽개치기는! 다 챙겨주고 나왔다. 걱정마라."

"하긴 뭐 인자는 부부간에 서로 신경도 안 쓸 나이제."

"나는 마누라 없다. 내한테는 뭐라하지 마라."

친구들이 유쾌하게 떠드는 동안 나는 한강의 야경만 바라본다. 아닌 게 아니라 이 시간에 이곳에 있다는 사실이 비현실적으로 느껴진다. 빌딩과 다리의 불빛이 강물 위로 길게 드리워진 현란한 풍경에 현실이 더욱더 내게서 멀어지는 것 같다. 그만큼 어지럽기도 하다.

검은 바다에 오로지 달빛만 교교하게 비치던 광안리 방파제가 그립다. 학교도 집도 다 잊어버리고 싶은 마음을 가만히 품어주던 어둠. 그 어둠 속에서 간혹 찰싹거리며 바다의 존재를 증명해 주던 파도. 하지만 이젠 그곳에도 거대한 광안대교의 불빛이 가득하겠지. 방파제의 바위도 테트라포드로 완전히 뒤덮이고 도로는 깔끔하게 단장되어 예전 모습이 아니라고 하던데……

"진짜가? 나는 유채가 롤라장에서 놀다가 정학당한 걸로 아는데……, 맞제, 은하야."

뒤늦게 동창 모임에 나온 민아 덕분에 또 한 번 이 얘기가 화제에 올라야 하나 보다. 나는 말없이 고개만 끄덕이며 닭다리를 집어 들었다.

"근데 머스마들 사이에서는 전혀 다르게 소문이 돌았네? 이게 우찌 된 거고?"

"우찌 되기는. 소문이란 게 원래 그렇다 아이가. 진실은 하나고 소문은 여러 개다. 그 중에서 일치하는 게 뭔지 유채한테 직접 물어봐라."

민아가 말하는 또 다른 소문이 어떤 건지 궁금했지만 나는 단호히 말하고 입을 다물었다. 내가 저 강물의 반짝이는 불빛에 빠져 있는 동안 무슨 얘기가 오고간 걸까? 대체 얼마나 황당한 얘기가 또다시 수면 위로 떠오른 걸까?

"그게…… 사실 여부와 상관없이 쇼킹한 내용인 건 분명하다. 그때 우리가 열여섯 살 아니었나? 우리학교 농구부 애들은 유난히 체격도 크고 어른스러워서 우리도 조심스럽게 대했거든. 근데 유채가 거길 그렇게 드나들었다니……"

거기 어디? 라고 따져 물어야 할 시점이었다. 하지만 나는 석호의 말을 듣고만 있었다. 열여섯 살이라는 나이에 잡혀 버린 까닭이었다. 남자애들과 어울려 놀았던 여자애는 온갖 소문의 주인공이 되고 또래 아이들은 그 소문을 다양하게 즐겼던 나이에, 누구는 친구 누나에게 낭만적인 편지를 썼다고 했지.

"유채가 운동부 애들하고 어울린 건 사실일 거다. 고등학교 때도 우리학교 야구부랑 친했으니까. 학교 근처에서도 몇 번 봤었고 야구장에서도 자주 봤다."

성규까지 거드는 바람에 나는 정말 아무 말도 할 수가 없다. 유채가 고등학교 때 야구부랑 어울려 다닌 건 부인할 수 없는 사실이니까. 하지만 그게 중학교 때 농구부랑 엮인 소문을 증명해 줄 수는 없지 않은가? 소문이란 이런 식으로 생성되고 증폭되는 것이었구나……

"너거 학교 야구부에 최영재가 있었잖아. 그라믄 유채하고 영재도 친했나?"

"같은 반이었으니까 당연히 친했제. 영재야 미주만 바라보고 있었지만."

최영재, 정유채, 서미주. 이 세 친구의 이야기는 새로운 동창이 나타날 때마다 신고식처럼 화제에 오르게 될 모양이다. 그때마다 살이 붙고 뼈대가 세워지며 또 다른 소문이 생겨나기도 하겠지. 그걸 증명하듯 민아가 말한다.

"맞다. 최영재가 서미주를 그리 좋아했다며? 지가 야구를 하는 이유가 서미주 때문이라고 했다더라."

"그런 순애보는 또 어디서 생겨난 말이고?"

열여섯 살에 낭만적인 편지를 쓰는 소년은 명함도 못 내밀 얘기에 나도 모르게 민아에게 물었다.

"서미주 보란 듯이 성공하고 싶다고 말했다던데? 누구한테 들었는지 기억은 안 나는데 분명히 내가 그런 말을 들었다, 고등학교 졸업할 무렵에."

"그래, 영재가 미주 진짜 많이 좋아했었다. 미주가 바다여고 전교회장이라 축제 안내장에 인사말을 썼는데, 거기 나온 쪼매난 사진을 오려서 지갑에 넣고 다닐 정도였다. 덩치에 안 어울리게."

성규의 회상까지 가세하니 친구들의 감탄사 속에 순애보는 전설로 굳어진다. 영재가 미주를 만나게 해달라고 유채에게 부탁을 했고 우리학교 축제에 찾아오기도 했으니 그게 사실일 수도 있다. 하지만 저마다의 기억과 기대 속에서 이야기가 훨씬 더 드라마틱하게 변형된 것도 사실일 거다. 그래서 결국 소문이란, 모두가 원하는 방향의 이야기로 완성되는 게 아닐까?

"워낙 어릴 때부터 좋아했기 때문에 그럴 끼다. 초등학교 때 서미주가 얼마나 똘똘하고 예뻤노? 영재가 그렇게 유명해져도 미주한테는 이상하게 자신감을 갖질 못하더라. 그래서 오히려 미주한테 더 거들먹거리기도 하고…… 옆에서 지켜보는 내가 안타깝더라."

고등학교 3년 동안 영재와 같은 반이었다는 성규의 말이니 다들 고개를 끄덕일 수밖에. 영재가 미주를 만날 때 성규도 옆에서 지켜보고 있었구나, 내가 그랬던 것처럼…… 그런데 왜 우리는 서로 마주치지 못했는지……

남자의 첫사랑이란 얼마나 순수하고 무모하며 바보 같은지 저마다의 이야기들이 이어지는 동안 나는 강 건너의 불빛들을 바라본다. 불빛 너머 한 아파트에서 한 남자가 무슨 생각으로 나를 기다리고 있을지 궁금해진다. 아니, 나를 기다리고 있기나 할지……

더 이상 한기를 견딜 수 없어 무릎 담요를 끌어당긴다. 불 밝힌 유람선이 손에 잡힐 듯 가까이 지나간다. 세헤라자데처럼 끝없이 이야기를 풀어 가는 나의 친구들. 아라비안 나이트처럼 속절없이 깊어 가는 한강의 밤.

그날 이후, 걷고 또 걸었다. 답답해서 아침마다 집을 나섰는데 또 답답하게 실내로 들어가고 싶지 않았다. 성곽길, 자락길, 둘레길을 걷다가 해질 무렵에 돌아와 아이들 저녁을 챙겨 놓고 또다시 밤의 공원을 걸었다. 그러다 지치면 집으로 들어와 씻고 잠이 들었다.

내가 얼마나 걷기 싫어하는 사람이었는지 완전히 잊어버린 것처럼 걷고 또 걸었다. 집이라는 공간을 좋아했던 내가 기억나지 않을 만큼 밖으로 밖으로 나갔다. 그러다 보니 집에서만 지냈던 지난 시간들이 아주 먼 옛날의 일처럼 여겨졌다. 내가 익숙했던 것들이 낯설어지고 낯선 것들에 새삼 이끌렸다.

남편은 매일 늦게 들어오고 다음날 일찍 나갔다. 그 사이에 그의 방문은 항상 닫혀 있었다. 우리는 서로 마주칠 일이 없었다. 그건 내가 진심으로 원하지 않는 일이기도 했다. 그렇게 우리는 새로운 생활에 익숙해졌다. 내가 원하지 않는 일을 겪지 않아 다행이었지만, 내가 진심으로 원하는 일이 무엇인지는 여전히 알 수가 없었다.

그러는 동안 계절이 바뀌고 있다. 성곽길의 나뭇잎이 떨어지기 시작하니 성벽의 오래된 돌들이 더욱 도드라져 보인다. 돌 하나하나가 품고 있는 세월의 무게가 그대로 돌진해 오는 느낌이다. 그 무게를 고스란히 받아들이면서 나는 걷는다.

모처럼 비가 내리는 오늘, 우산을 펼쳐 들고 걸으면서 나는 빗속에 마모되어 가는 것들에 대해 생각한다. 조금씩 아주 조금씩 닳아지고 작아지는 것들. 햇빛이 내리쬐고 바람이 부는 동안에도 조금씩 닳고 아주 조금씩 작아져 왔겠지만, 이렇게 비를 맞는 동안에는 더 빠르고 더 처연하게 마모되지 않을까? 그런 생각을 하다 보니 팔뚝이며 종아리에 와 닿는 빗물이 새삼스러워진다.

이 계절도, 나의 인생도, 모든 인간관계도, 영원히 지속되지는 못한다. 그런 자각만으로도 모든 것은 금세 소중해진다. 유한성 앞에서 애틋하지 않은 게 어디 있으랴. 만물에 대한 애틋함으로 세상을 둘러보며 집으로 돌아오니 첫째가 내게 묻는다.

"언제까지 이럴 거야?"

"뭘?"

"언제까지 이렇게 바깥으로 돌기만 할 거냐고."

"바깥으로 도는 게 아니라 내가 요즘 건강을 위해서 걷기 운동을 하는 거야. 나무가 많은 길을 골라서 천천히 걷고 있어. 마음까지 튼튼해지려면 더 열심히 걸어야 해."

"마음이 왜? 아빠 때문에 그래?"

내가 원하지 않는 일을 영원히 피할 수는 없는 법. 하지만 나는 최선을 다해서 딸에게 묻는다.

"아빠? 무슨 문제라도 생겼어?"

"웃기지 마. 두 사람 지금 냉전 중인 거 다 알아."

"그래? 그럼 그냥 모른 척해 주면 안 될까?"

"그걸 원한다면 진짜 우리가 모르도록 예전처럼 지내 줘. 이렇게 냉랭한 상태로는 우리가 모른 척하기도 너무 힘들어."

"그러다가 진짜 전쟁이 일어나면 어떡할래?"

"엄마 지금 우리 협박하는 거야?"

"협박은 니네 아빠가 먼저 시작했어."

그래, 그건 협박이었다. 그 여자는 누가 뭐래도 내 첫사랑이니 건드리지 말라는 협박.

"어떤 협박? 이혼하자는 협박?"

"차라리 그런 거면 낫겠네."

그 여자를 몇 번 만났을 뿐이니 조금도 잘못한 게 없다는 듯한 그 태도를 어떻게 설명할 수 있을까? 자신들의 특별한 관계를 당연히 인정해 줘야 한다는 듯한 그 태도를.

"아빠가 첫사랑을 다시 만났대. 그저 몇 번 만나기만 했대. 그런데, 다시는 안 만나겠다, 정말 미안하다, 그런 얘기를 전혀 안 해. 내가 말을 안 하니까 자기도 말을 안 해. 이게 협박이 아니면 뭐니? 같이 살려면 입 다물어라, 그거 아냐?"

봇물 터지듯 얘기하는 나를 보며 첫째는 안쓰러운 듯 말한다.

"역시 여자 문제였군."

저렇게 노회한 말투로 대꾸할 때면 정말 이 아이가 내 딸인가 싶다. 그런데도 의지할 데라곤 이 아이밖에 없는 내 신세라니.

"그러니까 내가 어쩌면 좋겠니?"

"이쩌긴…… 아빠랑 정면 대결을 해야지. 그 여자 다시는 만나지 않겠다고 각서라도 쓰라고 해. 엄마는 왜 아무 말도 못 하는 거야?"

"못 하는 게 아니라 안 하는 거야. 말 섞기 싫어서."

그러다 진짜 이혼하게 될까 봐 두렵다는 말은 차마 할 수가 없다. 아무리 딸이라도 그런 자존심 상하는 말까지 할 수는 없다.

"아이구, 답답해. 엄마! 남자들은 말을 안 하면 몰라. 여자들이 빙빙 둘러서 말하는 건 전혀 못 알아듣는대. 그렇게 입 다물고 있으면 엄마가 뭘 원하는지 더더욱 모르지. 요구할 게 있으면 그냥 돌직구로 말하길 남자들도 원하고 있다고."

어디서 글로 배운 연애법을 내게 가르치는지…… 나는 첫째의 말을 무시하며 저녁 밥상을 차린다. 꽃가루 인생을 꿈꾸었던 결혼의 불안정한 시스템을 들키기 싫다. 그래도 열여덟 살의 딸은 포기하지 않고 마흔여덟 살의 엄마에게 충고한다.

"아빠도 아마 미안해서 그럴 거야. 이럴 때일수록 엄마가 먼저 손을 내미는 게 어때? 정말 별일 아닌 걸로 엄마가 오해했는지도 모르잖아."

"됐거든. 가서 니 동생이나 불러와. 난 또 나갈 테니 둘이서 밥 먹어."

앞치마를 벗어던지고 운동복으로 갈아입는데 동생 방에 갔던 첫째가 달려와서 비명을 지르듯 말한다.

"엄마! 얘가 집을 나갔어. 갑자기 가방을 메고 휙 나가길래 붙잡았는데 뿌리치고 나갔어."

"웬 호들갑이야? 도서관에 가는 거 아냐? 밥이나 좀 먹고 나가지……"

"아냐, 엄마. 이거 좀 봐. 우리 얘길 다 들었나 봐."

첫째가 내민 메모지에는 둘째가 휘갈겨 쓴 글씨가 적혀 있다. 열네 살, 중학교 1학년 여자 아이의 분노가 느껴지는 글씨다.

'아빠한테 실망했어요. 다시는 이 집에 들어오지 않을 테니 찾지 마세요.'

9.
소녀는 그렇게 어른이 된다

엄마도 가출 한 번 해봐, 모든 게 달라 보일 거야

소중한 것은 눈앞에서 사라졌을 때 확실해진다, 라는 말은 진부하다. 자식은 부모의 목숨과도 같다, 라는 말도 진부하다. 하지만 세상의 모든 진실은 진부함 속에 존재한다. 사라진 둘째를 찾아다닌 사흘 동안, 나는 진부한 말들의 진부한 깨달음 앞에 고개 숙이며 말문을 닫았다.

가장 먼저 떠오른 건 둘째의 친구들이었다. 이런저런 이유로 내가 갖고 있는 둘째 친구의 연락처도 많았다. 하지만 아무에게도 연락할 수 없었다. 그들이 둘째에 대해 어떤 마음을 갖고 있는지 확인할 수 없기 때문이었다. 운 좋게도 둘째와 함께 있는 친구에게 연락이 닿아 그 친구가 둘째를 배반하고 내게 사실을 알려주면 다행이겠지만, 그 과정에서 다른 친구들이 둘째의 가출을 알게 되는 건 치명적인 결과를 낳을 수 있었다.

여자 아이만 아니라면……

그래도 아쉬움 속에 핸드폰을 만지작거리며 나는 생각하곤 했다.

여자 아이만 아니라면, 당장 학교에 연락해 도움을 청할 것이다. 여자 아이만 아니라면, 경찰서로 달려가 가출 신고를 할 것이다. 여자 아이만 아니라면…… 남자 아이였다면……

여자 아이가 하룻밤이라도 집을 나갔다는 사실은 온갖 소문의 근거가 될 수 있다. 그 밤에 여자 아이가 뭐하며 지냈을지 저마다 상상력을 보태며 소문을 왜곡하고 증폭할 것이다. 그리고 그 소문은 유채의 경우처럼 평생을 따라다니겠지.

그게 무서워서 둘째를 마음껏 찾아다니지도 못한다는 자괴감에 나는 괴로웠다. 날이 추워져서 힘들겠다는 생각보다 소문에 대한 두려움이 더 크게 다가온다는 건 견디기 힘든 일이었다. 엄마로서, 그리고 여자로서.

둘째의 가출 사실을 남편에게 이틀 동안이나 알리지 않은 것도 그런 이유에서였다. 변함없이 매일 늦게 들어오고 다음 날 일찍 나가면서 방문을 닫고 생활하는 남편은 내가 말하기 전까지는 그 사실을 알 수 없었다. 나는 가능하면 빨리 둘째를 찾아내어 아무런 일도 없던 것처럼 덮고 싶었다. 무엇보다도 남편이 알게 되어 걱정하는 소리를 듣고 싶지 않았다. 여자애가 대체 어디서 잠을 자고 있는 거야? 하는 식으로 이어질 말들.

그래서 혼자 미친 듯 둘째를 찾아다녔다. 집 근처부터 시작해서 중고생들이 자주 모여 노는 동네까지 반경을 넓혀 가며 PC방, 찜질방, 카페를 뒤졌다. 아이에게 문자를 보내고 이메일을 쓰면서 엉엉 소리 내어 울기도 했다. 그러다가 느닷없이 605호의 초인종을 누르기도 했다.

"1205호에서 왔어요."

지푸라기라도 잡는 심정이라기보다는 그녀에게 뭔가 위로를 받고 싶었던 것 같다. 605호의 문이 열리는 순간 나는 터져 나오는 울음을 참으려고 입을 앙다물었다.

여자는 예상대로 집에 있었고 그녀의 남편은 예상대로 부재중이었다. 집안의 물건들이나 분위기로 봐서 남자가 살고 있는 건 확실해 보였다. 그런데도 왜 그녀에게서는 혼자 살고 있는 듯한 태도가 느껴졌던 것일까?

"어젯밤엔 모처럼 아기가 잘 잤어요. 세 번밖에 깨지 않았죠. 그래서 나도 잠을 좀 잘 수 있었어요."

부스스한 얼굴로 여자는 수줍은 듯 말했다. 우리 집에 들이닥쳤던 이후로 1년쯤 지났으니 나아졌으려나 했는데 아기는 여전히 수면 장애를 겪고 있는 모양이었다.

"어쩌면 세 번 이상 깼을지도 모르겠어요. 아기가 우는 소리도 못 듣고 내가 계속 잤는지도 모를 일이죠."

여자는 호호 웃음을 흘리기까지 했다. 수면 부족이 해소되어 컨디션이 좋은가 싶었는데 그게 아닌 것 같기도 했다. 아니, 오히려 이전보다 더 불안해 보였다.

"아기가 울면 그냥 울리라는 말도 많이 들었는데, 난 그러지 못했어요. 우는 소리를 견딜 수가 없었거든요. 그래서 출산 직후부터 늘 안고 있었고, 내 몸은 만신창이가 되었죠. 이젠 내 몸이 더 이상 견딜 수 없다고 비명을 지르는 것 같아요."

여자가 말하는 동안 아기는 헝겊 공을 따라서 거실 바닥을 기어 다녔다. 손을 뻗어 잡는 순간 굴러가 버리는 공을 또 잡아 보겠다고 기어가는 모습이 새끼 고양이 같았다.

"정말 귀여워요."

나도 모르게 미소를 띠며 말했지만, 그녀는 냉소적인 말투로 대꾸했다.

"하루 종일 같이 있어 봐요, 그런 말이 나오는가…… 저 애는 내 성격을 시험하고 내 인격의 바닥을 드러내기 위해 태어난 것 같아요. 아니면 내가 전생에 죄 지은 걸 벌주려고 나타났거나."

무슨 말을 해야 할지 알 수 없는 상황이었다. 이렇게 힘든 시기도 곧 끝날 거라는 말은 전혀 도움이 되지 않을 것이었다. 힘든 시기는 아이를 키우는 내내 여러 형태로 모습을 바꾸기만 할 뿐 결코 끝나지 않고 이어진다는 걸 그 순간 내가 절절히 경험하고 있는 중이었으니까.

"아기 아빠는 늘 바쁘신가 봐요."

어떻게 대꾸해야 할지 몰라서, 그리고 그녀의 하소연을 듣다 보니 정말 궁금해져서, 나는 그녀 남편의 안부를 물었다.

"혹시, 그 사람을 어디서 봤나요? 뭔가 알고 있는 거죠?"

"그게 무슨…… 저는 얼굴도 모르잖아요."

"먼발치에서 봤을 수도 있죠. 방금 저 사진도 봤잖아요."

장식장 위의 가족사진을 가리키면서 여자는 의심의 눈초리를 번득였다. 그러니까 거기에도 그런 부부가 있었다. 이미 끝장난 관계인데도 불구하고 무언가 필요에 의해 유지되는 결혼. 그 이상한 협력 관계.

"아기 아빠가 가정에 소홀한 모양이죠?"

반격하듯 단도직입적으로 묻자 여자는 다시 냉소적으로 꼬리를 내렸다.

"불안의 꽃을 피우고 있는 중이죠. 나무들이 자신의 죽음을 알게 되면 유난히 화려한 꽃을 피워서 자기 흔적을 남기려고 한다잖아요. 남편이 나이가 좀 많거든요."

흔히 듣는 얘기였다. 젊은 아내가 어린 아기를 키우고 있어도 불안은 자꾸만 꽃을 찾게 만드는 모양이었다.

"그나마 다행이지 않나요? 여자들은 이렇게 꽃처럼 예쁜 아이를 낳을 수 있으니……"

나는 아기를 바라보며 위로하듯 말했다. 거실을 기어 다니던 아기는 어느새 탁자를 잡고 일어서서 나를 빤히 쳐다보고 있었다. 유난히 까만 눈동자를 빛내던 둘째의 어릴 적 모습이 떠올랐다. 그제야 정신을 차리고 주머니 속에서 둘째의 사진을 꺼내려는데 여자가 소리치듯 말했다.

"다행? 아이를 낳으면 얼마나 많은 것이 변하는 줄 알아요?"

"그럼요, 저도 겪어봤으니까요. 몸도 마음도 오로지 아이를 위해서만 존재하는 것처럼 변해 버리죠. 옥시토신이랑 또 무슨 호르몬이 넘쳐나면서 엄마 뇌가 사랑에 빠진 사람의 뇌처럼 변해서 강력한 모성을 만들어 낸다던데, 정말 신기하지 않아요?"

"신기하다고요? 내 몸 안에서 무언가가 끊임없이 나를 조종하다가 그게 세상에 나오면 내 생활을 완전히 다 망가뜨리는데? 그건 끔찍하고 무서운 일이죠."

때맞춰 아기가 울음을 터뜨리자 여자는 투덜거리며 아기띠를 찾았다. 아기는 좀처럼 울음을 멈추지 않았다. 캥거루처럼 엄마 품에 매달려서 울어 대는 아기를 멍하니 보고 있다가 나는 자리에서 일어섰다.

지금 둘째의 사진을 보여 준다 해도 이 여자 눈에 제대로 들어올 리가 없겠지…… 둘째의 얼굴을 알아본다 한들 이 여자가 내게 무슨 도움을 줄 수 있을까? 나의 상황에 대한 공감과 위로 따위는 사치일 뿐.

뒤늦은 깨달음에 서둘러 인사를 하고 605호를 나서는데 문득 아기가 너무 늦되는 게 아닌가 하는 생각이 들었다. 배밀이하며 기던 때가 1년 전이었으니 지금쯤 걸음마를 하고 있어야 할 텐데…… 걸을 수는 있지만 아직도 기는 게 편해서 그러는 걸까? 발육에 무슨 문제라도 있는 걸까?

여러 생각이 들었지만 605호의 문을 닫으며 돌아서는 순간 또다시 휘몰아치는 둘째 걱정으로 나는 곧 모든 것을 잊어버렸다.

그리고 또 오석호가 있었다. 둘째를 찾아 헤매다 무언가 위로받고 싶은 마음에 나도 모르게 잠시 기대었던 사람.

둘째가 집을 나가고 두 번째 밤이 깊어갈 때였다. 모처럼 6학년 5반 모임이 있는 날이었지만 나는 당연히 나갈 수가 없었다. 남편과 냉전으로 접어들면서부터 모임에 자주 빠진데다 그날은 못 나가게 되었다는 댓글조차 쓰지 못한 상황이었다. 그래서 걱정을 했다며 오석호는 우리 집 근처까지 찾아왔다.

"진짜 별일 없는 거제? 내 지금 너거집 근처에 있는데 잠깐 나올 수 있나? 니 얼굴이라도 확인해야 내가 안심을 하겠다."

그 목소리가 울컥 반가웠다. 평소 같으면 결코 나가지 않았을 상황인데도 나는 어느새 석호를 향해 달려가고 있었다. 그만큼

지쳐 있었다는 증거였다.

"니가 계속 안 나오니까 억수로 궁금하더라. 그라고…… 보고 싶더라."

석호는 어지간히 취한 듯했다. 술기운을 빌려서 그는 계속 중얼거리듯 말했지만 내 귀에는 잘 들어오지 않았다. 그 순간 내게 필요한 건 그저 옆에 있어줄 따뜻한 존재일 뿐이었다. 그러거나 말거나 석호는 꿋꿋했다.

"어릴 때 니는 참 얌전하고 성숙한 아이였다. 그라고 억수로 친절했제. 내가 어릴 때 좀 모자라서 준비물도 못 챙겨 올 때가 많았는데 그때마다 내를 도와준 게 니였다. 지우개도 빌려주고 스케치북도 뜯어주고…… 유리창 청소하면서 얼룩을 못 지워 고생할 때도 니가 어느새 내 옆에 와서 도와주고 있었지."

그랬었나? 전혀 기억나지 않는다. 내가 모든 친구에게 친절한 아이였다는 건 사실이지만……

토요일에서 일요일로 접어든 한밤의 놀이터는 고요하고 차가웠다. 그 시간에 찾아 들어갈 만한 주점이나 카페도 없었지만 밖에서 헤매고 있을 둘째를 생각해서라도 실내에 들어갈 수가 없었다. 잠시라도 얼굴 보고 가겠다던 석호는 벤치에 앉은 채 미끄럼틀을 바라보며 하염없이 중얼거리고 있었다.

"중학교 가고 나서도 한동안 니 생각이 나더라. 학교에서 뭔가 곤란한 일이 생기면 어디선가 니가 나타나서 도와줄 거 같았거든. 그때 한창 소피 마르소가 인기였는데 그 여자 사진 보면서 항상 니 생각을 하고 그랬다. 많이 닮았잖아."

"뭐가 닮아? 얼굴이 길어서?"

그쯤에서 나는 그만 피식 웃으며 대꾸했다. 술 취한 사람을 맨 정신으로 상대하는 건 생각보다 쉬운 일이 아니었다.

"아이다. 니 어릴 때 모습이 딱 소피 마르소였다. 6학년 때 이미 성숙해서 그 배우보다 더 예뻤지. 물론 지금도 예쁘고…… 내한테 니는 변함없는 첫사랑인 기라."

인생은 타이밍이라는 진리가 새삼 떠오르는 순간이었다. 지난여름의 한강 모임 직후쯤이었다면 석호의 고백에 마음 설렜을지도 모른다. 하지만 모든 것은 때가 있는 법. 남편의 첫사랑 타령이 불러온 어마어마한 사태 앞에서 석호의 말들은 그저 우습고 부질없는 얘기일 뿐이었다.

"별일 없다니 어쨌든 다행이고, 이래 잠깐이라도 얼굴 보니 참 좋네. 앞으로 혹시 무슨 일 생기면 내한테 연락해라. 도울 수 있는 건 뭐든지 도와주께."

내가 너무 뜨악한 모습을 보여서 그런지 석호는 서둘러 이야기를 마무리하고 떠났다. 집으로 들어오는 동안 그의 의젓한 목소리가 한동안 귀에 맴돌았다. 나도 누군가에게는 첫사랑이었고 아직도 그가 내게 마음을 보여준다는 건 신기한 일이었다. 위로를 넘어서 도움까지 주고 싶다는 그의 태도가 인간적으로 고마웠다.

이미 새벽으로 향하고 있는 시간, 남편의 방문은 닫혀 있었다. 나는 그 방문을 한동안 노려보다가 이윽고 가까이 다가가서 노크를 했다. 이러다 정말 밖에서 위로를 찾는 여자가 되어 버릴까 봐 두려웠다. 화를 내든 말든 일단 남편과 부딪쳐 보는 게 우선일 듯 싶었다.

"애가 집을 나가고 밤이 두 번이나 지났는데 전혀 몰랐지? 다행히 주말이라 학교에 알리지 않고도 넘어가는 중이지만 월요일이 되면 나도 어떻게 해야 할지 모르겠어. 오늘 중으로 무조건 찾아내야 해."

그리고 나는 쪽지를 내밀었다. 둘째의 사진과 함께 계속 주머니에 넣고 다니던 그 쪽지를.

'아빠한테 실망했어요. 다시는 이 집에 들어오지 않을 테니 찾지 마세요.'

내 탓이 아니라고 책임을 떠넘기듯 내밀었던 그 쪽지에서 남편은 한동안 시선을 떼지 못했다. 낮은 목소리로 나는 말했다.

"부엌일은 전혀 하지 않던 사람이 갑자기 커피콩을 볶을 때부터 난 눈치채고 있었어. 애들이라고 아무 눈치가 없었겠어? "

쪽지 위로 눈물이 툭 떨어지는 순간, 나는 그 방에서 나왔다. 잠시 후 남편이 첫째를 깨워 뭔가 얘기하는 소리가 들려왔지만 신경 쓰지 않았다.

나는 다만 남편이 이끄는 대로 다시 둘째를 찾아 나섰을 뿐이었다. 무섭도록 화난 듯한 표정으로 남편은 내가 들렀던 PC방, 찜질방, 카페 등을 뒤졌다. 나는 아무런 표정 없이 그의 뒤를 따랐다. 서로 아무 말이 없었지만 우리는 그 순간 완벽한 협력자였다.

그러다가 첫째가 알려 줬다는 대학가 만화카페 앞에 이르렀을 때, 나는 탄식을 섞으며 말했다.

"난 이런 곳이 있는 줄도 몰랐어. 언니라는 녀석이 동생 너무 예민하다고 툴툴거리기만 하고 걔가 요즘 어떤 곳에 드나들고 있는지는 알려 주지도 않다니…… 엄마가 고생하며 찾고 있는 거 뻔히 알면서……"

"엄마가 당연히 찾아올까 봐 여긴 아예 안 왔을 거라고 생각했겠지. 그래도 일단 들어가 보자고."

남편을 따라 들어간 그곳에서 둘째는 발견되었다. 남편은 여전히 화난 듯한 표정으로 둘째를 데리고 들어와 말없이 자기 방의 짐을 정리하기 시작했다. 그리고 그 방을 둘째에게 내주었다. 거실로 나온 남편의 책상은 제법 그럴듯한 가족 테이블로 탈바꿈했다. 아이들까지 거기에 둘러앉힌 뒤 그는 말했다.

"할아버지는 내가 사춘기 때 방을 따로 내주셨다. 생각해 보니까 그게 참 고마운 일이었어. 너희 둘이 투닥거려도 같은 방을 쓰면서 사이좋기를 바랐는데 그건 내 욕심이었던 거 같고……

이제부터 각자 방을 쓰면서 자유롭게 지내라. 그 대신 공부를 더 열심히 해야 한다. 알겠지?"

아이들은 얌전히 고개를 끄덕였다. 나는 그저 의아한 표정으로 남편을 바라보았다. 그는 내 손을 끌어당겨 잡으며 말했다.

"그리고 나는 이제부터 커피 볶는 거 안 할 거다. 그건 엄마가 싫어하는 일이거든. 너희들도 집안에 연기 가득 차고 커피콩 껍질 날리는 거 싫다고 했지?"

난 안 그런데? 연기도 상관없고 껍질도 상관없고 로스팅한 커피도 엄청 좋아하는데?

남편의 손을 뿌리치며 반박하려는 순간, 그가 선언했다.

"사실 난 커피믹스를 더 좋아한다. 폼 잡고 마시고 싶어서 생두 사들이고 불 피우고 앉아 나무 주걱 휘젓고 해 봤지만 사실 내 입맛엔 커피믹스가 더 좋아. 사람도 마찬가지지. 아빠한테 오래되고 소중한 여자 친구가 있지만 아무리 그래도 니네 엄마보다 소중하겠니? 그런 점은 너희들이 오해하지 않았으면 좋겠다."

"어쨌거나 여친을 사귄거잖아요. 엄마 몰래 아빠가 배신한 거잖아요."

"아니다. 여친 아니고 그냥 한 사람의 친구일 뿐이야."

"그러니까 그냥 여자사람친구라는 얘기겠지. 맞죠, 아빠? 그리고 이젠 그렇게 자주 만나지도 않을 거죠?"

"물론이지. 그리고 이전에도 자주 만나지는 않았다. 날 믿어 줘."

둘째가 발끈하는 걸 보다 못한 첫째가 나서면서 상황은 정리되었다. 아이들이 각자의 방으로 들어간 뒤, 남편과 나는 커피믹스를 진하게 나누어 마셨다. 예맨 마타리 원두로 풀시티 로스팅한 커피가 잠시 생각났지만 동시에 그녀의 얼굴이 떠올라서 나는 애써 그 생각을 지웠다. 그깟 원두 커피, 안 마시면 그만이다. 손님용으로 사둔 커피믹스를 사실은 나도 자주 마시며 좋아했으니까.

둘째가 주인공으로 나선 드라마는 그렇게 막을 내렸다. 어쩌면 다시 속편이 이어질 수도 있겠지만 일단은 모든 게 잠잠해진 듯 싶었다. 둘째는 한동안 제 방에서 잠만 잤다. 사흘 동안 한숨도 못잔 아이처럼 자고 또 잤다. 그리고 마침내 잠에서 깨어나 일상으로 돌아온 뒤, 부쩍 어른스러워진 목소리로 내게 이런 저런 이야기를 들려주기 시작했다.

❀

엄마는 내가 가출한 뒤 PC방에 들락거릴 거라고 생각했다지만, 나는 그때 메일도 열어 보지 못 했어. PC방에 한 번도 가본 적이 없는 나는 낯선 그곳에 들어갈 생각조차 하지 못했거든. 그만큼 엄마는 나에 대해서 몰라. 그러니까 우리가 서로에 대해서 모르기는 마찬가지지.

물론 나는 나 자신에 대해서도 몰랐어. 내가 가장 모른다고 깨달은 게 바로 그거였어. 내가 이리도 대책 없는 인간이었다니!

처음엔 곧장 만화카페로 가서 자유를 만끽하느라 정신이 없었어. 지하였으니까 밖이 어두워지는지도 몰랐지. 하지만 밤이 깊어 카페가 문을 닫으면 나는 현실의 어둠을 온몸으로 경험해야만 했어.

밤은, 생각보다 불쾌했지. 12층 베란다에서 내려다볼 때에는 뛰어들고 싶을 만큼 화려해 보였던 밤거리의 불빛들이 지상에서 겪으니 부자연스럽게만 느껴졌어. 마치 어둠의 냄새를 덮으려고 마구 뿌려댄 향수 같았어. 모든 향수가 그렇듯 어둠을 완전히 제압하지도 못하면서.

갑자기 몰려드는 졸음을 참으며 나는 동네 찜질방을 찾았어. 평소에 자주 가는 곳이라서 너무도 자연스럽게 그쪽으로 발길이 향했는데 뜻밖에도 나는 찜질방 입장을 거부당했지. 밤에는 보호자가 있어야만 한다는 거야.

거리로 나서니 다시 요란한 밤 풍경이 눈앞에 펼쳐졌어. 인위적인 불빛들이 가리고 있는 축축한 어둠이 자꾸 눈에 들어왔지. 나는 가장 밝은 곳을 향해 눈을 돌렸어. 24시간 편의점. 망설임 없이 환한 곳이었어.

컵라면 하나를 허겁지겁 다 먹고 나자 비로소 편의점 내부의 모습이 눈에 들어오더라. 등하굣길에 늘 마주치며 자주 들르기도 했던 곳이지만 밤의 풍경은 완전히 달라 보였어. 이상하게도 비현실적으로 느껴지는 풍경이었지. 꿈이라는 걸 알면서 계속 꾸고 있는 꿈같았어. 편의점의 정직한 조명과 창밖 거리의 몽환적인 불빛과 그 사이에 존재하는 어둠. 언젠가 엄마와 나누었던 대화가 불현듯 떠올랐어.

"네가 거짓말하는 거, 난 다 알고 있어. 알면서도 속아줄 때가 많아."

"왜?"

"너한테 시간을 주기 위해 그럴 때도 있고 그냥 귀찮아서 그럴 때도 있지."

깊은 밤, 편의점 창밖의 거리를 바라보면서 나는 엄마의 심정을 이해할 것 같았어. 세상에 대해 다 알면서도 속아 주고 있는 듯한 기분이 들었기 때문이야. 하지만 엄마가 실제로 내 거짓말을 다 알 수 없듯이 나 역시 세상을 다 알 수는 없겠지. 우리는 다만 짐작만 하고 있을 뿐.

그러니까 말인데, 엄마도 아빠한테 적당히 속아 주는 게 어때? 엄마도 어차피 아빠를 잘 모르잖아? 뭐 이건 그냥 내 생각이고…… 아무튼.

나는 하얀색 플라스틱 테이블에 컵 커피를 올려놓고 의자 등받이에 몸을 기대어 보았어. 플라스틱 의자는 뭔가 불안했어. 하지만 여유로운 척 폼을 잡으며 커피를 마셨지. 커피보다 우유가 더 많이 섞인 음료를 빨대로 먹으면서 무슨 폼이 났으랴마는.

내 처지만큼이나 불안하고 궁색한 포즈로 나는 그렇게 천천히 시간을 흘려보냈어. 그러다 보니 흘러가는 시간이 눈앞에 보이는 것도 같았어. 2박 3일 동안, 시간은 나의 유일한 친구였지.

현실의 친구들에게는 아무런 연락도 하지 않았어. 집을 나서는 순간만 해도 친구들을 만나 실컷 놀고 싶었는데 막상 밖으로 나오니까 그 생각이 사라지고 말더라. 어차피 친구들은 학원에 있을 시간이었고.

늦은 밤, 집으로 들어간 친구들에게 전화를 하고 싶지도 않았어. 내가 부른다고 그 시간에 나올 친구들이 아니었어. 막상 집을 나오고 보니 '가출'이라는 단어가 친구들에게 떠벌릴 만큼 멋지게 느껴지지도 않더라. 그런 생각을 하다 보니 황당하면서 조금 슬퍼지기도 했어.

그래서 나는 그저 내 앞의 시간에만 열중했어. 난생처음 내 마음대로 낭비할 수 있는 시간. 그 시간의 대부분을 나는 만화카페에서 보냈어. 늦은 밤에는 편의점에서 컵라면과 우유커피로 버티며 또 만화책을 보았지. 그러다가 새벽이 되면 버스를 탔어.

익숙한 풍경을 지나 낯선 풍경을 거쳐 다시 낯익은 곳으로 돌아오는 동안, 버스 안에서 나는 고개를 꺾으며 자다 깨다를 반복했어. 버스 안의 분위기는, 이른 새벽에 편의점 창밖으로 바라본 느낌 그대로였어. 밝고 안락하고 심지어 포근했지.

흔들리는 버스 안에서 잠깐씩 꿈을 꿀 때면 만화책의 스토리가 제멋대로 이어졌어. 그리고 로맨스 소설들, 예전에 봤던 드라마들…… 버스에 사람들이 많아지면 나는 다시 만화카페로 향했어.

그렇게 반복된 두 번째 아침. 지갑 속이 텅 비어 현금입출금기를 찾다가 문득 걱정에 빠져들었지.

'이 통장까지 다 비어 버리면 어떡하지?'

그토록 중요한 걱정이 그토록 늦게 떠올랐다는 사실에 나는 어처구니가 없었어. 아무리 생각해도 나는 정말 대책 없는 인간이었던 거야.

그날, 엄마가 만화카페에 나타나서 처음 했던 말도 그거였지.

"이 대책 없는 녀석아!"

엄마의 얼굴을 보면서 나는 깨달았어. 집을 나설 때부터 나는 바로 이 순간을 기다리고 있었다는 것을. 그리고 반드시 이런 순간이 오리라 믿고 있었다는 것을.

"난 정말 네가 여기에 있을 줄은 몰랐다."

만화카페 간판을 올려다보며 엄마는 한숨을 쉬며 말했지.

'나도 정말 여길 3일 동안이나 드나들 줄은 몰랐어. 엄마가 좀 더 일찍 찾아올 줄 알았지.'

혼잣말을 삼키며 나는 어색한 표정을 관리하느라 애썼어. 나 잡아가라며 등잔 밑에 앉아 있었던 나로서는 정말 어떤 표정을 지어야 할지 난감하더라. 내가 꿈속을 돌아다니는 동안 엄마는 전혀 다른 곳에서 나를 찾고 있었던 모양이야. 처음엔 아마도 금방 집으로 들어오리라 생각했겠지. 용돈 모은 통장 하나로 얼마나 버티나 싶었겠지.

그래, 막상 나와 보니 별다른 대책이 없었음을 순순히 인정할게. 멀리 떠날 용기도, 일탈을 해 볼 배짱도 없었다는 걸.

무엇보다도 나는 집이 그리웠어. 엄마 아빠의 냉전을 제외한 나머지 것들이 모두 그리웠어. 나는 그 안락함을 던져 버리고 멀리 떠날 인물이 못 되었던 거야. 그래서 무릎을 꿇듯 엄마 아빠의 뒤를 따라 집으로 들어왔던 거지.

텔레비전, 소파, 이불, 컴퓨터, 냉장고……. 그런 것들이 새삼 얼마나 사랑스러워 보이던지…… 흔들리는 버스 안의 안락함과는 비교도 안 되는 안락함. 기꺼이 내 자존심과 바꿀 만한 것들.

졌다. 완벽하게 졌다. 달콤한 패배를 나는 인정했어. 스스로 집에 들어온 게 아니라 분명히 엄마 손에 끌려 들어왔으니까 흔히 말하는 최악의 결과는 아니었지만, 엄마가 찾아올 만한 곳을 떠나지 않았고 엄마가 눈앞에 나타나자 반가워서 눈물까지 흘릴 뻔했으니 스스로 집에 기어 들어온 패배자들과 다를 바가 없을 거야. 인정해.

돌아오니 진짜 새삼스럽게 모든 게 고마워. 요즘은 엄마도 힘들어 보이던데 계속 그렇게 힘들면 엄마도 가출 한 번 해 봐. 모든 게 새롭고 사랑스러워 보일 거야. 그런 의미에서, 가출 강추!

❀

"가출 강추라니, 이런 발랄한 녀석을 봤나."

미주가 소녀처럼 까르르 웃는다. 불현듯, 미주에게 아이가 없다는 사실이 떠오른다. 내가 너무 아이 얘기만 길게 늘어놓은 건 아닌지……

"나도 사춘기 때 그런 생각 많이 했지만 막상 실행에 옮기지는 못했는데…… 은하 둘째, 보통내기가 아니네. 그 시절에도 24시간 편의점이 있었다면 나도 가출에 성공했을까?"

내 걱정은 기우라는 듯 미주는 자신의 사춘기를 회상하며 즐거워한다. 그래, 아이를 키우지 않아도 누구나 한 번은 아이였으므로 대화의 공감대는 형성된다. 예상보다 훨씬 더 밝은 모습의 미주를 보면서 나는 괜스레 안도한다.

"은하 너도 가출해 봐, 딸이 강추한 대로."

"그랬다가 남편이 내를 안 찾아 나서면 우짜노?"

미주의 말에 웃으며 대꾸하는데 문득 오석호가 떠오른다. 정말 남편이 나를 찾지 않는다면, 나는 이제 오석호를 불러내지 않을까? 도와줄 수 있는 건 뭐든지 도와주겠다고 호기롭게 말하던 남자. 내게도 오석호 같은 존재가 있다는 건 뿌듯한 일이다.

하지만 미주가 그토록 분노했던 강희주 사건의 중심에 있는 오석호이므로 나는 섣불리 그에 대한 얘기를 꺼내지는 못한다. 그나마 소설 얘기하면서 유채한테 먼저 연락해 온 미주가 나도 같이 한 번 만나자고 제안했다니 이제 동창들에게 섭섭한 마음은 사라진 듯해서 다행일 따름이다.

"부모가 우습게 보이면 애들이 가출할 맘을 갖더라. 내 경우에는 그랬다. 물론 사춘기 애들이란 맨날 핑계거리를 찾는 녀석들이긴 하지만."

유채의 말에 나는 결국 남편 일을 얘기하고 만다. 가출할 마음을 먹을 정도로 둘째를 실망시킨 남편의 행태를……

"힘든 시절 다 견뎌냈는데 이제 와서 이혼하는 건 죽어도 싫은 기라. 근데 기분은 더럽고…… 참 이게 못할 짓이더라."

유채와 미주 앞에서 모처럼 나의 고민을 털어놓다 보니 문득 내가 이 자리의 주인공이 된 듯한 기분이 든다. 이런 기분 때문에 우리는 그토록 자주 모여 앉아 오래도록 수다를 떨며 남자 얘기를 하곤 했던 모양이다.

"아이고, 계속 내 얘기만 했네. 미주 오랜만에 만났으니 미주 얘기도 들어야 하는데…… 그래, 소설은 잘 쓰고 있나? 유채한테 이야기는 많이 들었나? 유채가 니 소설에서 주인공으로 등장하는 건 맞나?"

"응, 주인공이지. 근데 유채 인생이 내 생각보다 훨씬 더 드라마틱해서 어떻게 정리를 해야 할지 모르겠네. 진짜 상상 그 이상이더라."

"맞다. 유채 저 가스나 정말로 결혼하는 줄 알았던 게 몇 번인 줄 아나? 인자는 안 속을 끼다."

"그게 참 그렇더라. 결혼이라는 게 나이 들수록 쉽지가 않더란 말이다. 어릴 때 아무 생각 없이 해 버려야 결혼이 가능한 게 아닌가 싶다."

"그래 봤자 이혼했잖아. 나도 그렇고…… 헤어지지 않고 사는 은하도 그다지 만족스런 생활은 아닌 거 같고…… 나는 첫 결혼은 엄마 때문에 했는데 결국 이혼하고 엄마랑 사이도 나빠졌지. 두 번째 결혼은 내 맘에 드는 남자라고 생각했지만 그 마음이 금방 떠나 버리더라. 마음이란 건 정말 부질없더라고. 그래 놓고도 세 번째 결혼은 무슨 마음으로 했는지 모르겠어. 어리둥절할 정도로 그때 그 마음이 기억이 안 나네."

너무도 간단하게 세 번의 결혼을 정리해서 말해 주는 미주를 보니 우리가 많이 늙어 버렸다는 생각이 든다. 이렇게 카페에 앉아 수다 떠는 걸 즐기기 시작한 그 시절로부터 정말 아득히 멀어진 것 같다. 옆자리에 앉은 남학생들을 의식하며 한껏 폼 잡고 앉아 이름 예쁜 칵테일 따위를 홀짝거리던……

"이래 얘기하다 보니까 광안리 생각나네. 광안리 카페촌 형성에 우리가 얼마나 기여를 많이 했노? 그때 하나둘 생겨나던 카페에서 보낸 시간이 교실에 앉아 있던 시간보다 더 많은 거 같으니…… 진짜 질풍노도의 여고시절이었제."

"그래, 진정한 질풍노도였지. 바람이 강한 날에는 그 세찬 파도가 좋아서 카페 창밖을 하염없이 바라보다가 결국 다 같이 뛰쳐나가곤 했잖아."

"지붕, 아지트, 하늘목장, 모티브…… 1980년대식 카페 이름까지도 억수로 그립다야."

내가 꺼낸 카페 얘기에 미주도 유채도 미소 지으며 맞장구를 쳤다. 친구들의 눈가에 잡히는 잔주름이 그 세월을 고스란히 보여 주고 있다. 바람 부는 바닷가로 뛰쳐나가던 여고시절로부터 너무도 멀어진 우리는 이제 카페 창밖 테라스에 앉을까 말까 망설이다 실내에 자리를 잡는 나이. 무릎 담요와 난로가 있어도 테라스 좌석은 너무 추워 보인다.

하지만 지금은 테라스로 나가고 싶다. 기껏해야 도시의 공기를 마시며 건물들과 행인들이나 구경하겠지만…… 아, 그래 친구들의 손을 잡고 성곽길이나 둘레길을 걸으면 참 좋겠는데…… 역시…… 생각만으로도 너무 춥고 멀다.

"아, 맞다, 미주 니도 박성규 알제? 갸도 그때 지붕이랑 모티브에 자주 갔었다더라."

"그래? 그런데 왜 한 번도 못 봤지?"

"보기보다 수줍음이 많아서 우릴 보면 피했나 보더라. 1학년 때 저거 학교 축제에 갔던 우리 셋도 먼발치에서 봤는데 쑥스러워서 인사도 못했다니……"

"머스마, 봤으면 아는 척이라도 하지. 성규 갸가 영재하고 같은 학교였다 아이가. 그때 거기 축제에 갔던 거 기억난다."

"그렇나? 나는 와 기억이 안 나는지 모르겠네. 남학교 축제에 몇 번 갔던 건 기억나는데 구체적으로는 기억이 안 난다."

"나는 기억나. 은하는 검은 코트, 유채는 빨간 코트, 나는 하얀 코트 입었던 것도."

"아, 그러니까 생각난다. 그 학교 정문이 오르막에 있어서 힘들게 걸어갔던 것도…… 색깔까지 맞춰 입은 듯한 코트 차림에 다들 한 번씩 더 쳐다봤던 기억도 나네. 우리가 그때 얼마나 잘난 척하면서 도도하게 걸어갔었노, 그자? 생각해 보면 진짜 유치한 일이었는데……"

새삼 부끄러운 마음에 얼굴까지 붉어지는 것 같은데 미주는 담담하게 내 말을 받는다.

"우리의 흑역사를 이제 와서 지울 수도 없고, 어쩌겠어? 그럴수록 더 뻔뻔하고 당당하게 행동하는 수밖에. 성규는 그때 동창회에서 봤는데 얼굴이 좋아 보이더라."

"갸가 지금 싱글이거든. 딸은 어머니가 키워주고 지는 화려한 싱글라이프를 즐기는 거 같더라."

"맞다. 그래 살아야하는 긴데…… 뒤늦게 결혼할라꼬 애쓰다 보니 일이 꼬이고 또 꼬이네. 이 남자하고도 결국 결혼은 안 될 꺼 같다."

느닷없는 유채의 탄식에 미주와 나는 동시에 몸을 앞으로 기울이며 집중한다. 유채는 뜻밖의 말들을 계속해서 이어나간다.

"아부지가 물려준 유산도 이제 얼마 안 남아서 결혼을 꼭 하고 싶었거든. 근데 그걸 목적으로 하니까 더 안 되는 거 같다. 처음부터 결혼을 전제로 사람을 만나니까 이 나이엔 참 힘드네."

유채 특유의 높고 발랄한 목소리마저 한껏 가라앉았다. 대책 없는 자신감과 어이없을 정도로 긍정적인 태도마저 한순간에 사라졌다. 그 모든 것을 지탱한 것은 결국 돈이었던가.

"먼 소리고? 그 많은 돈을 다 썼단 말이가? 그라믄 남은 돈으로 가게라도 차려서 니가 돈 벌 생각을 해야지, 결혼하면 누가 따박 따박 돈 주는 줄 아나?"

나는 흥분해서 말했지만 의외로 미주는 차분하게 입을 연다.

"주부로서 충실히 생활하면 떳떳하게 생활비를 받을 수는 있지. 유채가 삶의 태도를 바꾼다면 그것도 나쁜 선택은 아니라고 봐."

이렇게 생각이 바뀌기까지 미주가 어떤 일을 겪어 왔는지 문득 궁금해진다. 우리가 만나지 못했던 지난 10년 동안 미주에게 무슨 일이 일어난 것인지……

"낮에 여유롭게 친구들이랑 밥 먹고 카페에서 차 마시며 수다 떨고…… 은하 너도 이런 생활을 즐기고 있잖아. 물론 집에서는 열심히 일하는 주부겠지. 유채라고 이런 생활을 하지 말란 법은 없잖아."

유채가 어떤 결혼생활을 했었는지 모르나? 물어보려다가 그만 둔다. 미주도 그걸 모를 리가 없다. 그래서 나는 이렇게 말한다.

"이런 니 모습이 참 낯설다. 얼마 전까지만 해도 동창 커뮤니티에 글을 올리면서 상식이 통하지 않는 곳이라며 분노했던 모습은 어디로 사라졌노? 정치권에 새바람을 일으킨 정당에서 활약하던 그 멋진 모습은?"

"바른사회당? 좌파도 우파도 아닌 중도? 그런 이상적인 형태의 정당은 이 땅에선 불가능하다는 걸 그때 깨달았지. 결국 해체되고 흔적도 없이 사라졌잖아. 동창 커뮤니티에서야 그냥 꽥 소리 한 번 질러 본 거고…… 이제 난 이 세상이 변한 걸 인정하기로 했어. 아니, 원래부터 이런 세상이었던 걸 받아들이기로 했어. 이상적인 걸 꿈꾸면서 목소리 높여 봤자 소용 없어. 무엇보다도 사람들의 수준이 그걸 따라가지 못하지. 토익책도 900점 대상은 안 팔린다고 하더라. 팔리는 건 늘 400점대래. 990점 만점인데도…… 시청자를 초등학교 5학년 수준에 맞춰서 방송을 제작하라는 말도 있지. 나도 그런 소설을 쓸 거야. 독자들의 아이큐는 평균 100이라는 걸 잊지 않으면서."

우리끼리 망년회를 갖자며 모인 자리였다. 나이 한 살 더 먹기 전에 얼굴 보자는 미주의 제안에 원숙하고 여유로운 우리들의 모습을 기대하며 나온 자리. 이곳에서 나는 아직도 흔들리고 완성되지 않은 우리들의 초상을 본다. 아직도 욕망에서 자유롭지 않은 우리들의 맨얼굴을 본다.

쉽게 살아가고 싶은 욕망, 세상과 타협하고자 하는 욕망, 남편과 자식이 제 뜻대로 움직여주길 바라는 욕망…… 그 모든 것까지도 다 내려놓고 편안해질 때는 과연 언제일까? 그런 날이 이 삶에서 다가오기나 할까?

누구도 대답할 수 없는 질문에 사로잡히면서 나는 마흔아홉 살을 목전에 둔 나의 여자사람친구들을 바라본다.

10.
못다 한 사랑은 추억이 되고

나는 너의 첫사랑, 너는 나의 남자사람친구

그래서 남편과 아름다운 화해를 했느냐, 하면 그러지 못했다. 애당초 우린 싸운 게 아니었으므로 화해라는 말은 어울리지 않는지도 모르겠다. 어쨌거나 남편이 내민 손을 잡았다고 해서 모든 게 해결된 건 아니었다. 그건 일방적인 그의 제스처에 불과했고 나는 그냥 얼떨결에 호응했을 뿐이니까.

자신만의 방이 없어졌기 때문에 남편은 내 눈앞에 자주 보였다. 그게 어색했다. 남편은 예전처럼 꼬박꼬박 밥을 먹겠다고 식탁 앞에 앉았다. 그게 귀찮았다. 어색함을 견디며 귀찮은 노동을 하면서 나는 남편이라는 존재와 그동안 셀 수 없이 차려 온 밥상의 의미에 대해 생각했다. 그가 돈을 벌어 오고 나는 밥상을 차리면서 살아 온 22년에 대해 생각했다.

"그 여자사람친구하고 다시는 만나지 않겠다고 각서를 쓰세요."

첫째는 당돌하게 제 아빠에게 요구했고 거짓말처럼 그는 각서를 써 주었다. 딸에게 쓴 것인지 아내에게 쓴 것인지 모호한 내용의 그 각서는 지금 나의 화장대 서랍 속에 들어 있다. 하지만 그것은 종이 조각에 불과하다는 걸 나는 안다. 그 순간 우리 가족의 화합을 위한 상징으로서의 소임을 마치고 다시 원래의 모습으로 돌아간 종이 조각.

거실 테이블이나 식탁에 둘러 앉아 우리 가족은 예전보다 많은 대화를 나누었다. 남편이 어디선가 유머랍시고 듣고 와서 우리에게 들려주는 이야기에 나는 최선을 다해 웃어 주었다. 그때마다 첫째는 슬쩍 미소를 지었고 둘째는 무표정하게 고개를 끄덕였다.

"오늘 학교에서는 어떤 일이 있었니?"

남편이 의무적으로 던지는 질문에 첫째는 의무적으로 대답했고 둘째는 얼버무렸다. 그때마다 나는, 오늘 집에서는 어떤 일이 있었냐고 내게 묻지 않는 걸 다행으로 여기며 침묵했다.

말하자면 그것은 거친 봉합의 흔적이었다. 열려진 상자를 닫았으나 봉인이 뜯긴 자리의 흔적은 지울 수 없었다. 상자 안에

숨겨져 있던 것들은 계속해서 희미한 냄새를 풍겼고 그 잔상을 우리 눈앞에 불러왔다. 그래서 남편은 더욱더 필사적으로 우리를 탁자 앞에 불러 모으는 것 같았다.

그 노력은 침대에서도 계속되었다. 남편은 지치지도 않고 매일 밤 내게 다가왔다. 하지만 그때마다 나는 소스라치듯 몸이 움츠러들었다. 예전처럼 컨디션이 좋지 않아 피할 때와는 달리 반사적으로 몸이 거부한다는 걸 남편도 눈치챘을 것이다. 그래도 포기하지 않고 그는 밤마다 다가왔고 나는 밤마다 도망쳤다. 그러다가 마침내 그가 내게 다가오지 않았던 어느 밤, 나는 얼마나 기쁜 평화 속에 잠이 들었던지……

하지만 그런 나날이 계속 이어지자 이번에는 복잡한 감정이 느껴지기 시작했다. 억울함과 분노와 피해의식 등이 뒤섞인…… 그래서였을까? 며칠 뒤 남편이 다시 다가오자 몸이 움츠러들지 않았다. 그가 아직 나를 찾는다는 사실이 위로가 되는 것도 같았다. 그러나 몸과 달리 마음은 여전히 반사적으로 그를 거부했다. 자꾸만 떠오르는 기억들, 장면들, 그의 말들…… 속상한 마음에 나는 결국 또 세차게 돌아눕고 말았다.

그렇게 우리는 이른바 섹스리스 부부가 되었다. 이전에도 자주 하진 않았지만 아예 안 하는 부부가 되어 버린 것이다. 다시는 못할 것 같다는 예감은 너무 강렬해서 두려울 지경이었다.

"우린 이제 가족 같아서 말이야……"

"맞아, 가족끼리는 그러면 안 되지."

드라마에서 남자들의 졸렬한 대화가 이어질 때, 가차 없이 TV를 끄면서 나는 생각했다. 아, 그래, 우린 정말 화목한 가족이 되었나 보구나. 남편이 원하는 대로 진정한 가족이 된 모양이야……

그러니까 우린 다시 예전으로 돌아갈 수 없는 거였다. 기억을 잃지 않는 한 돌아갈 수 없을 것이었다. 그 깨달음에 몸서리치면서 나는 우리 부부 사이에 생겨난 두터운 유리벽을 매일매일 확인했다.

그래서 남편이 아닌 다른 곳에서 위로를 찾았느냐, 하면 그것 또한 그러지 못했다. 오석호는 기꺼이 내게 위안이 되어줄 태세였지만 전혀 매력적으로 다가오지 않았고, 박성규는 여전히 매력적이었지만 나와는 다른 세상에서 살고 있는 것 같았다. 마흔여덟 살을 화려하게 떠나보내자며 벌인 송년 파티에서 나는 그것을 잔인하게 확인했다.

그날 윤창수는 우리 6학년 5반 모임을 위해 자신의 레스토랑에서 가장 크고 화려한 룸을 내주었다. 그에 화답하듯 서울팀 7명은 송년회에 모두 참석했으며 유채까지 부산에서 올라왔다. 나무랄 데 없이 훌륭한 모임이었다.

일찌감치 레스토랑에 도착한 나는 하얀 테이블보에 세팅된

반짝이는 식기들과 빈 유리잔들만으로도 가슴이 설렜다. 하지만 거기에 하나씩 음식이 채워지고 와인이 거듭 채워지면서 오고간 우리들의 대화는 그 설렘과 어울리지 않았다.

"우리 은하가 오늘 너무 섹시하지 않나? 송년회라고 귀고리하고 목걸이도 하고 왔네."

계속 시선이 마주치는 석호에게 도도한 첫사랑의 자세를 유지하고 있던 나는 어쩔 수없이 인상을 찌푸렸다. 저건, 나의 자세가 맘에 안 든다는 의미일까? 아님, 나의 자세를 잘못 해석한 결과일까? 그러거나 말거나 이철우는 석호의 말을 놓치지 않았다.

"언제부터 니한테 우리 은하가 됐노? 너거 둘이 사귀나?"

"몰랐나? 학원 원장이라는 놈이 그 정도 눈치도 없어서 우짜노?"

능글맞게 대꾸하는 석호가 알미워서 나는 빽 소리를 질렀다.

"야! 늙은 동창 놀리면 재밌나? 나는 하나도 재미없다."

"맞다. 동창은 여자가 아니제. 성규 봐라, 열다섯 살 연하랑 사귄다 아이가. 그 정도는 돼야 우리한테 여자로 보이지."

이철우가 뜻밖의 제보를 하는 바람에 친구들은 술렁이기 시작했다.

"열다섯 살 연하? 진짜가? 그라믄 여자가 대체 몇 살이고? 서른 셋이가 넷이가……"

"성규가 훤칠하니 잘 생기긴 했지만 그 어린 아가씨한테도 멋있게 보일라나? 하여튼 능력 있네, 박성규."

"그쪽도 한 번 갔다 왔나? 하긴, 그 나이면 그기 무슨 상관이겠노."

"그래, 한 번 갔다 와서 애가 딸렸어도 또 충분히 낳을 수 있는 나이니까 아무 상관이 없겠네."

남자들이 흥분해서 떠들어 대자 성규는 무심히 대꾸했다.

"결혼 안 해 본 아가씨다. 나는 재혼할 생각이 없고…… 아무래도 끝내야 되겠제?"

그러자 이번에는 여자들이 오지랖 넓게 나섰다.

"재혼을 와 안 할라고 하는데? 니도 인자 안정되게 살아야지."

"그래도 열다섯 살 차이는 좀 심하다. 성규하고 대화는 제대로 되겠나?"

"여유 있는 부장님하고 연애하는 젊은 여자라니 소비 성향도 걱정된다. 결혼하면 살림이나 제대로 하겠나?."

"성규야, 이건 진짜 누나 같은 마음에서 하는 얘긴데, 그 아가씨한테 돈 너무 많이 쓰지 마라. 요즘 젊은 아가씨들이 비싼 밥 사 주고 빽 사 주는 남자라면 유부남도 마다않는다더라. 물론 그 아가씨가 그렇다는 얘기는 아니고……"

걱정을 빙자한 삐딱한 시선에도 성규는 그저 웃기만 했다. 그런 여자가 아니라고 한마디 변명이라도 했으면 나는 아마 소리쳤을지도 모른다. 아니긴 뭐가 아니야? 안 봐도 뻔하구만!

"재혼할 생각 없다고 아가씨한테 말했나?"

"말했지. 그래도 괜찮다고는 하는데 앞날 창창한 여자를 내가 계속 붙잡는 것도 못할 짓인 거 같다."

"그 여자도 비슷한 나이의 젊은 남자 만나서 고생하는 것보다 지금 니하고 만나는 게 편하고 좋아서 그라는 기다. 신경 쓰지 마라."

"어쨌든 나는 다시는 결혼 안 할 거다."

"그래, 결혼을 머 할라고 두 번씩이나 하겠노? 지금 니가 누릴 수 있는 자유를 누리는 게 최고다. 진짜 부럽네. 우리는 연애 한 번 할라고 해도 늙은 마누라 눈치를 봐야 하는데……"

석호와 성규가 주고받는 대화를 듣고 있노라니 속이 답답해졌다. 그래서 애꿎은 와인만 홀짝거리는데 윤창수는 한술 더 떴다.

"그라다가 결혼하고 싶어지면 실속도 좀 챙겨라. 니가 처음엔 멋모르고 여자 얼굴만 보고 결혼했던 거 같은데 두 번째는 그라지 말란 말이다."

"얼굴 아니면 뭘 보는데?"

"처갓집이나 여자 능력도 좀 보라고. 이런 가게 차리는 데도 힘을 보태 주는 여자가 얼마나 든든한지 아나?"

"싫다. 내는 그런 거 안 볼란다."

성규의 대답이 믿음직하다 싶었는데 이어지는 말은 또 한 번 내 속을 콱 막히게 했다.

"나는 돈보다 예쁜 여자가 더 좋다. 그래서 결혼도 안 하는 거다. 계속해서 예쁜 여자 만날라고."

"그렇나? 지금 만나는 여자도 어린 데다 예쁘기까지 한 모양이네."

"젊은 게 예쁜 거다. 예쁜 게 착한 거고."

"명언이다."

윤창수와 박성규의 대화는 갈수록 가관이었고 젊지 않아서 예쁘지도 착하지도 못한 나는 그들의 형제처럼 호탕하게 웃어 줄 도리밖에 없었다.

"나이를 이래 먹고도 그래 철없는 소리를 하나? 결혼은 비즈니스다. 인생에 몇 번 없는 그 기회를 허무하게 날리는 게 바보지. 연애는 결혼하고도 얼마든지 할 수 있잖아. 어린 여자 비위나 맞춰 주는 연애 말고 부담 없는 연애도 많다, 성규야."

그렇게 말하면서 오석호는 왜 하필 나를 쳐다봤을까? 자신만만한 그 눈빛이 싫어서 나는 황급히 먼 곳으로 시선을 돌렸다.

한밤의 놀이터에서 첫사랑의 추억을 고백한 이후, 오석호는 내게 두 번 연락을 해 왔다. 그때마다 개인적으로 만나자고 했고 그때마다 나는 거절했다. 하지만 결국엔 자신이 원하는 대로 만나게 될 거라는 듯, 오석호는 거만한 태도로 나를 바라보고 있었다. 그런 눈빛은 우선 피하고 볼 일이었다.

어쩌면 강희주도 이런 경험을 한 게 아니었을까? 너무 많이 마신 듯 싶어 와인잔을 손에 쥐고 가볍게 흔들기만 하다가 나는 문득 생각했다. 동창회가 끝난 늦은 밤에 오석호와 단둘이 술을 마신 뒤 커뮤니티를 탈퇴하며 분란을 일으켰던 그녀. 강희주가 마지막으로 그렇게 애매한 글을 올린 이유를 문득 이해할 수 있을 것 같았다.

이후로 모임에 발길을 끊은 희주는 여전히 소식이 없지만 이제는 전화라도 받을 테니 한 번 물어볼까 싶기도 했다. 오석호가 대체 어떤 인간이냐고, 나도 비슷한 처지에 빠져 버린 듯하니 그날 밤의 이야기를 좀 들어 보고 싶다고.

그러나 진실은 아무도 모르는 일. 희주는 희주의 입장에서만 말할 것이고, 그게 나의 혼란을 덜어 주리라는 보장도 없었다. 내가 누군가의 가슴 떨리는 첫사랑이었다는 환상을 깨고 싶지도 않았다. 그래서 나는 손에 든 와인잔을 빙빙 돌리기만 했다. 잔을 가득 채운 향기만 가끔씩 맡아보면서.

"남자도 돈 많은 집 장가가면 눈치 보면서 살아야 하는 거 아니가? 여자들은 보니까 대부분 그렇더라. 시집에 돈이 많거나 남편이 돈을 많이 벌면 그만큼 알아서 기더라고."

농담을 가장한 남자들의 진담을 도저히 못 들어주겠다는 듯 김민아가 나섰다. 그러자 뜻밖에도 이철우가 동조했다.

"맞다. 사실 우리 학원도 장인이 차려준 건데, 내가 운영을 잘 하고 와이프한테도 잘해서 그렇지 조금만 잘못해도 용도 폐기 될 거라고 나는 늘 생각하고 산다. 세상에 공짜가 어딨겠노?"

얌전하게 앉아 있던 최성희도 고개를 끄덕이며 말했다.

"우리 동네 여자들은 대부분 부잣집 사모님들인데 행복해 보이는 사람은 별로 없더라. 사람들의 기대치가 커서 그런지, 철우 말대로 세상에 공짜가 없기 때문인지는 몰라도 대부분 뭔가 근심이 있는 기라. 남들은 부러워하는데 본인들은 만족을 못하고…… 그나마 애인을 따로 두고 있는 여자들은 즐거워 보이는데, 그것도 뭔가 들떠 있고 스스로에게 최면을 거는 짝퉁 행복 같아서 내 눈에는 영 안쓰럽더라."

성희의 말에 귀 기울이며 나는 유채를 바라보았다. 아버지가 물려준 유산이 다 떨어져 결혼 상대를 물색 중이라는 유채. 남들이 부러워하는 결혼생활의 실체를 이미 겪어 봤으면서도 다시 그 길로 가려는 유채는 예전과 달리 모임에서 존재감 없이 조용히 앉아 있었다. 하지만 내가 바라본 그 순간 유채는 마침내 입을 열었다.

"그래도 최성희 니가 제일 젊어 보이고 부티나고 예쁘거든? 그래서 너거 동네 여자들이 나는 부럽거든?"

기습적인 유채의 말에 최성희는 웃고 말았다. 유채의 말이 사실이므로 나도 웃고 말았다. 성희의 말도 물론 사실일 것이었다.

박성규가 15세 연하의 아가씨에게도 매력적인 것 또한 사실일 것이었다. 그 아가씨의 의도야 어찌됐든 박성규가 그런 어린 여자와 연애를 하고 있다는 것 또한 사실이듯이.

그 모든 사실들을 받아들이며 나는 기어이 또 한 잔의 와인을 마셨다. 역시 술은 향기보다 맛, 맛보다 취기였다. 나를 둘러싼 모든 것들이 흐릿해지며 저마다의 경계가 지워지는 걸 바라보면서 나는 기꺼이 세상의 모든 사실들을 받아들였다.

남자 넷, 여자 넷…… 엇갈리는 시선들과 엇갈리는 대화들…… 그럼에도 불구하고 송년 파티는 화려하고 떠들썩했다. 모두가 그 화려함과 떠들썩한 분위기를 즐기기만 하기로 작정한 듯 대화는 다른 쪽으로 넘어가고 있었다. 내가 위로를 찾을 곳은 어디에도 없다는 사실마저 받아들이면서 나는 거듭 한 잔의 술을 마셨다. 받아들이기 힘든 것조차 기꺼이 다 받아들일 수 있다는 게 술의 가장 큰 미덕임을 거듭 깨달으면서.

그래서 나는 또 걷기 시작했다. 남편에게서 첫사랑에 대한 고백을 들었던 지난여름엔 답답해서 걷기 시작했으나 이번에는 그때의 경험을 잊지 못해 집을 나섰다. 그때 느꼈던 몸과 마음의 해방감을 다시 느껴보고 싶었다. 성곽길, 자락길, 둘레길을 다시 걷기 시작하자 점차 해방감을 넘어선 쾌감까지 느껴지기 시작했다.

걷다 보면 남편에 대한 생각도, 다른 남자들에 대한 생각도 전혀 떠오르지 않았다. 빠른 속도로 걷다가 어느 정도 시간이 지나면 오로지 주변 풍경만이 눈에 들어왔고 내 몸의 호흡과 심장 박동만이 느껴졌다. 말갛게 뇌가 비워져 아무 생각도 나지 않는 상태가 다가왔다. 분명히 걷고 있는데도 다리가 저절로 움직이는 것처럼 느껴졌고 전혀 힘들지 않으며 심지어 쾌감의 절정 같은 순간까지 다가왔다. 그런 순간을 경험할 때면 평생 섹스를 하지 않고 살아도 상관없을 것 같았다. 땀이 흘러내리면서 온몸의 세포 하나하나가 깨어나는 듯한 그 순간은 내가 내 몸을 온전히 자각할 수 있는 시간이었다. 내가 완벽하게 내 몸의 주인이 되는 순간이었다. 섹스 따위로는 결코 경험할 수 없는.

그러는 사이에 겨울이 지나가고 봄이 다가왔다. 마흔여덟 살이 떠나가고 마흔아홉 살이 찾아왔다. 꽃이 피고 새순이 돋아나는 계절의 빛깔이 너무 아름답고 아쉬워서 나는 지수 엄마가 만나자고 할 때에도 함께 걸으며 얘기하자고 제안했다.

지수 엄마는 봄의 자락길을 함께 걸으면서 또 다른 연애가 시작되었음을 내게 알렸다.

"대학 때 내가 정말 많이 좋아했던 선배인데, 사귀지는 않았어. 요즘 애들 말로 썸타는 관계로만 대학 시절을 다 보냈지."

그 선배를 다시 만나게 되었다는 얘기. 선배의 건강이 좋지 않아 연민과 애틋함으로 더욱 가까워졌다는 얘기. 지금 만나고 있는 애인은 애인대로 좋고 선배는 선배대로 좋다는 얘기. 결국, 양다리를 걸치게 되었다는 얘기. 아니지, 남편까지 관리하려면 세다리여야 하는 건가?

"그런데 왜 썸만 탔어? 그쪽에서 적극적으로 나오지 않았던 거야?"

"아니, 내가 철벽수비를 했었지. 나랑 같은 대학의 가난한 복학생이었으니…… 너무 비전이 없어 보이더라고. 4학년 때 지수 아빠 소개받아 연애하면서도 그 선배가 더 좋아서 주변을 맴돌았었는데…… "

남편 대신 소소한 위로를 얻을 대상 하나 찾는 것도 만만치가 않던데 남들은 참 쉽게도 연애를 하는구나, 싶었다. 아, 물론 지수 엄마는 타고난 주인공이니 모두들 그녀에게 몰려드는 것이겠지만.

"지수 아빠도 여전히 자기 많이 사랑하는 거 같던데? 엊그제 바꿔 올린 프사, 분위기가 완전 신혼부부더라."

문득 생각난 핸드폰 메신저의 프로필 사진을 언급하자 지수 엄마는 코웃음을 치며 말했다.

"그 사진? 작년에 우연히 그렇게 다정하게 찍힌 건데, 엊그제 대판 싸우고 나서 올린 거야. 나만 불행한 거 같아서 견딜 수가 없었거든. 그래서 역설적으로 다정해 보이는 사진을 프로필에 올린 거지."

"어떤 심정이었는지 이해할 것 같아. 불행을 숨기기 위한 깃발을 내걸 듯 여기저기 사진이나 글을 올리는 사람들 많을걸? 어차피 인생은 쇼니까."

"맞아. 나의 불행을 남에게 알리지 말라, 를 넘어서 나는 행복하다고 쇼를 하는 거지. 그리고 한편으로는 남편한테 보란 듯이 그 사진을 올리기도 했어. 한때는 나를 이렇게 사랑했으면서, 지금은 대체 왜 그러냐고 시위하듯이…… 남편이 연애할 때는 정말 잘해 줬었거든. 그 열정이 다 어디로 사라져 버렸는지 모르겠어. 그나마 돈이라도 잘 벌어오니까 내가 버티는 거야."

"여자에겐 적어도 세 명의 남자가 필요하다는 말이 있더라. 한 명은 돈을 위해, 다른 한 명은 섹스를 위해, 또 다른 한 명은 마음을 위해…… 자기를 보니까 그게 맞는 거 같네."

"그래, 그거야, 마음! 남편에게서도 애인에게서도 채워질 수 없었던 그게 바로 마음이었어. 이 선배가 건강이 안 좋아서 섹스도 제대로 못하는데 그것까지도 그저 안타깝고 애틋하더라니깐."

"벌써 같이 잤어? 그 선배도 결혼은 했지?"

"응. 부부 사이는 별로 좋지 않다고 하더라."

"다들 그렇게 말하지. 내 남편도 그러고 다녔을 테고……"

"뭐, 아마 그럴지도…… 중요한 건, 이 선배를 만나면 미칠 듯이 그 시절이 생각난다는 거야. 이십 대 초반에 학교 주변에서 함께 보냈던 시간들이 고스란히 떠올라서 울컥 눈물이 날 때도 많아."

쉰을 바라보는 나이가 되었다고 해서 달라지는 건 없었다. 지나간 시절을 그리워하는 마음이 강해졌다고 해서 현재의 욕망이 사라지는 건 아니었다. 남아 있는 시간이 줄어들수록 오히려 욕망은 더욱 강렬해지는 것 같았다. 지수 엄마는 그걸 온몸으로 증명해 주고 있었다.

"자긴 그 동창이랑 진도 좀 나갔어?"

"아니. 알고 봤더니 완전 어린 여자 취향이었어. 열다섯 살이나 어린 여자랑 지금 연애 중이시더라. 그러니 동갑내기 여자가 눈에 들어오기나 하겠어?"

"아이구, 아직 여자에 대해서 잘 모르는 철부지네. 그런 남잔 연애해 봤자 재미도 없을 거야. 동창 중에 다른 괜찮은 남자는 없어?"

욕망으로 가득 찬 지수 엄마의 질문에 고개를 가로젓다가 나는 문득 오석호를 떠올렸다. 내가 마음만 먹는다면 지수 엄마에게도 떠들 만한 사연을 엮어볼 수도 있을 남자.

"나 좋다고 따라다니는 남자는 있지."

어깨를 으쓱거리며 말하다가 나는 곧 정색을 하고 물었다.

"그런데 꼭 연애를 해야 하니? 동창 중에서 누군가를 골라야만 하는 거야?"

"아니, 아니…… 자기가 안쓰러워서 그러는 거지."

어색하게 웃으며 눙치는 지수 엄마에게 아무 대꾸도 하지 않고 나는 그저 걷기만 했다. 계속해서 이어지는 그녀의 연애담에 "세 사람을 커버할 수 있는 체력이 부러워"라든가 "나처럼 열심히 걷지 않아도 충분히 운동이 되겠네"라고 맞장구치기도 했지만 그녀의 드라마는 이제 재미가 없었다. 아니, 세상의 모든 드라마가 이제 시시해졌다.

그래서 난 그냥 걸었다. 나의 몸을 느끼면서 걸었다. 내 몸을 내가 완벽히 장악하고 있다는 느낌은 언제나 황홀했다. 한 번도 내가 내 몸의 주인인 적이 없었기 때문일 것이다. 하지만 그런 느낌을 비로소 알게 되자마자 내 몸은 시들어가고 있었다. 그래서 더욱 애틋한 몸이었다.

걷기 전에 준비 운동을 하면서부터 느껴지는 나의 몸, 걸으면서 바라보는 멀고 가까운 풍경, 걷다가 만져보는 꽃과 나무의 감촉, 걷기가 지속될 때 경험하게 되는 강렬한 쾌감…… 그 어떤 드라마도 이 모든 것 앞에서는 하찮을 따름이었다.

❀

유채는 결국 그 남자와 헤어졌다고 했다. 결혼을 염두에 두고 경제적 조건을 보고 시작한 관계였으니 그 조건이 생각보다 나쁘다는 걸 알고 나자 더 이상 만날 이유가 없어졌다고 했다. 나는 묻지 않을 수 없었다.

"그래도 니랑 마음이 잘 맞는다고 하지 않았나? 딱 니 스타일이라서 좋다고 했던 거 같은데……"

"결혼정보회사에서 소개받은 남자란 말이다. 그러니까 조건이 맞지 않는다는 건 사기를 쳤다는 얘기란 말이다."

그렇다면 더 이상 할 말이 없었다. 지구 위의 마지막 로맨티스트로 남을 기세였던 유채가 언제부터 이렇게 계산적인 연애를 하게 되었는지……

"그 남자가 내세운 조건이 생활비 사백만 원이었다고? 그럼 유채 니가 내세운 조건은 뭔데?"

계산기를 두드리듯 미주가 따져 묻자 유채는 기습을 당한 듯 잠시 머뭇거리더니 약간의 짜증을 섞으며 말했다.

"사백만 원 받고 많은 걸 해 주는 거지. 그걸로 파출부를 쓰든 내가 하든 어쨌든 가사 노동을 해결해 줄 거고, 부부동반 모임에 내세울 수 있는 매력적인 아내 노릇을 해 줄 거고, 밤이고 낮이고 애교 부리는 여자가 되어 줄 거고…… 근데 사백만 원까지는 힘들 거 같다고 벌써부터 말하니……"

"나중에 딴소리하는 거 보다는 그래도 나은 거 같은데? 솔직하잖아."

"어쨌든 이건 계약위반이다. 벌써부터 이라믄 나중에 결혼해서는 내한테 돈 벌어 오라고 할 수도 있는 기라."

"그래서 다른 사람 소개받을 거야?"

"그래야제. 골드 클럽 가입비까지 냈는데……"

"다시 소개받은 남자도 계약위반을 한다면?"

"아몰랑. 세 번까지 소개받을 수 있으니까 하는데까지는 해 볼끼다."

유채와 미주가 주고받는 대화에 어이 없어하면서 나는 유리창의 블라인드를 걷었다. 미주의 집이 궁금해서 찾아오긴 했지만 역시 집안은 답답하다. 저 창밖의 거리로 나가고 싶다. 이제 제법 짙어진 신록의 가로수 아래로 걷고 싶다.

"은하 니는 와 어제 모임에 안 나왔노?"

등 뒤에서 들려오는 유채의 목소리에 나는 혼잣말처럼 대답한다.

"이제 동창 모임은 재미가 없어서……"

"뭐 꼭 재미로 만나나? 우리 또래 남자들이 어떤 생각을 하고 사는지 얘기도 들을 수 있고 좋잖아. 저번 송년회 때도 박성규 덕분에 남자들의 생각을 적나라하게 들을 수 있어서 좋던데."

"그래서 이번에도 아무 말 안 하고 듣기만 했나? 나는 유채 니가 그라고 있으니까 낯설더라."

나는 결국 뒤돌아서서 유채를 바라보며 물었다.

"이번에는 더 열심히 얘기만 들었지. 골드 클럽에 어울리는 남자로 다시 매칭해 주겠다는 연락을 받아 놓은 상태라서 남자든 여자든 결혼에 대해 어떤 얘기들을 하는지 자세히 듣고 싶었거든."

"꼭 거기서 들어야 하나? 지금 미주한테도 물어봐라. 나도 궁금한데……"

집안을 둘러보며 나는 말했다. 미니멀리즘의 극치를 보여 주려는 듯 단순하고 간결하게 꾸며진 미주의 집.

"뭘 물어봐? 결혼에 대해서? 너희들이 상상하는 딱 그만큼의 대답밖에는 나도 할 말이 없어."

"그럼, 미주 니도 결혼생활에 불만이라는 말이가?"

"만족하는 사람이 있겠어?"

"가끔 있기도 하더라."

"그건 자기기만이거나 자기 최면일 거야."

세 번 결혼한 미주가 그렇게 얘기했으니 이제는 유채한테 물어봐야지.

"봐라, 유채야. 이게 결혼의 실체다. 그래도 할래?"

"나는 진짜 돈 떨어져서 결혼할라고 하는 거라니까! 낭만적인 기대를 하는 게 아니라서 적당히 조건만 맞춰지면 불만 없이 잘 살 수 있다."

"적당히 조건이 맞춰지는 거, 사실은 그게 제일 힘든 거야."

"그래, 유채야. 미주 말대로 그게 제일 힘들다. 그러니까 니가 직접 돈을 버는 게 훨씬 마음 편할 거다."

"상대방도 유채 너한테 항상 조건을 충족시켜 주길 원한다는 걸 생각해야 해. 그걸 잘 할 자신 있으면 결혼하는 것도 나쁘진 않지. 철저하게 직업으로서의 결혼을 한다면."

"아이다, 미주야. 니가 아직 유채에 대해서 잘 모르네. 야가 얼마나 감정적인데…… 시도 때도 없이 사랑에 빠지는 건 또 얼마나 잘 하는데…… 거의 불치병 수준이다. 그러니까 조건 맞춰 직업 부부로 사는 거, 유채는 절대로 못할 끼다."

"맞아, 시도 때도 없이 찾아오는 그 감정이 문제지. 그랬다가도 언제 그랬냐는 듯 얼굴색을 확 바꿔 버리는 감정…… 그런 감정에 끌려다닐 바에야 차라리 조건 따져서 편하게 결혼하는 게 낫다 싶은데…… 사람의 감정을 마음대로 억누를 수가 없으니 그게 또 문제겠지. 유채도 나도 그게 가장 큰 문제일 거야."

미주의 목소리가 너무 심각하게 들려오는 바람에 우리는 잠시 침묵한다. 집으로 초대했으면서도 미주는 이 가정의 불안한 현재를 온몸으로 보여 주고 있다.

"근데 미주 니는 원래 화려한 색깔을 좋아했었는데 언제 이래 취향이 달라졌노? 옷도 집도 온통 모노톤이네."

분위기를 바꿔 보려는 나의 질문에 미주는 슬쩍 웃으며 대답한다.

"어릴 때부터 단순한 걸 더 좋아했었지. 이십 대에 다들 화려하게 꾸미는 걸 보고 나도 덩달아 그렇게 해 봤을 뿐이고……
뭐랄까, 남들이 예쁘다고 해 주는 소리에 부합해야 한다는 강박
같은 게 있었던 것 같아. 삼십 대까지도 그런 강박이 있었는데
나이 드니까 그런 게 없어져서 참 좋네. 남들이 나를 어떻게 보
든 상관없이 내가 편한 대로 생활하니까."

"내 기억에는 대학교 때 니 사귀던 남자가 내한테 관심을 보
여서 헤어진 뒤로 화려해진 거 같은데…… 맞제? 방학 때 니 만
나겠다고 부산에 내려왔던……"

"맞아. 그때 내 칙칙한 모습이 참 싫었더랬어. 유채 너의 매력
이 뭘까 많이 생각도 했었고…… 나의 매력도 끌어내어서 보여
주고 싶었지. 그래서 화려한 걸 즐기기 시작했던 것 같아."

"결국 내가 서미주를 아나운서로 만드는 데 기여를 한 셈이
네."

"그런 셈이지. 하지만 예쁘게 꾸밀수록 더 화려하고 예쁘게 꾸
민 사람이 눈에 들어와서 그걸 따라하게 되고, 그만큼 안 예쁘면
속상해서 다른 방법을 시도하게 되고…… 정말 끝이 없더라. 나
도 나름 좋은 학교를 나왔는데도 더 좋은 명문대 출신이나 유학
파들이 대접받는 걸 보면 또 속상하고…… 방송국이라는 곳에
서도 난 그다지 행복하지 못했어."

"지난번에 최성희가 말했던 부잣집 사모님들의 비애하고도
비슷하네. 남들은 부러워하는데 본인들은 만족을 못한다며? 서

로 비교하기 때문에 그렇겠제?"

"그래, 세상에 공짜가 없기 때문일 거라는 말도 성희가 했었다. 유채 니도 다 겪어 봤잖아. 그 미친 시모……"

"그땐 어렸으니까 당하고만 있었지. 지금 또 그런 시모 만난다면 절대로 가만히 안 있을 끼다. 아, 그라고 보믄 우리가 그때 얼마나 어렸노? 고작 이십 대였다. 아기처럼 어린 애들한테 그 어른들은 대체 왜 그랬단 말이고?"

"하필이면 너거 시모하고 우리 시이모가 동창이었는지…… 아들하고 조카하고 비교하는 걸로 모자라서 며느리하고 질부를 비교하는…… 유채 니가 시집오면서 한 재산 가져 왔다고 너거 시모가 얼마나 자랑했는지 아나?"

"은하 니가 참하고 살림도 잘 한다고 너거 시이모는 얼마나 자랑했는지 아나? 그라다가 내가 이혼하면서 우리 시모가 완전히 졌다 싶으니까 그때부터는 온갖 더러운 소문을 만들어서 나를 죽일년으로 만들었제. 손자 생각 따위는 안 하는 미친년인기라."

"그 소문은 결국 내까지도 괴롭혔다 아이가. 친구가 그러니 니도 그럴 거라는 눈초리로 바라보던 시모와 남편…… 지금 생각해도 재수 없다, 정말."

유채와 내가 흥분하며 눈물까지 글썽이는 동안 미주는 냉장고에서 차가운 캔맥주를 꺼내 왔다. 유채는 그걸 벌컥벌컥 마시더니 별안간 미주에게 시비를 건다.

"내가 김수철이랑 헤어지지만 않았어도 그 미친 시모를 만나지 않았을 건데…… 미주 니는 그때 와 그랬노? 내가 좋다고 다가왔던 니 남자친구는 내가 분명히 거절했단 말이다. 근데 니는 와 그랬노? 내한테 소개해 줘 놓고 니가 사귀면 되나, 가스나야……"

"김수철? 대체 언제적 이름이야? 너한테 소개해 주고 내가 만났다고? 말도 안 돼. 그때 김수철이 분명히 너랑 정리했다고 말했거든? 아예 제대로 시작도 안 한 관계니까 신경 쓰지 말라고도 했었고……"

미주의 대답에 유채는 말없이 캔맥주를 하나 더 따서 마신다. 그때 그 시간으로 돌아가서 삼자대면을 할 수도 없는 노릇이니…… 갑자기 답답해져서 나도 맥주를 한껏 들이킨 뒤 친구들을 향해 투덜거리듯 말한다.

"아, 됐고. 누구는 이십 대에 못다한 사랑을 만나서, 추억을 나누며 연애를 한다는데 우린 와 이 모양이고? 다들 이십 대에 그런 기억밖에 없나? 너무 한심한 인생이네. 불쌍한 우리들을 위해서 건배나 하자!"

11.
회전무대 위의 여자들

어쩌면 우리는 모두가 드라마 퀸일지도 모른다

"더 이상 남편의 감정을 받아 주는 쓰레기통이 되지 않겠다고 매번 다짐을 해. 그런데도 막상 남편이 화를 내면 또다시 온몸이 움츠러들면서 그 화를 전부 받아 주고 있는 거야. 화를 내는 것도 폭력이잖아. 폭력을 휘두르는 남자들이 으레 그러듯 남편도 화가 풀린 뒤에는 늘 내게 미안하다고 말하지. 그러면 나는 또 기대를 하게 되고…… 결국 난 매 맞는 아내와 똑같은 반응을 보이고 있는 거야. 이 악순환을 끊어 버리려면 역시 이혼이 답이겠지?"

밤늦게 우리 집으로 찾아온 미주가 이혼을 말하고 있다. 그녀의 세 번째 결혼 생활이 위태롭다는 걸 짐작은 하고 있었지만 생각보다 훨씬 심각한 상태인 것 같다.

"결혼하기 전에는 그런 성격인 거 몰랐나?"

"알았지. 연애할 때도 몇 번 크게 화를 냈었지만 그때마다 내가 잘못했기 때문이라고만 생각했어. 늘 내가 잘못한 걸 지적하면서 화를 냈으니까. 그래서 결혼하고 나서도 매번 내가 잘못한 걸 고쳐야 한다고 생각했고…… 근데 아무리 생각해도 그게 아닌 거야. 내가 진짜 매번 잘못했다고 해도 그렇게까지 언어폭력을 휘두르는 건 용납할 수 없다는 걸 뒤늦게 깨달았어. 사랑이 식어 버린 덕분일 테지만."

"사랑……"

나는 탄식하듯 말했다. 그러니까 지금 미주는 언젠가 말했던 '떠나 버린 마음'에 대해 이야기하고 있는 거다. 이제 와서 돌아보면 무슨 마음으로 결혼했는지조차 기억나지 않는다고 했던, 부질없는 그 마음에 대해서.

"그래, 사랑. 내 눈을 멀게 하고, 내 귀를 닫게 하고, 한동안 나를 마구 흔들어 놓고선 이제 와서 갑자기 손을 놓아 버리는 망할 놈의 사랑. 나는 고마움을 사랑으로 착각해서 첫 결혼을 했고, 존경을 사랑으로 착각해서 두 번째 결혼을 했어. 그래서 내게 아무런 감사와 존경을 받을 일 없는 이 남자는 진짜 사랑이라고 생각하면서 세 번째 결혼을 했던 거야. 하지만 이러나저러나 사랑은 흔적 없이 휘발되기 마련인가 봐."

"우리 남편을 보면 그렇지도 않던데? 전에 얘기했잖아, 첫사랑을 다시 만났다고……"

"만나서 그저 지나간 사랑의 흔적을 더듬었겠지. 그런다고 해서 그때의 젊음과 그때의 감정으로 돌아갈 수는 없잖아. 꺼지지 않고 영원히 타는 불을 본 적 있니? 재로 변해 버린 불꽃이 다시 타오르는 걸 본 적 있어?"

둘째를 첫째의 방으로 보내길 잘했다는 생각이 든다. 남편의 서재에서 둘째의 방으로 탈바꿈한 이 아늑한 공간은 오랜 친구와 함께 대화를 나누기에 어울리는 장소다. 피곤해 보이는 미주를 둘째의 침대에 눕히려 했지만 그녀는 굳이 몸을 일으켜 세워 침대 헤드에 등을 기대고 앉았다.

"이러고 있으니 옛날 생각난다. 네가 신혼이었을 때 내가 자주 놀러 왔었잖아. 바쁘게 혼자 살던 내겐 너의 신혼집 분위기가 참 부러웠더랬어. 예쁘게 차려진 식탁에서 밥을 먹고, 차를 마시고, 대화를 하던……"

"나는 그때 니가 부러웠다. 니가 들려주던 방송국 얘기며, 남자들 얘기가 딴 세상 이야기 같았지."

"서로 남의 떡이 커 보였던 거네?"

미주는 이십 대처럼 경쾌한 목소리로 웃는다. 좁은 방안을 가득 채우는 미주의 웃음소리에 나는 비로소 긴장이 풀려 의자 등받이에 몸을 기댄다. 둘째 책상 의자에 앉아 미주의 말에 귀 기울이는 동안 나도 모르게 상체가 그녀 쪽으로 한껏 쏠려 있었다.

"근데 왜 하필 유채가 주인공인 소설을 쓸라고 하노? 내가 보기엔 미주 니 인생이 훨씬 더 드라마틱한 거 같은데……"

"유채보다도 나보다도 더 드라마틱한 삶을 살았던 사람은 많아. 하지만 유채처럼 스스로를 주인공으로 여기는 사람은 드물지. 유채는 그야말로 드라마 퀸이야. 감성이 넘치고 반응이 민감하니까. 물론 그게 남들 눈에는 과장된 모습으로 보이겠지만."

"남다른 감성과 민감한 반응이라면 미주 니도 빠지지 않는다. 그게 드라마 퀸이라면 서미주야말로 진정한 드라마 퀸이란 말이다."

"내가 그렇게 과장되게 행동하는 인물이었나? 그건 아닌 것 같은데…… 더구나 난 내가 주인공이라고 생각해 본 적이 없어. 늘 주인공이 되고 싶어 노력만 했지. 그래서 내 감정을 돌아볼 틈도 없이 늘 허덕이며 살았던 것 같아."

"인생의 주인공이 되고 싶어 노력하는 주인공. 그게 바로 서미주다. 우리가 보기에 과장된 행동을 하는 것도 맞고, 쓸데없이 민감한 것도 맞다."

미주는 말없이 고개를 갸웃거린다. 본인이 그걸 알고 있다면 진정한 드라마 퀸이 아니겠지. 유채도 스스로의 과도한 자기애를 모를 것이다. 어쩌면 나도 내가 생각하는 것 이상으로 과도한 자기 연민에 빠져 있는지 모를 일.

그래서 어쩌면 우리는 모두가 드라마 퀸일지도 모른다. 과도한 자기 연민, 과도한 자기애, 과도한 자기혐오, 과도한 열정…… 저마다의 아킬레스건을 드러내면서 우리는 그렇게 저마다의 드라마를 쓴다.

"미주 니는 아직도 최영재가 그때 피구공을 일부러 던졌다고 생각하나?"

"그게 무슨 얘기야?"

"6학년 때 말이다. 아무리 봐도 그때 영재가 일부러 니를 겨냥해서 공을 던진 건 아닌 것 같았는데 니는 끝까지 영재가 고의적으로 괴롭힌 거라고 생각했잖아."

"내가 그 무렵에 백일장 선수였기 때문에 학교 행사에 참여를 많이 하느라 영재하고 자주 마주쳤거든. 그때마다 영재가 괜히 나한테 말을 걸길래 싫어서 좀 야멸차게 대했어. 그래서 나한테 복수한 거라고 생각했지, 그날 공에 맞았을 때."

"하지만 그게 아닌 거 알제?"

"그게 맞을 수도 있지."

"어쨌든 영재가 니를 끔찍이 좋아했던 건 알제? 니 때문에 야구를 한다고 말했다는 얘기도 있더라. 서미주 보란 듯이 성공하고 싶다고……"

"나도 그런 얘긴 들어본 적 있어. 대학 입학할 무렵에 동창들이 모였을 때 최영재가 나와서 꽤나 잘난 척하다가 내가 안 나온 걸 확인하고 그런 얘길 했다던데…… 하지만 그것도 결국 나한테 피구공 던진 것과 같은 맥락 아닐까? 보란 듯이 성공하고 싶다는 게 그 얘기 같은데?"

"야멸차게 대한 걸 복수하는 차원에서? 만약 그랬다 해도 그것조차 니를 향한 마음에서 비롯된 거 아니겠나? 영재가 보기보다 소심한데 니한테는 특히 더 자신감을 갖지 못했다고 하더라. 그래서 오히려 더 거들먹거리기도 한 거 같다고…… 영재 마음을 니가 조금이라도 받아 줬다면 좀 더 대범한 선수가 됐을 것 같은데…… 미주 니도 스스로를 덜 가혹하게 대하지 않았을까 싶고……"

"모르겠어…… 최영재가 야구선수로 잘 나가면 잘 나갈수록 난 더 보기 싫은 마음이 들었어. 이상한 경쟁심 같은 게 생겨나기도 했고……"

"그러니까 말이다. 미주 니는 씰데없는 걸로 스스로를 들볶는기 문제다. 니가 얼마나 많은 남자들의 로망이었는데! 박성규만 해도 어릴적 비 오는 날에 우산도 없이 니 뒤를 따라가기만 했다더라. 서미주가 씌워 주는 우산을 함께 쓰는 것도, 젖은 몸으로 서미주를 앞질러 뛰어가는 것도 할 수가 없었다는 거다. 미주야! 니가 그런 존재다. 누군가의 간절한 첫사랑이고 추억이고 애틋함이다. 그런 니가 겨우 남편의 언어폭력에 움츠러들면서 고민하고 있어서야 되겠나? 자존감을 되찾아라, 알겠제?"

하지만 날이 밝아 식탁 앞에 앉자 미주는 또다시 스스로를 들볶기 시작했다.

"아침마다 이런 밥상을 차리면서 애들을 이렇게 잘 키워 놓았으니…… 은하야, 넌 정말 대단해. 널 보면 난 그동안 뭘 했나 싶다."

된장찌개와 생선구이, 나물과 밑반찬 정도인 밥상에 평범하기 짝이 없는 두 딸을 보며 감탄하는 미주에게 나는 쏘아 붙이듯 말한다.

"이렇게 차려 놔도 바쁜 남편은 안 먹고 출근하셨거든! 이런 딸들 얻느라고 무지막지한 뱃살과 바람 빠진 가슴도 얻었거든!"

깔깔 웃어 대는 아이들을 향해 나는 눈을 흘긴다. 방학이라고 여태 늦잠 자다가 겨우 일어난 주제에.

"이거 봐라. 얘들은 내 고충을 적나라하게 알제? 자, 얘들아! 이제 서미주 아줌마에게 질문들 좀 해 봐. 이 분 말씀 들으려면 어디 가서 돈 내고 강연 들어야 한다."

"그래, 얘들아. 뭐든 물어 봐. 나도 너희들의 관심사가 뭔지 궁금하다."

나의 부추김에 미주는 미소를 지으며 말했다. 하지만 당장 대입 수시모집 원서를 준비해야 하는 첫째는 별로 궁금한 게 없다고 한다. 둘째는 사춘기답게 아예 입을 다물고 있다.

"얘들이 이렇다. 그냥 모의고사 결과 나오면 점수 맞춰 적당히 원서 쓰겠다고 하고, 아무런 꿈이 없다고 하고……"

어쩌면 이런 모습이야말로 나를 꼭 닮은 거겠지만, 어쩔 수 없이 나는 투덜거린다. 그러자 첫째가 발끈한다.

"꿈이 왜 없어? 요리사도 좋아 보이고, 미용사도 좋아 보이고, 뭔가 손으로 만들어 내는 건 다 좋아 보여서 직접 해 보고 싶다고 늘 말했잖아. 그런데도 엄마가 일단 대학에 간 뒤에 생각하라고 하니까 어디든 들어가려고 하는 것뿐이지."

"아, 그래? 네가 손재주가 많은 모양이구나. 그렇다면 엄마가 제대로 길잡이를 해 주고 있는 게 맞네. 눈에 보이는 기술로 먹고 사는 사람일수록 보이지 않는 인문학적 소양이 큰 힘이 되지. 그걸 갖춘 뒤에 원하는 걸 배워서 직업으로 삼으면 행복하게 살 수 있을 거야. 진짜 행복은 본인의 만족 속에 있는 것이지 누가 옆에서 판단해 주는 게 아니니까."

엄마와 딸을 동시에 격려하는 미주의 말에 사춘기 소녀도 입을 연다.

"저는 아직 아무런 꿈이 없어요. 그냥 막막하기만 해요. 초등학생과 고등학생의 중간인데다가 1학년과 3학년의 중간인데다가 학기의 중간인 여름방학이니…… 이것도 저것도 아니고 모든 게 다 어중간한 것 같아요. 내 삶은 너무 평범하고 인생은 너무 지루해요."

"그렇다고 별다른 인생이 있을 거 같니? 큰 굴곡 없이 평범한 삶이 제일 좋은 삶이야. 너희 엄마처럼 말이지. 그래서 나도 늘 너희 엄마를 부러워한단다."

유채도 애들 앞에서 이러더니 미주마저 이런다. 대체 내 삶의 뭐가 부럽다고 다들 이런담.

"부럽긴 뭐가 부럽노? 막상 애는 날 부끄러워하거든? 전에 친구랑 통화하는 거 보니까 내가 직장에 다닌다고 거짓말을 하더라. 너, 내가 전업주부인 게 그렇게 부끄럽니?"

"아니, 그건 친구가 통화할 때 내 옆에 누가 있는 걸 부담스러워하길래 엄마 없다고 거짓말하다 보니까 그런 거고…… 난 엄마 부끄럽지 않아. 오히려 불쌍하지. 전업주부면서도 파출부 쓰는 엄마들도 있던데 우리 엄만 혼자서 집안일을 다 하니까……"

"통화할 때 옆에 누가 있으면 솔직히 말하면 되지 거짓말을 왜 하니? 너 요즘 그렇게 살살 거짓말 하는 게 한두 가지가 아니더라? 대체 왜 그러는 거야?"

나를 불쌍히 여긴다는 얘기에 당황해서 거짓말을 핑계로 둘째를 잡으려니 그 분위기에 미주가 더 당황하며 말한다.

"그런 일로 왜 이렇게 흥분해? 우리 중학교 때 생각 안 나? 자기가 백혈병에 걸렸다고 거짓말하고 다녔던 친구 있었잖아. 부모님이 이혼했다는 거짓말도 했고…… 그게 다 애들한테 관심 받고 싶어서였다는 걸 나중에 우리도 알게 되었지."

"그래, 기억난다. 그때 속았다고 그렇게 억울해 했는데도 고등학교 때 다른 애한테 또 속았던 것도…… 도서관에서 잠깐 어울렸던 그 남자애, 피를 토하듯이 허리를 꺾으면서 휴지 뭉치를 입에 갖다 대곤 했었잖아."

"맞아. 그래서 걔가 나를 끌어안을 때에도 차마 밀치지 못했어. 나쁜 병을 앓고 있어서 난 어차피 누나를 오래 볼 수 없어요, 하고 힘없는 목소리로 말하는 바람에…… 근데 나중에 그게 다 거짓말이었다는 걸 알고 나니 이상하게도 분노보다 부러움이 먼저 느껴지더라. 그래서 내가 이렇게 직업적인 거짓말쟁이가 되려는 걸까? 문장으로 숱한 거짓말을 지어낼 생각을 하면 벌써부터 가슴이 두근거려."

"그럼 이 녀석도 니처럼 소설가가 될라고 이러나? 이런 예술적인 기질은 내가 키워 줘야 하는 건가?"

의문을 쏟아 내며 내가 둘째를 바라보자 첫째가 거든다.

"엄마가 나서지 않아도 얘는 알아서 잘 클 거 같은데? 요즘 어려운 책 들고 다니면서 폼 잡는 거 보면."

"폼 잡는 거 아니야. 정말 재밌어서 읽고 있는 책들이라고."

얼굴이 빨갛게 되도록 발끈하는 둘째를 바라보며 미주는 웃으며 말한다.

"그래, 그래…… 뭐든지 도전해 볼 수 있는 그때가 좋은 때야. 너희들은 뭐든지 될 수 있어."

"아줌마도 지금 소설가가 되려고 한다면서요? 그러니까 아직도 좋은 때일 거예요."

둘째의 당돌한 말에 미주와 나는 함께 웃는다. 정녕 이번 생은 망한 거냐고 요즘 들어 자주 중얼거리던 내게 너무도 참신하게 다가오는 말이다.

"아, 정말 그렇구나. 미주 아줌마는 소설가가 되겠다는데 나는 이제 뭐가 되어 볼까? 좋은 아이디어 있으면 말해 줘, 얘들아."

나는 혼자 신이 나서 묻는데 첫째는 냉정하게 잘라 말한다.

"내가 뭐가 될지도 몰라서 복잡한데 엄마까지 어떻게 챙겨 주겠어? 본인 앞날은 본인이 챙기자고요."

❀

조명이 꺼지고 막이 오른다. 36년 동안 봉인되었던 시간이 우리 앞에 펼쳐진다.

이 무대는 단순한 무대가 아니다. 우리 친구 김민아가 지나온 36년이 압축되어 펼쳐질 무대다. 우리가 앉은 객석 또한 단순한 객석이 아니다. 유채, 성규, 창수, 성희, 석호, 철우, 윤서…… 친구들이 저마다 지나온 세월들이 나란히 모여 앉은 객석이다.

민아가 나올 순서를 기다리며 심호흡을 해 본다. 첫 번째 순서는 태평무. 한복을 차려입고 춤을 추는 무용수들의 모습을 보니 36년 전에 우리 앞에서 꼭두각시 춤을 추던 김민아 어린이의 모습이 떠오른다. 아름다운 한복의 색감과 질감, 섬세한 손짓과 발짓, 흥겨운 어깻짓…… 어쩌면 우리는 한국무용의 원형을 민아로부터 배웠을 것이다.

두 번째 순서는 현대무용이다. 다섯 명의 무용수가 온몸으로 표현하는 이야기에 집중하다 보니 저렇게 온몸으로 헤쳐 왔을 민아의 지난 시간들이 짐작된다. 세 번째 순서인 남성춤이 이어질 때까지, 민아가 거쳐 왔을 숱한 연습과 좌절과 영광의 순간들이 짐작된다. 남성의 기가 흐르는 저 역동적인 춤처럼 경상도 여자다운 기세로 민아는 그 모든 순간들을 헤쳐 왔겠지.

그리고 드디어 민아의 무대다. 사진만 보고도 감탄했던 춤, 동영상을 보면서 넋을 잃고 말았던 그 춤이 눈앞에서 펼쳐진다. 현대무용과 한국무용의 콜라보라고 하지만 민아의 역할인 한국무용이 오히려 더 현대적으로 보일 만큼 파격적이고 에너지가 넘치는 무대다. 한국무용과 발레를 오가며 숱한 시간들을 극복해 온 김민아만이 보여 줄 수 있는 무대.

사진으로도 영상으로도 담을 수 없는 아우라에 압도당하며 나는 부분과 전체를 오가며 무대를 눈에 담는다. 이렇게 흘러가면 다시는 돌아오지 못할 순간을 무대 위의 민아와 객석의 친구들이 함께하고 있다.

공연 예술의 일회성이 희소적 가치를 발휘하는 이 순간. 다섯 번째 순서인 최승희류 춤이 이어지는 동안에도 내 눈앞에는 민아의 모습이 어른거린다. 하얀 옷을 입은 무용수가 하얀 부채를 휘두르며 춤을 추는데 그 위에 붉은 저고리에 진회색 치마 입은 민아의 몸짓이 잔상으로 흐른다. 그리고 다시 여섯 번째 순서에 나타난 민아. 네 명의 여인들이 희노애락을 표현하며 춤을 추는데 이제는 오로지 민아만 눈에 들어온다. 활달하고 야무진 느낌의 춤사위를 보여 주면서도 부드럽고 관능적인 자태를 지닌 민아는 가히 독보적이다. 한 순간 한 순간 흘러가는 시간이 아까워 나는 눈도 자주 깜박이지 못한다.

마침내 민아의 공연이 모두 끝나고 진쇠춤과 마지막 진도북춤이 이어지는 동안, 나는 비로소 좌석 등받이에 편히 기대어 춤을 감상한다. 꽹과리와 북을 연주하며 추는 춤인 만큼 더욱 신명나게 객석과 무대가 함께 어우러진다. 옆에 앉은 친구들의 얼굴을 훔쳐보니 어느덧 긴장감이 사라지고 흥겹게 공연을 즐기는 모습들이다.

마지막 무대 인사에서 민아는 우리를 향해 손을 흔든다. 민아가 마련해 준 가장 좋은 자리에 앉아서 우리도 민아를 향해 손을 흔든다. 마흔아홉 살의 우리가 열세 살의 우리를 향해 손을 흔든다.

뒤풀이로 곱창을 굽고 소주잔을 기울이며 떠들어 대면서도 우리는 36년 전과 다름없는 사투리의 부산 가스나, 머스마들이다. 가스나들은 40대 50대 무용수들의 원숙미를 말하고 머스마들은 20대 30대 무용수들의 풋풋한 매력을 말하면서 뒤풀이의 밤은 깊어 간다.

"이름이 바뀌지만 않았어도 더 빨리 찾았을 낀데…… 우쨌든 이래 다시 만나게 돼서 반갑다, 친구야!"

"근데 계화라는 이름이 뭐가 어때서 개명을 했노?"

"그라믄 우리도 인자 계화를 윤서라고 불러야 하는 거가?"

"당연하제. 바뀐 이름은 계속 불러 줘야 좋다더라."

오늘의 뉴페이스인 윤서는 바뀐 이름으로 친구들의 관심을 받다가 결국엔 정해진 코스처럼 유채에게 관심을 보이고 미주의 안부를 묻고 영재를 추억한다. 약사로 일하다가 뒤늦게 결혼해서 늦둥이 낳고 육아에 전념 중이라는 그녀는 친구들에 대한 관심도 아이에게로 향한다.

"영재 죽었을 때 아들이 세 살인가 네 살이었제? 그라믄 아직도 초등학생이겠다, 그자?"

윤서의 말에 다들 문득 숙연해진다. 그대로 있으면 자기 아들에게까지 관심을 보일까 두려운지 유채가 담담하게 화제를 돌린다.

“약사라면 다시 일하기도 쉽겠네. 나는 요새 전문직 여자들이 제일 부럽더라. 내 이혼할 때 법원에서 수정이랑 마주쳤거든. 알제? 변호사 된 수정이…… 그때도 참 부러웠는데…… 그냥 부러워만 하고 나는 또 계속 놀기만 했으니…… 이제 와서 후회가 되네. 그때 뭔가 시작했다면 지금쯤은 이루고도 남았을 낀데.”

“그게 언제였는데? 몇 년 전 일이고?”

“벌써 이십 년 전이지.”

“그렇구나…… 요즘은 무슨 얘기만 했다 하면 20년 전, 30년 전 일이더라. 아이구, 징그럽다.”

친구들의 호들갑을 외면하며 나는 진지하게 유채에게 묻는다.

“이제라도 변호사나 약사에 도전하면 안 되겠나?”

“니 벌써 취했나? 어제 본사에 가서 면접 보고 왔다 했잖아. 인자 대리점 시작할 끼다. 조건 맞춰서 선보는 건 더 이상 못하겠다.”

“그래, 그건 잘 생각했는데…… 요즘 같은 불경기에 아웃도어 대리점이 잘 되겠냐는 얘기다. 차라리 이제라도 공부를 시작하는 게 낫지. 있는 돈 조금씩 아껴 쓰면서 연애나 하고 살면 안 되겠나? 그나마 있는 돈 다 잃을까 걱정이다.”

“걱정 마라. 잘 할 수 있다. 연애나 하면서 살기에는 이제 내 나이가 너무 많아서 안 된다.”

"왜? 예쁘고 섹시한 할머니로 늙어 가면 되잖아."

"봐라, 저것들이 비웃는 소리 안 들리나?"

유채는 남자 동창들을 가리키며 말했지만 정작 그들은 우리의 대화에 관심이 없는 것 같다. 민아의 공연 덕분인지 저마다 추억에 빠져 열세 살로 되돌아간 모습들이다.

"나는 계화 니가 이래 잘 클 줄 알았다. 아니지, 참. 윤서라고 해야 되제? 윤서야, 니가 내한테 산수 문제 가르쳐 줬던 거 기억나나? 내가 수학 학원 차리면서 니 생각을 참 많이 했었다."

"당연히 기억나지. 철우 니하고 짝꿍을 얼마나 오래했는데…… 시험 끝날 때마다 선생님 명령으로 내가 틀린 문제를 가르쳐 줬잖아. 내 설명을 참 잘 듣는 착한 아이였던 철우야, 니는 내를 계화라고 불러도 된다. 니는 그냥 내 본명 불러라."

"이것들이 둘이서 영화 찍나? 내 이름은 백화가 아니에요, 본명은요…… 이런 거?"

유채의 말에 윤서가 웃는다. 아니 계화가 웃는다. 열세 살의 우리들이 함께 소리 내어 웃는다. 열세 살 민아를 무대 위에서 다시 만난 오늘.

❀

움직이는 몸의 아름다움을 한껏 보여 주었던 그 공연의 여운 때문이었을까? 나는 이전보다 더 열심히 한여름의 숲길을 땀 흘리며 걸었다. 가벼운 옷차림으로 자락길을 걷다 보면 나무에서 뿜어져 나오는 피톤치드로 샤워를 하는 것 같았다. 나는 점차 그 냄새에 중독되었다.

해 질 무렵부터 걷기 시작해서 완전히 어두워질 때까지 걷다 보면 이런저런 의미로부터 모두 해방된 몸이 자연과 함께 느껴졌다. 그 해방감으로 나는 어느 날 문득 침대에서 남편에게 다가가 보았다. 아무런 의미를 싣지 않은 담백한 섹스를 이제는 할 수 있을 것 같았다. 하지만 이번에는 남편이 돌아누웠다. 부부 사이의 섹스는 일종의 권력 관계임을 거듭 확인한 순간이었다.

물론 그게 이유는 아니었겠지만, 그 무렵에 남편이 첫사랑 그녀를 다시 만나는 것 같은 느낌이 들었다. 어쩌면 다른 여자일 수도 있겠다. 아무튼 뭔가 예전과 다른 거리감이 남편에게서 느껴졌다. 어딘가 다른 곳에 마음이 가 있거나, 자신의 순수한 첫사랑을 인정해 주지 않은 것에 대한 시위를 하고 있거나, 둘 중의 하나일 것 같았다. 뚜렷한 실체나 증거가 있는 게 아니라 오로지 나의 느낌일 뿐이었지만.

"너희들 덕분에 아빠 문제가 해결은 된 거 같은데, 이상하게도 엄마의 낮아진 자존감은 회복이 안 되네. 자꾸만 아빠를 유심히 살펴보게 되고 혼자 예민하게 생각하게 되는데 이거 어떡하지?"

나는 아이들에게 진지하게 물었다. 첫째와 둘째는 차례대로 대답했다.

"아빠 행동을 그냥 무시하면 되잖아. 신경을 꺼."

"그래, 개가 짖는다고 생각해. 아님 성질 더러운 친구라고 생각하고 무시하든지."

"하지만 아빠는 친구가 아니잖아. 내 남편이고 너희들의 아빠야. 무시하고 싶어도 그게 안 된다고."

"그럼 그냥 헤어져. 우린 이제 다 컸으니까."

"아니면, 내가 대학갈 때까지 4년만 참고 엄마 맘대로 해."

그래, 자기들만 다 크면 상관없단 말이지…… 딸들의 말이 야속하게 여겨졌지만 더 이상 어떤 말도 할 수가 없었다. 아이들로서는 그게 최선의 대답이었을 테니까.

숲길을 걷는 동안 맑아진 정신이 집에 들어오면 다시 복잡해지는 터라 나는 예전보다 더 열심히 청소를 하고 빨래를 하고 정리정돈을 했다. 요리에도 더욱더 몰두했다. 핑크 히말라야에서 블루 페르시아까지, 소금 하나 고르는 일에도 정성을 다했다. 나는 남편과 헤어질 생각이 전혀 없었으니까.

그렇게 여름이 가고 가을이 다가왔다. 새벽에 문득 이불을 끌어당기며 계절의 변화를 실감했던 어제, 나는 오석호를 만나러 나갔다. 내게 끊임없이 추파를 던지며 따로 만나길 원했지만 그동안 용케 피해왔는데 어제는 무슨 바람이 불어 거길 나갔던 것인지……

뻔한 음식, 뻔한 대화, 뻔한 술맛…… 석호는 나름 신경 써서 데이트 분위기를 잡았지만 내겐 모든 것이 뻔하게만 느껴졌다. 그래도 늦은 밤까지 함께 있다가 집으로 돌아오는 길, 지하철을 기다리던 도중에 나는 무엇이 나를 석호에게 떠밀었는지 비로소 깨달을 수 있었다. 한산한 지상 전철역에서 느껴지는 쌀쌀한 밤공기. 바로 그것이었다. 내 앞에 얼마 남지 않은 시간이 나를 움직이게 한 것이었다.

달라진 공기가 무언의 압력으로 나를 떠밀었다는 깨달음은 씁쓸한 뒷맛을 안겨 주었다. 그때, 기둥 뒤로 나를 끌어당기며 석호가 기습적으로 내게 키스했다. 무언가를 판단할 겨를도 없이 석호의 한쪽 손이 내 가슴을 움켜쥐었다. 그 순간, 지하철이 들어오는 소리가 요란하게 들려왔다.

나는 비로소 석호를 밀쳐내며 안도했다. 그 안도감은 내가 정조를 지키는 자세를 보였다는 데서 비롯된 게 아니라, 요즘 가뜩이나 두툼해진 허리나 아랫배 쪽으로 석호의 손길이 내려가기 전에 지하철이 들어와서 다행이라는 생각에서 비롯된 것이었다. 그래서 나는 또 한 번 씁쓸했다. 지하철을 함께 타고 가면서 석호와 나는 어색하게 나란히 앉은 채로 말없이 건너편의 유리창만 바라보았다.

"그러고서 그냥 각자 집으로 들어갔다. 집에 도착할 즈음에 잘 들어갔냐는 평범한 안부 문자만 받았지. 오늘은 아직 아무 연락이 없고."

"소심한 녀석이네. 과감하게 공공장소에서 들이댄 거에 비하면."

"아님, 내 가슴이 너무 작아서 실망했나?"

전화기 너머에서 미주가 소리 내어 웃는다. 나도 함께 웃는다. 역시 친구와 수다를 떨다 보면 답은 얻지 못하더라도 뭔가 정리는 된다. 유쾌해지기도 하고.

"뭐, 그럴 수도 있겠지만…… 너를 영원히 첫사랑의 환상 속에 두고 싶은 것일 수도 있어. 어쨌거나 니가 그 상황에서 바로 밀쳐 내진 않았으니까 다음 액션이 들어올 가능성이 많아. 그때 어떻게 행동할 건지 마음을 정하고서 대비를 해야 할 거야."

"마음을 정하고 말고가 어딨노? 혹시 그 얘기 꺼내면, 실수한 거 같으니 서로 기억 못하는 걸로 하자고 말해야지."

"마음이 그쪽으로 끌린다면 시작할 수도 있지, 뭘. 하지만 그 마음을 네가 잘 판단해야 해. 외도하는 사람들 중에는 자존감이 부족한 경우가 많다더라. 여자나 남자로서 인정을 받고 싶어서 외도를 한다는 거지. 그래서 콤플렉스가 심한 사람일수록 외도할 가능성이 더 높대. 아니면, 단순히 젊음이 떠나가는 게 아쉬워서 다른 사람에게 눈을 돌리는 경우도 있고, 젊을 때는 용기가 없어서 연애 한 번 제대로 못해 본 사람이 나이 들어 자기보다 못한 사람에게 괜한 용기를 내는 경우도 있다더라. 만약 네 마음이 그런 경우들에 해당된다면 아예 시작하지 않는 게 낫겠지?"

"그 녀석하고 시작할 마음 따윈 없다니깐!

"그래, 그래…… 지난주에 여고 모임에 나갔다가 하도 이상한 소리들을 많이 들어서 내가 이러나 보다. 서울 모임엔 처음 나간 거였는데도 다들 서슴없이 연애하는 얘기들을 하더라고. 아무리 여유 있는 전업주부들 위주의 모임이라고 해도 좀 심하더라."

그 모임이라면 나도 예전에 몇 번 나간 적이 있다. 한창 바쁠 30대였는데도 일에서든 육아에서든 자유로운 친구들이 모임에 나오고 있었다. 내게는 그런 자유가 쉽사리 허락되지 않았으므로 그 모임에는 더 이상 나갈 수가 없었다.

똑똑해서 자기 일 잘하고 여유롭게 지내는 친구들은 괜찮은데 결혼을 잘해서 여유를 얻은 친구들은 이상하게 불편했다. 그들을 보면서 세상이 불공평하다는 생각이 드는 것도 불편했고, 그들의 불행한 면을 찾아내려고 애쓰는 나 자신을 발견하는 것도 불편했다. 뒤늦게 모인 여중 동창들은 다들 고만고만하게 살기 때문인지 분위기가 좋았는데, 일찌감치 모이기 시작한 여고 동창들은 상대적으로 더 여유가 있어서 그런지 오히려 서로 견제하는 모습이 강했다. 아무튼 불편한 모임이었다.

"홈커밍데이 준비 때문에 그 모임에 나간 모양이네. 행사가 이제 얼마 안 남았제?"

"졸업 30주년에 딱 맞춰서 내년 2월에 하기로 했어. 이제부터는 한 사람이라도 더 많이 참여시키는 게 목표인데 그럴려고 그 모임까지 갔다가 오히려 싸우고 와 버렸네. 그런 성격이니까 두 번이나 이혼했지, 하는 소리까지 들었다."

"아이구, 왜? 그래 싸울 일이 뭐가 있노?"

"행사 준비 찬조금 좀 내라고 했다가 거지 취급당했거든. 늙은 선생들 모아 놓고 재롱부리는 행사에 뭘 그리 정성을 쏟냐고 비아냥거리더라. 게다가 자기들은 주부라서 돈이 없대. 몸에 두른 그 명품들은 어떻게 샀는지……"

"그래도 우리끼리 싸워 봤자 시간 낭비고 에너지 낭비다. 나도 딱히 찾고 싶은 친구가 없고 선생들도 안 궁금해서 그 행사엔 별로 관심이 없거든. 짝사랑했던 국어샘이 나온다면 한 번 가 볼까 싶기도 하고……"

"그러니까 내가 답답한 거야. 동창회가 사람 찾아 주는 봉사 단체도 아닌데…… 찾을 친구는 다 찾았으니 관심 없다, 선생들 꼴 보기 싫어서 안 나갈 거다, 서로 불편한 친구가 있어서 나가기 싫다…… 그딴 식으로 근시안적인 얘기만 하더라고. 아무리 주부라도 동창회의 역할이나 필요성은 알고 살아야 하지 않겠어? 비리 많은 학교 재단이라고 외면할 게 아니라 오히려 동창회의 힘을 길러서 견제해야 하지 않겠어? 후배들 장학금도 좀 챙겨 주면서 말이지. 끼리끼리 모여서 과거 회상이나 하는 퇴행적 모임은 정말 딱 질색이야."

"그래, 미주 너는 여전히 현재를 살면서 미래를 바라보고 있구나. 나는 과거만 추억하면서 근시안적인 좁은 시야를 지닌 주부라서 미안하네."

어쩔 수 없이 삐딱한 말투가 나오고 말았다. 미주도 잠시 침묵한다. 이 침묵을 어떻게 깨뜨려야 할지 난감해서 나는 긴 한숨을 내쉰다.

12.

인생이 그녀에게 손을 흔들 때

모든 것은 멈춘다, 무심히 불이 탁 꺼지듯

"미주 말 틀린 건 없다. 주부들이 시야가 좁은 건 사실이지. 그만큼 걱정할게 적으니까 팔자가 편한 것도 사실이고. 이래 작은 장사만 해도 동창들 도움받으면 참 좋겠다 싶은데, 우린 1회 졸업생이라 아직 동문회가 없다 아이가. 그거 만들자고 나서는 친구도 없고…… 너거는 선배들이 만들어 놓은 동문회에 숟가락만 얹으면 되는데 뭐가 문제고?"

"그러니까 말이야. 명문학교라는 곳들 부러워하면서 우리 학교는 싫다고 욕만 하는 친구들을 난 정말 이해할 수가 없어. 그런 학교들은 동문회가 얼마나 활성화되어 있는데…… 투덜거릴 시간에 직접 나서서 뭔가 바꿔 나갈 생각은 하지도 않고……"

그날 미주와 통화하면서 대충 덮었던 이야기를 다시 꺼낸 게 화근이었다. 와인 한 잔에 금세 알근해져서 미주에게 시비를 걸었더니 오히려 유채는 미주 편을 들었다. 그러자 미주가 더 기세 등등해지니 나는 짜증을 낼 수밖에.

"사람이 다들 너거 둘 같이 에너지가 넘치는 게 아이다. 편한 친구들하고만 모여서 옛날 얘기나 하고 싶은 사람도 있고, 이 나이에 뭔가 새로운 일은 시작하기 싫은 사람도 있는 거 아니겠나? 그라고 명함 하나 없는 주부들은 거창한 동창회에서는 괜히 주눅 들까 봐 나가기 싫거든. 남편이 벌어 온 돈으로 찬조금 내기도 눈치 보인다 아이가?"

"그래, 그래. 은하 니 말도 맞다. 살림하고 자식들 키우면서 잘 사는 친구들이 나도 부럽고 가끔은 존경스럽더라. 주부들이 시야가 좁다는 건 그만큼 가정생활에 집중했다는 얘기 아니겠나?"

다행히도 유채가 이번에는 내 편을 들어주기에 나는 더 큰 소리를 내어 본다.

"됐다, 마. 유채 니는 정승 같은 소리 그만 해라. 그라고 미주 니는 우쨌든 그 성질 좀 죽여야 된다. 그래 갖고 아이큐 100에 초등 5학년 수준 독자들을 만족시킬 수 있겠나? 평범한 주부들의 마음도 이해 못하면서……"

"맞아, 세상이 내 생각과는 다르다고 늘 잊지 않으려고 애쓰는

데 그게 쉽지가 않네. 세상에 어지간히 적응했다 싶다가도 또 한 번씩 툭툭 내 성질이 튀어나오니…… 그래서 결국 정치엔 실패했지만 글쓰기만큼은 마음잡고 성공해야 할 텐데 말이야. 근데, 은하야, 글쓰기는 비즈니스지만 동창회는 그냥 좋아서 하는 일이거든. 이런 일만이라도 내 뜻대로 좀 해 보면 안 될까?"

"아, 진짜 못 말리는 성공 의지로구나. 그래, 미주 니 하고 싶은 대로 해 봐라. 유채 니도 못 말리는 연애 의지로 잘해 보고. 이거, 비아냥거리는 거 아니다. 알제?"

나는 두 손 번쩍 들면서 항복했다. 내 친구들의 끝없는 의지가 진심으로 부럽다.

유채의 식당 개업을 축하하러 미주와 함께 부산에 내려온 오늘. 학창시절 분식집의 업그레이드 버전이라고 가게를 소개하며 당당하게 장사하는 유채가 나는 우선 부러웠다. 지난 한 해 동안 그녀가 보여 줬던 자신감 없는 태도를 완전히 떨쳐 버리고 유채는 다시 예전의 정유채로 돌아와 있었다.

깔끔하고 예쁜 분식집 안을 누비며 분주하게 일한 뒤, 가게 문을 닫고 근처의 원룸으로 우리들을 데려간 유채는 다시 돌아온 정유채답게 새로운 연애의 시작을 알렸으니 그 또한 부럽지 않을 수 없었다. 그리고 여전히 무언가 하고 싶은 일이 많아서 의욕이 충만한 미주. 유채의 연애담에 귀 기울이며 조언해 주는 것까지도 나는 부럽다.

"내가 일 하느라 바쁘기도 하고, 돈은 내가 버니까 그쪽 사정은 별로 알고 싶지도 않고, 그러다 보니 여러모로 산뜻한 관계가 되네. 이런 식이면 헤어져도 아쉬울 거 같지 않고 새로운 연애도 다시 부담 없이 시작할 수 있을 거 같다."

"그런 마음이면 오히려 더 오래 사귈 수 있을 거야. 새로운 사람을 만난다 해도 이제는 상대의 조건보다 너의 마음을 더 염두에 둘 테니 계속 즐거운 연애를 할 수 있을 테고……"

"어, 아무래도 그럴 것 같다. 그라고 연애 못지않게 사업도 재밌네. 가게가 자리 잡히면 2호점도 내고 본격적으로 요식업에 뛰어들어 볼까 싶다."

무리하게 대출 받더라도 규모가 큰 대리점을 하고 싶다던 허영을 버리고 현실로 내려오기까지의 마음고생을 알기에 나는 유채의 허세를 웃으며 받아들인다.

"은하 니는 내일 올라가나? 친정엔 안 가 볼 끼가?"

엄마 미소를 지으며 와인을 홀짝이던 나는 유채의 기습 질문에 당황했다.

"어, 그냥 올라갈 생각인데……"

"친정 갔다가 모레 초등학교 동창회나 참석해라. 이번에 졸업 35주년 기념으로 선생님들도 몇 분 모시고 좀 크게 모임을 할 끼다."

"그래, 은하야. 거기 갔다가 다음 날 여고동창 모임에도 가자.

요트 탈 거니까 바람도 쐴 겸……"

그래서 오랜만에 집을 찾았다. 어릴 적부터 살던 그 동네에서 여전히 불행한 얼굴로 살아가고 있는 나의 어머니. 그 모습이 싫어서 정말 오래도록 친정을 멀리했었다. 내가 이룬 나만의 가정에 충실하자는 마음도 있었을 거다. 돌아보면 대체 왜 그랬나 싶지만.

"사흘쯤 더 있다 갈게. 엄마한테도 한 번 가 봐야겠어."

나는 호기롭게 남편에게 전화를 했다. 일방적인 나의 통보에 별다른 말은 없었지만 그의 당황스러움이 느껴졌다. 이상한 거리감을 안겨 주며 나를 불편하게 하고 있는 남편에게 복수라도 한 듯 속이 후련했다.

하지만 막상 친정에 도착하자 다시 속이 답답해졌다. 아버지가 돌아가신 뒤 이혼한 언니와 함께 살고 있는 어머니는 언니의 불행까지 떠안은 듯 더욱 불행해 보였다. 남동생 하나는 외국으로 나간 뒤 소식이 없고, 또 하나는 인근 도시에 살지만 아내의 의견을 존중해서 어머니를 찾지 않고 있었다. 나 또한 이런저런 핑계로 부산에 오지 않았으니 남동생이든 올케든 뭐라고 비난할 수도 없었다. 오히려 어머니 앞에 서면 불행이 전염되는 듯해 돌아서는 그 심정을 충분히 이해할 것 같았다.

어머니와 언니와 함께 저녁을 먹고 잠을 자고 아침까지 먹었지만 우리는 그저 몇 마디의 말만 주고받았을 뿐이었다. 나는 두툼한 봉투 하나를 어머니 손에 쥐어 주고 서둘러 집을 나섰다.

내가 이룬 가정의 아이들은 어린 시절의 나보다는 행복할 거라는 생각으로 안도하는 내 모습이 안쓰럽고 서글펐다. 바다는 햇살을 받아 마구 반짝이고 있었다. 하늘은 대책 없이 높았다. 집을 나서서 무작정 걸어온 곳은 어쩔 수 없이 광안리였다.

십 년이면 강산이 변한다는데 30년이 지나도 바다와 하늘은 변함이 없었다. 하지만 이 정도쯤은 이해하라는 듯 바다와 하늘 사이에 거대한 광안대교가 자리 잡고 있었다. 부산역에 내려 항구를 바라볼 때부터 부산항대교를 보며 놀랐기에 그 정도는 놀랍지도 않았다.

새로운 다리가 생겼고, 새로운 길이 생겼고, 새로운 건물이 생겼고…… 그 모든 크고 새로운 것들과 더불어 친구들은 어떻게 변했을지 궁금했다. 불행이라는 단어를 모르는 것 같았던, 나와 전혀 다른 세상에서 살고 있는 듯 여겨졌던 친구들의 현재가 진심으로 궁금했다. 드라마의 결말만큼이나.

일찌감치 미주를 만나 참석한 초등 동창회는 졸업 35주년이라고 제법 성대하게 열렸다. 선생님들은 감격에 겨운 표정이었고 친구들은 짐작했던 대로 다양하고 즐거운 모습이었다. 모든 것은 드라마와 다를 바 없었다. 크고 작은 사건과 몇 가지 반전을 품고 있지만 충분히 짐작할 만한 전개를 보여 주는……

나는 한쪽 구석에 얌전히 앉아 창밖의 바다와 친구들을 번갈아 바라보았다. 우리들의 드라마는 아직 끝나지 않았으므로 그래도 계속 지켜볼 만하다 싶었다. 결말을 알면서도 지켜보는 드라마처럼, 인생도 그러할 테니까.

친구들이 마련해 준 숙소에서 함께 보낸 밤은 여느 동창 모임처럼 기억력 배틀로 시작되었다. 저마다의 기억이 엇갈릴 때면 유난히 기억력이 좋은 친구가 판정을 내려 주면서 밤은 깊어갔다. 그리고 우리의 나이를 증명하듯 수술 경험 배틀이 이어졌다. 전신 마취를 몇 번이나 받았는지, 배를 몇 번이나 갈랐는지, 인생이라는 전쟁에서 살아남은 친구들은 저마다의 경험을 떠들어댔다. 그러다가 간을 통째로 이식받았다는 친구의 승리로 경합은 끝났고 우리들은 패잔병처럼 장렬히 잠들었다.

날이 밝자 해장국을 먹은 뒤 의기투합해서 모교를 찾아가는 무리에도 나는 자연스럽게 어울렸다. 미주가 손을 잡아끌기도 했지만 나 역시 졸업 이후 한 번도 가본 적 없는 학교가 궁금했다. 하지만 그 단순한 호기심은 뜻밖에도 핑 도는 눈물을 내게 안겨 주었다. 초등학교 건물은 예전보다 훨씬 더 작아 보였고 학교 앞 길은 믿을 수 없을 만큼 좁았다. 모든 게 그대로였지만 또한 모든 게 달라져 있었다.

그 눈물이 나를 이 모임으로까지 이끈 것 같다. 여고동창 모임이라고 해도 알고 보니 졸업 30주년 기념행사를 위해 준비위원들이 모이는 것이라길래 불편해서 안 오려고 했는데……

"괜찮아. 준비위원 아닌 애들도 몇몇 올 거야. 다들 동창인데 뭘…… 그냥 요트 타고 밤 바다를 즐길 겸 가자니까."

미주가 다시 한 번 내게 권할 때 '밤바다'라는 단어만으로 또 눈물이 핑 돌았다. 학교도 집도 다 잊어버리고 싶은 마음을 가만히 품어 주던 어둠이 눈앞에 떠올랐다. 그 어둠을 다시 만나고 싶었다. 어둠 속에서 간혹 찰싹거리며 바다의 존재를 증명해 주던 파도 또한.

"침실에 화장실, 싱크대까지…… 밖에선 작아 보였는데 안에 들어오니까 없는 게 없네. 이런 요트 갖고 있는 니가 진정한 골드미스다!"

"너무 그라지 마라. 이거도 콘도처럼 공동 소유하는 기다."

"공동 소유라도 요트는 요트지. 오죽하면 사치의 끝은 요트라는 말이 있겠노."

"사치는 무슨…… 나는 명품도 골프도 관심 없고 딱 이거 하나 즐기는 거다. 내 진짜 열심히 일하는데, 이 정도도 못 누리고 살아야겠나?"

요트를 소유한 동창은 작지만 탄탄한 여행사를 운영하면서 정말 열심히 일하고 있다고 얘기 들었다. 친구들에게 보여 주는 그녀의 자부심과 여유를 부러워하는 동안 마침내 요트가 검은 바다를 헤쳐 나가기 시작한다.

이쪽은 해운대, 저쪽은 광안리…… 눈을 감아도 훤히 알 것 같은 이 바다…… 바람이 세월 저쪽에서 불어와 이쪽으로 스쳐간다. 지나간 시간의 기억이 물결을 가르며 밀려든다. 앞으로 내게 다가올 시간의 예감이 갑판 위에서 넘실거린다.

이윽고 광안대교 근처에서 요트가 멈춘다. 엔진을 끈 요트의 선체가 바람을 따라 파도를 따라 가볍게 흔들린다. 물결이 찰랑이는 소리가 들려온다. 친구들이 두런두런 이야기하는 소리가 들려온다. 손에 잡힐 듯 가까이 보이는 광안대교의 현란한 불빛이 문득 아련해진다.

"뛰어내리고 싶어. 아까 제법 속도를 낼 때에는 떨어질까 봐 난간을 꼭 붙잡고 있었는데 배가 이렇게 바다 한가운데에 멈춰 있으니 오히려 저 물 속으로 뛰어들고 싶네."

미주가 어느새 내 곁으로 다가와 소곤거리듯 말한다. 바람이 불면 바닷가로 뛰쳐나가던 여고시절이 엊그제 같다. 검은 바다에 오로지 달빛만 교교하게 비치던 광안리 방파제. 그때 그곳에서 바라보던 바다가 이곳인가.

"한번 뛰어내려 봐라. 간단하게 죽을 기다."

"그렇겠지? 이렇게 뛰어들면 끝나는 게 인생인데…… 인생 참 아무것도 아니다 싶어."

불야성을 이룬 광안리 해변을 바라보면서, 미주와 나는 한동안 아무 말도 하지 않는다.

계류장으로 돌아와 요트를 정박해 놓고 친구들은 선실에 모여 앉아 회의를 시작했다. 최근에 모교에서 일어난 불미스러운 사건에 대해 동문회가 앞장서서 진상 조사에 나서야 한다고 미주는 목소리를 높였다. 졸업 30주년 행사도 중요하지만 이번 사건에 대해 유감을 표하는 신문 광고라든가 재발 방지를 위한 CCTV 설치 등을 먼저 의논해야 하지 않겠냐는 미주의 말에 모두들 고개를 끄덕였다.

나는 그 열기를 뒤로 한 채 2층 갑판으로 올라왔다. 선실을 빠져 나오면서 강희주에게 눈짓을 했는데 다행히 그녀가 곧 조용히 나를 따라왔다.

"홈커밍데이 준비위원이라길래 파티 준비나 하면 되는 줄 알고 나섰는데…… 서미주 때문에 별별 일을 다 하게 생겼다."

희주는 투덜거리며 내 옆으로 다가온다. 갑판에 앉으니 선실에서는 느껴지지 않던 잔잔한 흔들림이 느껴진다. 밤이 깊어가면서 좀 더 차가워진 공기가 온몸의 세포를 일깨우는 것 같다. 해변의 초고층 아파트들이 빚어내는 화려한 야경이 유리 조각처럼 또렷하다.

"니 그날 오석호하고 대체 무슨 일이 있었노? 오석호가 첫사랑이니 뭐니 하면서 니한테 고백이라도 했었나?"

나는 거두절미 강희주에게 묻는다. 초등 동창 모임에서 사라진 강희주가 여고 모임에는 나온다는 얘기를 들었을 때부터 기다렸던 순간이었다.

"우찌 알았노? 혹시 니한테도 그랬나?"

오히려 희주가 되물으니 고개를 끄덕일 수밖에. 불길한 예감은 꼭 이렇게 현실이 된다.

"갸가 선수 맞네. 와이프가 병원에 있다는 얘기도 하드나?"

그러나 뜻밖에도 희주의 이야기는 내가 예상하지 못했던 방향으로 흘러간다.

"둘째 낳다가 잘못 돼서 아기도 잃고 온몸을 제대로 못쓰게 됐다더라. 말도 잘 못하는 갑더라. 간병인 붙여 놓고 병원에 매일 들여다보기는 한다는데…… 첫애는 이모가 키워 줘서 다행이라지만 그게 제대로 사는 생활이겠나? 진짜 너무 딱해서 내가 술김에 안아 줬거든. 그 다음은 말 안 해도 알겠제?"

말 안 하니 알 수가 없지만 나는 그냥 고개를 끄덕인다. 상황 자체가 너무 안타까워 현실로 받아들이기가 힘들다. 듣는 것만 해도 이런데 직접 겪는 사람은 오죽할까. 그러고 보니 석호가 아내 얘기를 하는 걸 들어 본 적이 없는 것 같다. 아들 얘기만 가끔씩 하길래 부부 사이는 그다지 좋지 않나 보다 생각했을 뿐이다.

"내가 강하게 밀쳐 내면서 불쾌해 하니까 그때서야 내가 지 첫사랑이라고 떠들어 대던데…… 아무리 그래도 병원에 와이프가 있는데 그라믄 되나? 내가 이래서 결혼을 못하겠는 기라. 근데 니한테는 와이프 얘기를 왜 안 했을꼬?"

알 수 없는 일이다. 전철역에서 내게 키스한 뒤 다음 모임에서 만났을 때, 오석호는 그날 너무 취했던 것 같다고 얼버무리기만 했다. 희주와 나에게 했던 그의 행동을 도무지 이해할 수 없지만 그의 안타까운 상황을 배경으로 놓고 보면 무작정 비난만 하기에는 미안한 기분이 든다.

"우쨌든 그 인간 얘기는 그만 하자. 내가 그 무렵에 코를 재수술하는 바람에 이래저래 잠수 타긴 했지만 곧 컴백할라고 한다. 어떻노? 수술 괜찮게 됐제?"

한층 뾰족해진 코를 자랑하며 희주가 내려간 뒤에도 나는 한동안 갑판에 서 있었다. 바닷바람이 점점 더 차가워졌지만 선실로 내려가기가 싫었다. 작지만 고급스러운 그 공간이 병실처럼 답답하게 여겨질 것만 같았다.

"이쪽은 아무래도 택시가 잘 안 들어올 끼다. 저기 큰길 쪽으로 나가 보자."

취한 미주를 이끌고 요트 계류장을 나서는데 빈 택시가 좀처럼 보이지 않는다. 가로수의 낙엽들이 떨어지며 꽃잎처럼 흩날린다. 그러다가 함부로 발에 밟힌다. 인생이 참 부질없다 싶다. 가볍디가벼운 저 낙엽처럼.

"미주야, 고3 때 이 무렵 기억나제? 학력고사가 다가오니까 예민해져서 바닷가에 더 자주 나갔던 거…… 낙엽 굴러가는 거만 봐도 웃는 나이라는데 우린 와 이래 웃을 일이 없냐면서 낙엽만 괜히 발로 차고 다녔다 아이가."

"그럼, 기억나지. 지금도 해운대 백사장에 가면 너희들의 얼굴이 하나하나 떠올라. 광안리 방파제에 서면 너희들의 웃음소리가 겨드랑이를 간질이는 것 같아. 남천동 카페 골목에 아직도 몸을 숨기고 있는 너희들. 시퍼런 바다에 청춘의 주홍글씨를 함께 새겼던 너희들. 아니, 너거덜……"

말하면서 미주는 마침내 사투리를 쓰기 시작한다. 동창들 사이에서도 꿋꿋하게 썼던 새침한 서울말을 버리고 다시 어린 시절로 돌아간 듯 툭 터놓고 말하기 시작한다.

"내 지난주에 이혼했다, 은하야…… 이번엔 좀 어려울 줄 알았는데 오히려 더 쉽더라. 그래서 덕분에 스스로를 돌아보게 됐다. 아까 희주가 그랬제? 어릴 때부터 지금까지 지 주변에는 미친년이 너무 많다고…… 그때 희주한테 말할 뻔했다 아이가. 그건 니가 미친년이라서 그렇다고…… 내가 딱 그렇잖아. 세 번이나 이상한 놈 만나서 결혼한 게 아니라, 내가 이상한 년인 기라."

흩날리는 낙엽 사이로 멀리 빈 택시가 달려오고 있다. 나는 손을 번쩍 들어 흔들면서 미주에게 말한다.

"미주 니는 좋은 소설가가 될 끼다. 내가 진짜 장담한다. 다른 건 몰라도, 내가 인생은 좀 알거든."

❀

이럴 때가 가끔 있긴 하다. 누군가 번개 모임을 제안했지만 아무도 나오지 않는 경우. 혹은 지금처럼 단 두 명만 모이게 되는 경우. 모임을 제안한 사람 입장에서는 어떤 쪽이 더 난감한지 잘 모르겠다.

"아무리 번개라도 너무 갑자기 친 거 아니가? 최소한 하루 전에는 말을 해야 친구들이 좀 모이지."

나로서는 전혀 난감할 것 없는 상황. 내 말에 반응하는 성규도 그런 것 같아 보인다.

"괜찮다. 오늘은 친구들 너무 많이 모여서 떠들썩한 거 싫다. 내가 오늘 애인하고 헤어졌거든."

느닷없이 맥주 번개를 친 이유를 비로소 알게 되면서 나는 성규에게 어설픈 위로를 건넨다.

"결국 그래 됐나? 이왕이면 좋은 결론이 나왔으면 싶었는데……"

"좋은 결론이 뭔데? 결혼? 내가 말했잖아, 다시는 결혼 안 할 거라고. 그리고 혹시 하게 된다 해도 그 여자는 결혼하고 싶은 여자가 아니었다."

"결혼하고 싶은 여자?"

"그래, 은하 니도 남편한테 잘해야 한다, 남자한테 있어서 결혼하고 싶은 여자는 보통 여자가 아니거든. 니 남편한테 니는 그러니까 아주 특별한 여자인 기라."

"전에 너거 남자들끼리 말했잖아. 경제적인 조건 같은 것도 따져서 여자를 골라야 한다며?"

"그라믄 은하 니는 조건이 좋나?"

"아니."

"봐라. 그러니까 니 남편한테 니는 특별한 여자가 맞는 기다."

그러고 보니…… 내 남편은 내가 어디가 좋아서 결혼을 했을까? 문득 새삼스러운 의문이 든다. 당연한 의문을 여태 한 번도 해 보지 않았다는 게 의아하다.

"은하 니는 내를 위해서라도 잘 살아야 된다. 내가 결혼이라는 걸 또 하게 된다면 아마 니 때문일 거다. 니를 보면 아주 편안하고 따뜻한 가정이 연상되고 니 남편이 얼마나 부러워지는지 모른다."

이런 말에는 어떤 표정을 지어야 할지 난감해서 나는 성규 딸의 안부를 묻는다. 예쁜 딸만으로도 이미 충분히 따뜻한 가정이라는 걸 알려 주고 싶기도 했다.

"갸가 벌써 중학생이 된다. 교복 입힐 생각을 하면 꿈같다."

역시나 성규는 딸 얘기를 하면서 표정이 바뀐다. 저 표정만 봐도 성규가 좋은 아빠일 거라는 생각이 든다.

"예쁘겠네…… 요즘 애들은 교복도 예쁘더라."

"그렇제? 우리땐 그 죄수복 같은 교복에 머리도 빡빡 깎고…… 머스마들은 진짜 볼품없었지. 오죽하면 내가 너거 집 앞에 지나갈 때마다 눈치를 봤겠노?"

"무슨 눈치?"

"혹시 니가 집에서 나올까 봐 말이다. 중학교 때는 집에 올 때 너거집 앞을 꼭 지나야 했거든. 입학 초에는 진짜 니하고 딱 마주쳐서 전봇대 뒤로 숨었다 아이가."

"그런 일도 있었나? 머스마, 숨기는 와 숨노? 아는 척 좀 하지. 내가 니를 얼마나 좋아했는데……"

맥주 탓이다. 혹은 계절 탓. 아무려나 상관없다. 성규도 이젠 다 알 텐데, 뭘.

"석호가 니를 참 좋아했었다. 그거 아나?"

성규는 딴소리를 한다. 나도 딴소리를 할 수밖에.

"석호는 희주한테 첫사랑이라고 했다던데?"

"아이다. 그건 내가 안다. 6학년 때 석호가 니 좋아한다고 내한테 분명히 말했단 말이다. 중학교도 같이 가서 그 소리 맨날 들었다."

"아이고, 의미 없다…… 이제 와서 그게 다 무슨 소용인데?"

나는 맥주 잔을 들어 올려 성규의 잔에 소리 나게 부딪힌다.

의미는 없지만 애틋한 기억들이라는 거, 나도 안다. 하지만 그 기억을 어찌하랴. 그 어린 시절의 감정들을……

“아무하고나 섹스할 수는 있어도 아무하고나 친구가 될 수는 없다…… 니가 그런 얘기한 적 있제? 생각할수록 멋진 말 같더라.”

성규는 아예 쐐기를 박는다. 그래, 이런 친구, 쉽게 얻을 순 없지.

“그거 내가 한 말 아니고 어느 책에서 본 거다. 멋진 말이지. 그래도 니는 미주하고는 친구하기 싫제?”

“미주? 서미주?”

“그라믄 누구겠노? 니가 좋아했다는 서미주 말이다.”

나의 추궁에 성규는 웃으며 말한다.

“아, 우리들의 서미주…… 친구하기 싫으면 이제 와서 우짤낀데?”

“한번 프로포즈 해 봐라. 미주 또 이혼했다. 싱글로 돌아왔단 말이다.”

성규의 얼굴에 웃음기가 사라진다. 순식간에 분위기가 가라앉는 것 같아서 나는 농담처럼 묻는다.

“와? 세 번 이혼한 여자는 싫나?”

성규는 아무 대꾸도 하지 않는다. 둘 사이로 흐르는 어색한 침묵이 견디기 힘들어 나는 맥주만 거듭 들이켠다. 누구는 애인과 헤어지고 누구는 남편과 헤어지고…… 누구는 새로운 연애를 시작했고 누구는 모두를 첫사랑이라 하고…… 또 누구는 이렇게 누군가를 애틋해 하는 첫사랑을 알딸딸하게 바라보고 있고……

❀

그날 밤, 구급차 소리는 유난히도 불길하게 들렸다. 아파트 광장에 울려 퍼지는 구급차 소리, 베란다 아래에서 들려오는 웅성거림, 복도 쪽에서 사람들이 떠드는 소리, 그 모든 것이 불길하게만 느껴져서 나는 창문과 현관문을 꼭꼭 닫았다.

하지만 다음 날, 쓰레기 분리수거를 끝내고 들어오면서 첫째는 기어이 소식을 가져왔다.

"엄마! 그 여자가 죽었대. 605호 여자가 투신자살했대."

"아기는?"

나도 모르게 아기의 안부부터 물었다.

"그때 우리 집에 왔을 때 그 여자가 그랬잖아. 아기를 창밖으로 던질 거 같아서 두렵다고……"

"그랬었나? 아기가 발달 장애라는 얘기만 들었어. 동네 아줌마들이 떠드는 걸 꽤 오래 엿들었는데……"

"어쩐지 발달이 느려 보이긴 했어. 하지만 그런 걸로 자살을 하다니…… 남편이 아기를 잘 키워줄 것 같지도 않던데……"

"엄마야말로 괜찮아? 얼굴이 하얗게 질렸잖아."

"괜찮아. 바보 같은 여자 때문에 화가 나서 그래. 그 어린 아기는 이제 어쩌라고 엄마가 목숨을 끊어? 엄마가 되는 순간부터 자기 목숨은 자기만의 것이 아닌데……"

첫째가 진심으로 걱정해 주는 바람에 나는 오히려 과장된 태도로 화를 낼 수밖에 없었다. 모성이 가장 크게 발휘되어야 할 시기에 그 모성을 내팽개친 여자. 아니, 벗어날 수 없는 모성이 독이 되어 자신의 목을 조른 여자. 그 상황에 견딜 수 없이 화가 나는 것도 사실이었다.

그리고 시간이 흐르면서 화는 자책감으로, 또 두려움으로 변했다. 내가 조금이라도 도움이 될 수 있었을 텐데 오히려 그녀를 낭떠러지로 떠민 건 아닌지…… 그녀의 이야기를 내가 너무 건성으로 받아들인 건 아닌지……

생각할수록 온몸이 떨려 와서 나는 결국 늦은 밤 잠에서 깨어 남편의 품으로 파고들었다. 눈물은 나오지 않았다. 그게 더 두려웠다. 남편은 내 어깨를 토닥이고 등을 쓸어 주며 말했다.

"그 여자 생각 자꾸 하지 마"

"남편 때문일까? 아마 그게 결정적인 이유일 것 같아."

"생각하지 말라니까. 특히 그런 속단은……"

"속단이 아니야. 결혼이 얼마나 잔인한 제도인지 당신도 알잖아."

말하는데 입술까지 덜덜 떨려 와서 이불을 끌어당긴다. 남편은 자신의 체온으로 나의 한기를 다스려 주려는 듯 힘주어 나를 끌어안는다. 그리고 조용히 말하기 시작한다.

"혹시…… 작년의 그 일을 말하는 거라면…… 당신도 이젠 좀 자유로워졌으면 해. 당신이 생각하는 드라마 같은 그런 일은 진짜 없었어. 난, 자존심 때문에라도 그렇게 못 해. 그런데도 당신이 너무 힘들어하니까 나도 그동안 힘들었어. 당신이 나를 너무 거부하니까 화가 나기도 했고…… 하지만 이젠 다 털어 버리자."

몇 마디 말로 그렇게 쉽게 정리되는 거라면 얼마나 좋을까? 인생이 그렇게 단순한 거라면 그 여자도 창밖으로 몸을 던지지 않았겠지.

"우리가 아이를 낳고 키우며 살아온 세월이 정말 아무것도 아니었을까? 우리의 지난 시간을 당신이 좀 더 소중하게 생각했으면 좋겠어. 남자는 다 똑같다는 말, 결혼생활은 다 똑같다는 말…… 세상 사람들이 떠드는 그런 말에 흔들리지 않았으면 좋겠어. 내가 특별한 사람은 아니지만, 그렇다고 뻔한 사람은 더더욱 아니라고 생각해."

나는 남편의 말에 귀 기울이며 그 말을 믿으려고 애써 본다. 안정되고 싶으니까…… 그의 말을 믿든 안 믿든 두려움은 좀 가라앉는 것 같다. 체온으로 나를 위로하는 존재가 옆에 있다는 사실만으로도 마음이 편안해진다. 그래서 문득 나는 묻는다.

"당신은 왜 나랑 결혼했어? 난 솔직히, 결혼해서 안정되고 싶었어. 그래서 여러모로 믿음직한 당신을 선택한 것 같아. 그런데 당신은 왜 하필 나를 선택했지?"

"……그믐달 같아서."

"웬 그믐달?"

"내가 만일 여자로 태어날 수 있다 하면 그믐달 같은 여자로 태어나고 싶다, 라고 끝나는 나도향의 글이 있어. 어릴 적에 그 글을 읽으면서 나는 여자로 태어나기보다 그믐달 같은 여자랑 살고 싶다 생각했었지."

"보름달처럼 화려하지 않다는 말을 그렇게 하는 거야? 국문과 교수 아니랄까 봐……"

그를 살짝 밀어내면서 눙치는데 싫지는 않다. 가슴 설레거나 심장이 두근거리는 건 없었다는 얘기, 그건 나도 마찬가지니까. 어쨌거나 그믐달, 싫지는 않다. 그래서 나는 말한다.

"나와 함께 늙어가자. 가장 좋은 때는 아직 오지 않았다. 인생의 후반, 그것을 위해 인생의 초반이 존재하나니."†

"누가 했던 말이지?"

---

† 로버트 브라우닝, 시 〈랍비, 벤 에스라〉 부분.

"모르겠어. 갱년기 아내에게 너무 큰 기대하지 마."

그가 웃으며 나를 다시 꽉 끌어안는다. 그리고 옛날이야기라도 들려주듯 조곤조곤 말하기 시작한다.

"퇴근길에 코스모스가 예뻐서 문득 멈춰 서서 한동안 바라본 적이 있어. 그때 저 멀리 코스모스 꽃길이 시작되는 지점에서 아이들을 양손에 잡고 걸어오는 젊은 엄마의 실루엣이 눈에 들어왔지. 정말 아름다운 모습이었고 그 여자의 남편이 한순간 부러웠는데, 가까이 다가오는 걸 보니 그게 당신하고 우리 애들이었어. 얼마나 놀랍고 신기하던지…… 오래전 일인데도 난 그 장면이 아직도 선명하게 기억나. 지금도 퇴근하면서 우리 집을 생각하면 자주 떠오르는 장면이야."

우리 집을 생각해 본다. 남편이라는 존재가 먼저 떠오른다. 그리고 아이들…… 나는 그들을 사랑한다. 가슴 떨리는 사랑은 경험해 보지 못했지만 이것 또한 사랑은 분명하다. 내가 아는 유일한 사랑.

"나한테 당신은 그믐달이고 코스모스야."

남편의 말이 낯간지러워 나는 돌아눕는다. 섣달그믐처럼 어두운 밤이다. 창밖의 어둠을 바라보며 내 앞의 시간을 가늠해 본다. 등 뒤로 그의 따뜻한 가슴이 느껴진다. 조금씩 그의 움직임이 느껴진다.

머릿속을 비우기 위해 숨차게 몸을 움직였던 나날들. 그 시간이 내 몸을 바꾸어 놓았음을 알겠다. 아무런 생각 없이, 그저 몸으로 몸이 느껴진다. 어떠한 이해관계도 없이, 그의 손길을 받아들인다. 욕망은 이제 머릿속이 아니라 몸에서 꿈틀대고 있다.

안이한 타협이라 해도 좋고 비굴한 화해라고 해도 좋다. 속된 위로일지라도 나는 지금 그런 것들을 원한다. 이게 나니까. 나는 미주도 유채도 아니니까.

체온으로도 이불로도 해결할 수 없었던 한기가 비로소 사라지고 있다. 누군가 내 몸 한가운데에 따뜻한 불을 지피는 것 같다. 온기가 온몸으로 번져 가는 것을 느끼며 나는 한껏 느즈러진다. 그리고 마침내 내 몸의 중심을 가득 채우는 보름달. 창밖은 여전히 춥고 어둡지만 나는 지금 따뜻한 밝음으로 온몸이 충만하다.

❀

지기 전의 꽃처럼, 떨어지기 전의 낙엽처럼, 세상이 온통 반짝이고 있다. 해마다 습관처럼 맞이하던 성탄 시즌이 올해는 유독 내 눈에 화려해 보인다. 애인들에게 줄 선물을 고르며 지수 엄마는 말한다.

"어차피 다 똑같다 생각하면 속상할 것도 억울할 것도 없어. 남편이 나한테 왜 그렇게 무관심하겠어? 그 인간도 애인이 있는 거야."

나는, 내 남편은, 우리의 관계는 다르다고 외치기엔 세상이 너무 엄연하다. 그러니까 내가 어렵게 얻어 낸 이해와 만족도 결국엔 허상이 아닐까? 언젠가 미주가 말했던 대로 자기기만이나 자기 최면이 아닐지…… 나는 의문을 떨쳐 내듯 지수 엄마에게 묻는다.

"자기가 처음에 그 동창이랑 사귀기 시작할 때, 계절이 백 번 바뀌어도 변하지 않을 거라고 했던 거 기억 나?"

"그럼. 그러니까 지금 이렇게 선물을 사고 있잖아. 다만, 그 사람의 단점을 보완해 주는 또 다른 남자도 포기할 수는 없지. 어차피 완벽한 사람은 없잖아? 건강하고 즐거운 친구, 예민하고 멋진 선배, 지갑을 채워 주는 남편…… 내 삶의 균형을 맞춰 주는 트라이앵글이지! 근데 자긴 아직도 선물 줄 사람 없어?"

지수 엄마가 묻는데 나는 고개만 저었다. 언젠가부터 거들떠보지도 않았던 크리스마스카드가 문득 눈에 들어온다.

"자기도 이혼은 안 할 거라며? 그럼 어떻게 이 지루한 결혼생활을 견디며 살래?"

"글쎄…… 내 친구가 식당 개업한 거 보니까 나도 그런 일 해 보고 싶더라. 내가 요리 솜씨는 좀 있잖아?"

"집안일로도 부족해서 가게까지? 생각만 해도 싫어. 난 인생 끝까지 꽃가루처럼 살 거야."

"꽃가루 인생은 쉽나? 가볍디가벼움을 유지해야지, 바람도 잘 만나야지……"

"어쨌든 아직은 가볍고 적당한 바람도 불어 주니 다행이잖아. 그러다 갑자기 바람이 멈추고 삶이 무거워질 때도 오겠지만……"

예쁜 성탄 카드 한 장을 집어 들고 살펴보는데 지수 엄마의 말이 뚝 끊겼다. 고개를 들어 그녀를 바라보니 두 눈에 눈물이 그렁그렁하다.

"왜 그래? 무슨 일 있어?"

"햇빛이 너무 눈부셔서……"

눈을 비비며 황급히 상점 밖으로 나선 지수 엄마는 기어이 거리 한 모퉁이에 우뚝 서서 눈물을 터뜨리고 만다.

"딱 이런 햇살이었어. 엊그제 친구 병문안을 갔는데…… 죽음이 임박한 사람들만 입원한다는 호스피스 병원…… 창문에 이런 햇살이 비쳐들고 있었지. 예상 밖으로 너무 평온한 분위기라서 죽음조차 무심히 다가오겠다는 생각이 들더라."

캐롤이 울려 퍼지는 거리에서 그녀를 꼭 끌어안았다. 그리고 등을 토닥여 주는 것밖에는 내가 해줄 것이 없었다.

"뇌종양 말기라서 정신이 온전치 않은데도 그 친구는 다 키워 놓은 아들딸 걱정만 되풀이하고 있었어. 자식 둘 겨우 키워 놓고 떠나는 인생이라니…… 너무하지 않니? 빨리 완쾌해서 이제부터는 우리 자신을 위해서만 즐겁게 살자고 친구 손을 꽉 잡고 다짐했어."

지수 엄마의 눈물을 닦아 주다 보니 적지 않은 그녀의 나이가 얼굴에 드러나 보인다.

"이렇게 울면 미워 보여. 예뻐야 계속 즐겁게 살지. 노인정에서도 예쁜 할머니가 나타나면 할아버지들끼리 싸우고 난리가 난대."

실없는 내 말에 지수 엄마가 픽 웃는다. 순간, 이번 달 월경이 시작될 시기가 한참 지났다는 생각이 든다. 기초체온 그래프는 너무 불규칙해서 기록을 포기한 지 오래고, 걱정했던 부정출혈마저 저절로 사라지더니 드디어 생리가 끊기려는 모양이다. 이러다 또 시작되기도 하겠지만 결국엔 완전히 멈추겠지. 폐경, 아니, 완경이 되겠지. 불이 탁 꺼지듯. 인생이 멈추듯.

"내가 36년 전에 보낸 성탄 카드, 정말 기억나지 않아? 틀림없이 보냈는데 그때 왜 답장 안 했어?"

돌아오는 길에 성규에게 메시지를 보냈더니 집에 도착할 즈음 답장이 왔다.

"은하야, 메리 크리스마스! 예쁜 중학생이 되길 바랄게."

나는 소리 내어 웃으며 집으로 들어와 앨범을 뒤졌다. 중학교 입학하고 첫 봄에 찍은 사진 속에서 단발머리 김은하가 활짝 웃고 있었다.

"성규야, 덕분에 나는 예쁜 중학생이 되었어. 오늘은 바다여중 뒷뜰에 목련이 예쁘게 피었길래 사진도 찍었단다. 우리 열심히 공부해서 훌륭한 사람이 되어 나중에 다시 꼭 만나자!"

사진을 첨부해서 메시지를 보내 놓고 앨범을 다시 들여다보는데 이번에는 금방 답장이 온다.

"열심히 공부 안 해서 훌륭한 사람은 못 되었지만 다시 만나서 반갑다, 은하야."

그래, 반갑다, 성규야. 화이트 데이에 나만 사탕 받은 줄 알았다가 네가 여자애들한테 다 돌린 거 알고 실망했었는데…… 내년 발렌타인 데이엔 초콜릿 챙겨줄게. 너한테도 석호한테도 다 줄 거야.

"엄마, 또 사진첩 봐?"

둘째가 어느새 내 곁에 다가와 있다. 사진 속의 나보다 훨씬 더 예쁜 중학생. 아, 그래 난 이제 중학생 딸의 엄마지.

"엄마 중학생 때야? 예쁘다! 근데, 이런 거 프로필로 쓰진 마. 어른들이 옛날 사진 프사로 올리는 거 좀 웃기더라."

"그렇지? 엄마들은 왜 그렇게 옛날 사진에 집착하는지 모르겠어."

첫째까지 가세하는 바람에 나는 앨범을 덮고 만다. 딸들은 언제나 나의 현실을 일깨운다.

“엄마 이제 오십 살 되는 거야? 으악, 징그러!”

“너, 죽을래? 오십이 뭐가 어때서?”

“맞아, 그래 봤자 인생의 반밖에 안 살았네. 요즘 백 세 시대라 잖아.”

둘째가 편을 들어주니 그나마 다행이다. 나는 의기양양 외친다.

“우리 나이엔 재수 없으면 120세까지 살아야 된대. 그러니까 니네들, 까불지 마.”

캐롤이 흐르는 거리에서 사 온 새해 달력과 다이어리를 펼치며 나는 무엇부터 써 볼까 궁리해 본다. 새해에는, 사소한 것들도 모두 다 기록해 봐야지. 60세에 돌아보는 50세는 아마도 그리움일 테고, 70세에 돌아보는 50세는 아마도 청춘일 테니까. 80세엔 어떨까? 혹은 90세에는……

하루, 한 달, 혹은 한 해로 크기를 달리하는 원형. 지구의 자전과 공전이 만들어 내는 원형. 그 갖가지 동그라미를 따라서 인생이 흘러가고 있다.

새날, 새달, 혹은 새해로 옷을 갈아입고 시간의 눈금은 곧 다시 익숙한 모습을 드러내겠지만…… 다시 다가올 1일, 1월, 봄, 혹은 월요일은 그 이름만 같을 뿐 얼굴은 조금씩 달라져 있을 것이다. 아이의 얼굴이 자신과 닮았으면서도 어딘가 다르듯이, 부모의 삶이 자신의 삶과 비슷하면서도 결코 같을 수 없듯이.

거울 앞에 서서 내 얼굴을 바라본다. 순환선을 타고 차례로 도

착한 시간들이 조금씩 조금씩 바꾸어 놓은 얼굴이다. 내가 흘려 보낸 시간들이 남겨 놓은 흔적을 바라보고 있자니 시간의 맨얼굴이 거기에 겹쳐진다.

창을 열고 눈을 감는다. 세상의 모든 소리가 귓가에 잡히는 것 같다. 공기 중에 떠도는 냄새들이 예민하게 감지된다. 차가운 바람과 함께 시간의 흐름이 뺨에 와 닿는다. 세월이 온몸으로 느껴진다.

지금 이 순간에도 크고 작은 동심원을 그리며 무심히 흘러가고 있는 시간. 그 시간의 중심을 오래도록 느리게 응시하는 동안, 삶의 비밀스런 속삭임이 어디선가 들려오는 것도 같다.

나의 아름다운 동창회

애초에 이 소설은 평범한 여성인 김은하의 시선으로 정유채와 서미주라는 독특한 두 여성의 삶을 바라보는 이야기로 시작되었다. 하지만 뜻밖에도 두 인물들은 작가인 나의 의도와 달리 저마다의 길로 달려나갔다. 그리하여 마침내 김은하가 이 소설의 주인공이 되었다.

주목받는 삶을 사는 친구들, 딴 여자에게 한눈파는 남편, 갱년기 엄마와 반항하는 사춘기 딸들, 마음을 설레게 하는 남자 동창, 드라마틱하게 살아가는 이웃들…… 그 사이에서 부대끼며 과거를 돌아보던 김은하는 인생이라는 드라마에 돌연 주인공으로 호명되었다. 어쩌면 우리 모두의 인생이 그럴지도 모른다. 우리 모두는 인생의 한순간에 주인공이 된다. 그 순간이 언제 다가오느냐가 문제일 뿐.

나에게 있어서 친구들이란, 내가 잊고 있던 나를 기억해주고 나도 모르는 나를 찾아주는 존재인 것 같다. 내가 쓰는 소설 속의 인물들 또한 그렇다. 언젠가 친구가 이런 편지를 보내온 적이 있다.

"새로 나온 너의 소설 열심히 잘 읽었다. 지난 번 소설에 이어서 이것도 왠지 너 자신의 이야기로 해독되더구나."

그 편지에 나는 정색을 하고 변명했지만 친구는 다시 답장을 보내왔다.

"네가 아무리 그래도 나는 네 얘기로 읽을 거야. 그게 나의 즐거움이거든."

작가의 즐거움이 거짓말이라면, 그 거짓말을 찾아내는 것은 독자의 즐거움이 될 수 있을 것이다. 나는 소설이라는 가면을 쓰고 즐거워하면서 줄곧 나의 무의식적인 모습을 드러내고 있었는지도 모르겠다. 그런 생각을 하다 보면 과연 무엇이 사실이고 무엇이 거짓인지 헛갈리기 시작한다. 나도 나의 진심을 제대로 알지 못하고 나 자신에게 속으며 살아가고 있는지 모를 일이 아닌가.

이제 감사의 인사를 전할 시간이다.

유정. 너의 얘기를 쓰겠다고 했을 때, 올 것이 오고야 말았다는 듯한 표정을 지었던 걸 기억해. 하지만 계획과 달리 나는 한 번도 네게 정식 인터뷰를 청하지 않았고, 소설을 써나갈수록 그게 맞다는 생각이 들었어. 활자화된 너의 얘기는 무척 낯설지? 그래, 이게 바로 소설이라는 거야.

지연과 경희. 너희들은 나와 정말 다르지만 바로 그 다름 때문에 나의 오랜 친구가 될 수 있었고, 또한 이 소설의 주인공이 될 수 있었지. 아무리 봐도 주인공과 닮은 점이 없는 것 같다고? 혹시 다른 주인공이 있는 건 아니냐고? 한번 찾아보렴, 내가 곳곳에 숨겨놓은 너희들의 이야기를.

그리고 현희. 동희에 대한 추억의 글을 가져다 쓰는 걸 흔쾌히 허락한 너. 연재 중간에 따뜻한 감상들을 보내준 너. 정말 고맙다. 우린 결국 같은 길에서 만나게 될 거야.

그리고 창희. 너랑 비슷한 인물이 있다고 당황하지 마. 그 인물은 네가 아니거든. 넌 그냥 너일 뿐이야. 나의 모든 친구들이 그러하듯이.

그리고 또, 이름을 나열하기 시작하면 끝없이 이어질 나의 아름다운 친구들. 이것은 너희들의 이야기이자 또한 소설이란다. 어디까지가 누구의 이야기인지 잘라낼 수 없어. 모든 이야기는 소설 속에서 얽히고설킨 뗄 수 없는 관계가 되어버렸지. 난해하고 알 수 없는 우리들의 삶처럼 말이야.

이렇게 한 권의 책이 묶여지고 나는 또 새로운 독자를 내 삶의 친구로 맞이하게 될 것이다. 그들로 인해 새로운 행복이 다가오리라 감히 꿈꾸어본다. 인생은 언제나 예기치 못한 곳에서 예기치 못한 선물을 안겨준다고 나는 늘 믿고 있으므로.

105
103
101

드라마 퀸

1판 1쇄 인쇄 2016년 10월 10일
1판 1쇄 발행 2016년 10월 17일

지은이 | 고은주
펴낸이 | 임홍빈
펴낸곳 | (주)문학사상
주 소 | 서울특별시 송파구 중대로38길 17(138-858)
등 록 | 1973년 3월 21일 제1-137호

전 화 | 02)3401-8540
팩 스 | 02)3401-8741
홈페이지 | www.munsa.co.kr
이메일 | munsa@munsa.co.kr

ISBN 978-89-7012-952-5 03810

이 도서의 국립중앙도서관 출판예정도서목록(CIP)은 서지정보유통지원시스템 홈페이지(http://seoji.nl.go.kr)와 국가자료공동목록시스템(http://www.nl.go.kr/kolisnet)에서 이용하실 수 있습니다. (CIP제어번호 : 2016004451)

* 잘못 만들어진 책은 구입하신 서점에서 바꾸어 드립니다.
* 책값은 표지 뒷면에 표시되어 있습니다.